TEMPÊTE
SUR KINLOCHLEVEN

Du même auteur

Dans la collection Rouergue noir
Un chemin sans pardon (2023)
Quarantaine (2021)
Rendez-vous à Gibraltar (2020)
La Petite Fille qui en savait trop (2019)
Je te protégerai (2018)
Les Disparus du phare (2016)
Les Fugueurs de Glasgow (2015)
L'Île du serment
(2014, Trophée 813 du meilleur roman étranger 2015)
Scène de crime virtuelle (2013, Babel 2015)

Trilogie de Lewis
La Trilogie écossaise, édition intégrale (2014)
L'Île des chasseurs d'oiseaux
(2010, Prix Cezam des lecteurs 2011)
L'Homme de Lewis
(2011, Prix des lecteurs du Télégramme 2012)
Le Braconnier du lac perdu
(2012, Prix Polar International du festival de Cognac 2012)

Série chinoise
La Série chinoise, édition intégrale, volume I (2015)
La Série chinoise, édition intégrale, volume II (2016)
Meurtres à Pékin (2005, Babel 2007)
Le Quatrième Sacrifice (2006, Babel 2008)
Les Disparues de Shanghai (2006, Babel 2008)
Cadavres chinois à Houston (2007, Babel 2009)
Jeux mortels à Pékin (2007, Babel 2010)
L'Éventreur de Pékin (2008, Babel 2011)

Dans la collection Assassins sans visages,
les enquêtes d'Enzo Macleod
Assassins sans visages, tome 1 (2023)
La Gardienne de Mona Lisa (2022)
Un alibi en béton (2020, Rouergue en poche 2022)
Trois étoiles et un meurtre (2019, Rouergue en poche 2020)
L'Île au rébus (2017, Rouergue en poche 2018)
La Trace du sang (2015, Rouergue en poche 2017)
Terreur dans les vignes (2014, Rouergue en poche 2016)
Le Mort aux quatre tombeaux (2013, Rouergue en poche 2015)

Livre illustré
L'Écosse de Peter May (2013)

Graphisme de couverture : Odile Chambaut
Image de couverture : © Chris Houston Photography
Titre original : *A Winter Grave*
© Peter May, 2023

© Éditions du Rouergue, 2024, pour la traduction française
www.lerouergue.com

PETER MAY

TEMPÊTE SUR KINLOCHLEVEN

Traduit de l'anglais (Écosse) par Ariane Bataille

À la mémoire de Stephen Penn,
Mon meilleur et plus vieil ami
1951-2022
RIP

En 1990, alors que la sonde spatiale Voyager 1 était sur le point de quitter le système solaire, Carl Sagan – membre de l'équipe d'imagerie de la mission – a demandé que la caméra soit retournée pour jeter un dernier coup d'œil à la Terre. La photo qu'elle a prise de notre monde, petite tache inférieure à 0.12 pixels, est devenue un cliché iconique : « le point bleu pâle ».

Plus tard, en réfléchissant à ce grain de poussière dans son livre *Pale Blue Dot: A Vision of the Human Future in Space*, paru en 1994, Sagan a écrit : « Il n'y a peut-être pas de meilleure démonstration de la folie de la vanité humaine que cette image lointaine de notre monde minuscule. Pour moi, elle met en évidence notre devoir de mieux nous comporter les uns envers les autres, et de préserver et chérir le point bleu pâle, seul foyer que nous ayons jamais connu. »

Prologue

Novembre 2051

Peu de choses intensifient davantage la conscience de votre propre condition de mortelle qu'une confrontation avec la mort. Mais pour l'instant une telle rencontre est la dernière chose à laquelle pense Addie, aussi sera-t-elle prise au dépourvu par la suite des événements.

Elle se sent indécise. Une journée pareille devrait lui remonter le moral. Elle a presque atteint le sommet. Le vent est froid mais le ciel d'un bleu cristallin et, en contre-bas, le soleil d'hiver dépose son or sur le paysage. Pas tout le paysage. Seulement là où il s'élève au-dessus de l'ombre projetée par les cimes qui l'entourent. À son extré-mité est, le loch voit rarement le soleil au milieu du mois de novembre. Plus à l'ouest, il finit par émerger dans sa lumière, étinceler d'un bleu profond, comme du verre taillé, constellé d'éclats scintillants. Une très légère brume plane à la surface, presque spectrale dans les rayons obliques du milieu de la matinée. Le vent soulève la neige fraîche, *la souffle en poussière le long de la crête qui serpente en direction du nord.*

Mais Addie reste aveugle à tout cela. Préoccupée par une fatalité dont elle semble incapable de changer le cours. De telles choses, pense-t-elle, doivent être fixées à l'avance. Le chagrin, un état naturel interrompu par de rares instants de plaisir imprévus.

Le vent gonfle sa parka en duvet North Face en même temps que ses poumons. Son sac à dos, avec le thermos de café au lait et les sandwichs au fromage soigneusement rangés, appuie légèrement sur ses épaules ; dès qu'elle oblique vers le nord, il accroche un peu la brise. Les cimes des Mamores ondulent autour d'elle, presque toutes sont des munros[1] ; au loin, le soleil caresse le sommet de l'imposant Ben Nevis, la plus haute montagne d'Écosse, point culminant des îles britanniques – désormais un peu rapetissé par l'élévation du niveau de la mer.

Elle s'arrête un moment, regarde en arrière. Et vers le bas. Elle ne voit plus les maisons blotties en petits arcs de cercle autour de l'extrémité du loch où elle habite. Kin est le mot gaélique pour tête, extrémité. D'où le nom du village : Kinlochleven. Le village au bout du loch Leven.

Quelque part sur sa gauche, miroite le Blackwater Reservoir, la retenue du barrage, d'où partent les six énormes conduites noires posées côte à côte qui descendent en zigzag vers la vallée et l'usine hydraulique située au-dessus du village. Ici et là, une fuite laisse échapper en l'air un jet d'eau sous pression qui, pris dans le soleil, se transforme en un arc-en-ciel miniature.

Puis elle se concentre sur le but de son escalade. Une ascension qu'elle effectue une fois par semaine pendant les

---

1 Sommet d'Écosse dont l'altitude est supérieure à 3 000 pieds, soit 914,40 mètres (toutes les notes sont de la traductrice).

mois les plus froids de l'hiver pour vérifier l'état de la fragile petite station météorologique qu'elle a installée – elle réfléchit un instant – il y a maintenant six ans. Juste avant d'être enceinte. Cinquante kilos de structure et d'éléments métalliques portés sur le dos en trois voyages, au cours des mois d'été les plus cléments. Un trépied boulonné dans la roche, des capteurs fixés sur un mât central. Température de l'air, humidité relative. Vitesse et direction du vent. Ultraviolets, rayonnement visible et infrarouges. Panneaux solaires, antenne radio, appareil de communication par satellite. Une boîte en métal ancrée dans le grès recristallisé en quartzite blanc du sommet. Elle contient l'enregistreur de données, le capteur de pression, des radios et une batterie. Addie s'étonne toujours que tout cela résiste là-haut, dans cet environnement des plus inhospitaliers.

Il lui faut moins de quinze minutes pour dégager la neige et la glace autour des capteurs, et vérifier que tout fonctionne normalement. Quinze minutes durant lesquelles elle n'a pas à penser à autre chose. Quinze minutes d'évasion de sa dépression. Quinze minutes d'oubli.

Une fois qu'elle a fini, elle s'accroupit sur la boîte en métal et plonge la main dans son sac pour en sortir les sandwichs jetés ensemble à la hâte, et le café chaud, sucré, qui les accompagnera. Elle ne parvient pas à empêcher ses pensées de se focaliser de nouveau sur toutes ces choses qui la perturbent depuis quelques mois. Elle ferme les yeux, comme si cela pouvait les chasser, mais elle porte sur elle sa dépression comme le sac sur son dos. Si seulement elle pouvait l'enlever aussi facilement de ses épaules quand elle rentre à la maison.

Elle se relève avec raideur et se tourne face au nord, vers le cirque qui descend de la courbe du sommet. Coire an dà Loch. Le cirque des Deux Lochans. Elle voit, au pied de la pente, la lumière du soleil se refléter sur les deux petits *lochs qui lui ont donné son nom, et commence à descendre prudemment la crête ouest. Il n'y a qu'une fine couche de neige ici, où le vent l'a soufflée vers l'intérieur du cirque ; les rochers et la végétation affleurent à la surface comme une espèce de dermatite atopique.*

Avant le Grand Changement, les névés s'étaient raréfiés sur les plus hautes montagnes écossaises. Il y a trente ans, ils avaient presque tous disparu. Maintenant, ils sont de plus en plus étendus, et de plus en plus nombreux à tenir tout l'été dans les cirques orientés au nord et à l'est. Fondant et gelant, fondant et gelant, jusqu'à devenir aussi durs que de la glace, indifférents aux températures estivales en baisse. Addie avait vu ce névé du Coire an dà Loch se rétrécir et s'élargir au fil des saisons, pour finir par devenir plus vaste chaque année. La prochaine tempête de neige l'ensevelirait, et le rendrait sans doute invisible jusqu'à la fin du printemps.

Mais aujourd'hui, il y a quelque chose de différent. Un vide béant à son extrémité supérieure. Comme l'entrée d'une caverne disparaissant dans l'obscurité. Peut-être était-ce là à sa dernière visite et ne l'avait-elle tout simplement pas vu. Dissimulé, peut-être, sous la neige que des vents violents avaient soufflée. En tout cas, ça l'intrigue. Elle a entendu parler des tunnels de neige. Dans les périodes de radoucissement comme celles qu'ils viennent de connaître, l'eau de fonte descend dans les cirques et creuse un tunnel sous la glace des névés.

Oubliant ses problèmes, elle glisse de la crête dans le cirque. La neige qui remplit cette combe étroite est parsemée de rochers dépassant du pierrier accumulé dessous, et l'oblige à progresser en faisant très attention, jusqu'à l'endroit le plus épais et le plus gelé du névé. Vingt mètres de long, sept ou huit mètres de large. Peut-être deux et demi de profondeur. Elle arrive au pied, pivote et se retrouve face au premier tunnel de neige de sa vie. Elle en a le souffle coupé. Une arche de cathédrale parfaite formée de larges alvéoles géométriques de stalactites de glace naissantes au-dessus du rocher et de la végétation noircie. La lumière provenant de l'extrémité supérieure du tunnel l'inonde comme l'eau avant elle, et colore la glace en bleu. C'est assez grand pour qu'Addie puisse ramper à l'intérieur.

Vite, elle se débarrasse de son sac, plonge la main dans une des poches pour en retirer son appareil photo, et se laisse tomber sur les genoux avant de s'engager prudemment à l'intérieur. Elle s'arrête plusieurs fois pour prendre des photos. Et aussi un selfie, avec le tunnel fuyant derrière elle. Mais elle veut également enregistrer la couleur et la structure de l'arche ; elle se met sur le dos afin de pouvoir prendre des clichés du plafond et de l'ensemble en pleine lumière.

L'homme est juste au-dessus d'elle, encastré dans la glace. Équipé de vêtements d'escalade que, de façon incongrue, elle juge totalement inadéquats. Allongé sur le ventre, les bras le long du corps, la bouche et les yeux grands ouverts, il la fixe exactement comme s'il était toujours vivant. Mais ses poumons ne respirent pas, ses yeux ne voient pas. L'écho du cri d'Addie résonne dans tout le Coire an dà Loch.

Chapitre 1

CINQ JOURS PLUS TÔT

La Haute Cour de Justice de Glasgow était un édifice impressionnant, encore plus depuis son ravalement à la fin du vingtième siècle. Un monument célèbre pour son importance historique. Très peu de gens célèbres, en revanche, en avaient franchi le portique d'entrée. Juste une longue liste d'individus, surtout des hommes, engoncés dans des costumes auxquels ils n'étaient pas habitués, et amenés à en porter d'un genre très différent après la condamnation prononcée par le Lord Justice General ou le Lord Justice Clerk ou, plus vraisemblablement, l'un des trente-cinq Lords Commissioners of Justiciary.

Au fil des ans, l'inspecteur Cameron Brodie avait témoigné à de nombreuses reprises dans ses différentes salles d'audience. Il s'était accoutumé à l'odeur de la justice dispensée par des hommes et des femmes en perruque et robe noire, du haut de leurs bancs de chêne sous les puits de lumière artificielle. La justice, d'après lui, sentait le produit de nettoyage, l'urine et l'alcool éventé, plus, parfois, une bouffée de lotion après-rasage.

Dehors, dans Saltmarket, il faisait froid, la pluie coulait d'un ciel de plomb comme presque tous les jours. Mais dans la salle d'audience où un certain Jack Stalker, alias le Beanstalk[1], était accusé de meurtre au premier degré, le feu des débats avait réchauffé l'air, et toute cette eau de pluie introduite avec les imperméables et les parapluies avait élevé le taux d'humidité. Flanqué de deux policiers, Stalker était assis sur le banc des accusés, homme gris, la trentaine, visage profondément grêlé, cicatrice livide en travers du sourcil gauche. Cheveux clairsemés tirés en arrière et plaqués sur le crâne par une huile nauséabonde que Brodie imaginait pouvoir détecter depuis la barre des témoins, par-dessus l'odeur de la justice institutionnelle.

L'avocat de Stalker, le vieil Archibald Quayle, était réputé pour avoir défendu plus de cinq cents meurtriers, encore plus que le légendaire Joe Beltrami, au vingtième siècle. Et Brodie voyait en lui, malgré la sueur qui s'accumulait de façon comique dans les replis de son cou et de son menton, un redoutable adversaire.

Quayle s'était écarté de la grande table carrée située sous l'estrade où siégeaient les avocats et leurs assistants, et s'insinuait maintenant entre le jury et le témoin. Il affichait l'air condescendant d'un homme suprêmement convaincu de sa capacité à obtenir un acquittement, et qui ne comprenait d'ailleurs même pas comment cette affaire avait pu être portée devant les tribunaux.

Pour Brodie, la culpabilité de Stalker ne faisait aucun doute. Il avait été filmé par une caméra de sécurité haute définition CCTV en train de frapper sa victime à coups de

---

1 Le haricot magique.

pied jusqu'à ce que mort s'ensuive, en haut de la digue nord de la Clyde, près du centre de conférences.

Quayle tourna vers Brodie un regard sombre, pénétrant.

— Quels témoins en relation avec l'agression présumée avez-vous interrogés, inspecteur ?

— Aucun, Maître.

Feignant la surprise, Quayle haussa les sourcils.

— Et pourquoi donc ?

— Nous n'en avons pas trouvé. Les faits se sont déroulés au petit matin. Apparemment, il n'y avait personne d'autre dans le voisinage.

L'avocat de la défense fit mine de consulter ses notes.

— Et quelle preuve médico-légale détenez-vous pour suspecter mon client d'avoir commis ce crime odieux ?

— Aucune, Maître.

Les sourcils se relevèrent de nouveau.

— Mais vos experts ont dû recueillir des indices sur la victime et sur la scène de crime.

— En effet.

— Qui ne correspondent pas avec ce que vous avez trouvé sur l'accusé.

Un constat, pas une question.

— Il nous a fallu près de deux jours pour mettre la main sur Stalker. Il avait eu amplement le temps de se débarrasser de tout ce qui aurait pu le lier au meurtre.

— Et comment l'avez-vous trouvé ?

— On s'est renseigné. Il était connu de nos services, Maître.

Quayle fronça les sourcils.

— Connu de vos services ? Comment ?

Brodie prit son temps avant de répondre. Il n'allait pas tomber dans le piège de Quayle. Il déclara d'un ton neutre :

— Je crains qu'en raison de la loi de 1974 sur la réhabilitation des délinquants, je ne puisse pas le dire.

Ce qui suscita des sourires autour de la table des avocats, et un regard noir de la part du juge.

Quayle ne se démonta pas.

— Vous vous êtes renseigné, dites-vous. Auprès de qui ?

— De partenaires connus.

— Vous voulez dire des amis ?

— Oui.

— La victime, aussi, était un ami, n'est-ce pas ?

— Je crois qu'ils avaient partagé autrefois le même logement.

— Des colocataires ? demanda Quayle avec une fausse naïveté.

Une fois de plus, Brodie marqua une pause.

— On peut voir ça comme ça ; je n'ai pas à faire de commentaire.

Quayle ignora l'impertinence de l'inspecteur et retourna d'une démarche assurée vers sa chaise.

— Donc, la seule preuve en votre possession contre l'accusé est la vidéo CCTV que le procureur a présentée à la Cour ?

— C'est suffisamment accablant, je pense ?

— Quand je voudrai connaître votre opinion, inspecteur, je vous la demanderai.

Il se tourna avec dédain vers le juge.

— Votre Honneur, m'autoriseriez-vous à demander à la Cour de repasser une fois de plus la Projection Cinq A ?

Le juge jeta un coup d'œil au procureur, qui haussa les épaules. Après tout, cela ne pouvait que confirmer l'accusation.

— Je n'ai pas d'objection, Votre Honneur, dit-il.

De grands écrans installés sur les quatre murs scintillèrent, et le meurtre de l'infortuné Archie Lafferty repassa pour la énième fois dans tous ses détails. Une altercation quelconque était en cours. Sous les fenêtres, de l'autre côté du fleuve, du commissariat de Pacific Quay dont les lumières se reflétaient sur les eaux noires et rapides de la Clyde. La digue de la rive nord était déserte, hormis les deux antagonistes. Stalker hurlait au visage de Lafferty. On pouvait presque distinguer la salive sur ses lèvres. Puis, des deux mains, il repoussait la poitrine de Lafferty, qui reculait en chancelant et en gesticulant frénétiquement comme s'il protestait de son innocence face à une quelconque accusation. Une autre poussée et il perdait l'équilibre, tombait en arrière, sa tête heurtant les pavés. Assez fort, confirmerait plus tard le médecin légiste, pour causer une fracture du crâne, apparemment sans perte de connaissance. Lafferty était plus que conscient des coups de pied vicieux de son agresseur qui pleuvaient sur lui puisqu'il se recroquevillait en position fœtale pour se protéger la tête et la poitrine. Mais Stalker était impitoyable et, quand son pied droit réussissait finalement à percer la défense de Lafferty et l'atteignait en pleine face, on voyait le jet de sang qui en giclait.

Les coups de pied continuaient pendant plusieurs minutes insoutenables, longtemps après que Lafferty avait cessé de se défendre ; allongé sur les pavés, il encaissait les coups répétés et perdait son sang. Stalker paraissait y prendre du plaisir, mettant toute son énergie dans chaque frappe jusqu'à ce qu'il se redresse enfin en haletant et regarde sa victime de haut avec un mépris manifeste. Lafferty était presque certainement mort alors. Stalker tournait les talons puis disparaissait rapidement hors champ. Les écrans scintillèrent et la vidéo s'arrêta.

Brodie avait beau l'avoir regardée maintes fois, il fut comme toujours parcouru d'un frisson d'inquiétude. Le silence plana quelques instants sur le tribunal avant que Quayle ne dise avec désinvolture :

— Ce sera tout, inspecteur.

Brodie n'en revenait pas. Quayle concluait son contre-interrogatoire avec une rediffusion du meurtre, consolidant la culpabilité de son client dans les esprits de tous les hommes et femmes présents dans la salle d'audience. Il se leva, descendit de l'estrade et se dirigea vivement vers la porte.

Tiny l'attendait dans le hall. L'inspecteur Tony Thomson était un homme si mince que ses vêtements n'avaient pas l'air d'être portés mais plutôt suspendus sur lui. Il mesurait bien deux mètres, d'où son surnom de Tiny, mini, et il avait beau baisser la voix, elle résonnait tout autour des carrelages et des plâtres peints de cette salle séculaire.

— Ça n'a pas duré longtemps, mon pote. Viens, une tourte et une pinte nous attendent au Sarry Heid.

Il se dirigea vers la porte donnant sur la rue. Mais comme Brodie ne faisait pas mine de le suivre, il s'arrêta et le regarda :

— Qu'est-ce qu'il t'arrive ?

Brodie secoua la tête.

— Il y a quelque chose qui cloche, Tiny.

— Quoi ?

— Quayle m'a gardé moins de cinq minutes à la barre, et il a passé la majeure partie du temps à repasser la vidéo de la CCTV.

Tiny fronça les sourcils.

— Quoi ? De son plein gré, il a montré au jury son client en train de tabasser ce pauvre mec, *encore* ?

Brodie hocha la tête :

— J'y retourne.

Quelques têtes pivotèrent quand la porte grinça ; Brodie, suivi de Tiny, entra sur la pointe des pieds dans la salle d'audience pour trouver deux places dans la tribune bondée réservée au public. Le procureur se détourna à moitié et lui adressa un froncement de sourcils interrogateur. Brodie haussa les épaules.

Quayle était de nouveau debout.

— Votre Honneur, j'ai un seul témoin. J'appelle M. Raphael Johnson.

L'auxiliaire de justice revint peu de temps après avec le témoin à qui il fit signe d'approcher de la barre. Raphael Johnson avait tout au plus vingt-sept ou vingt-huit ans, une peau boutonneuse d'adolescent et une épaisse tignasse brune retombant sur ses épaules étroites. Son T-shirt, sous un blouson en cuir à capuche, était orné du logo rouge délavé de quelque créature inidentifiable crachant du feu. Son jeans était élimé aux genoux et plié en accordéon sur des baskets montantes redevenues à la mode. Brodie nota les doigts et le pouce tachés de nicotine, les yeux injectés de sang, les narines rougies trahissant une relation probable avec une certaine poudre blanche. Mais peut-être Brodie se montrait-il injuste envers lui. Peut-être était-il tout simplement enrhumé, ou se remettait-il du dernier variant de la Covid. Difficile de faire la différence à présent.

Il confirma solennellement au lieu de prêter serment. Quand on le pria de dire à la Cour qui il était, il se donna le nom de Raff, et se décrivit comme informaticien spécialisé dans la manipulation audiovisuelle.

— Qui est votre employeur ? lui demanda Quayle.

— Je suis indépendant, mec.

— Vos qualifications ?

— Diplôme de premier cycle en science informatique de l'université de Strathclyde.

— Parlez-moi de ce procédé de manipulation vidéo appelé *deepfake*.

Raff poussa une espèce de grognement.

— Personne n'appelle plus ça comme ça, mec. Masquage neuronal. C'est ce qu'on dit aujourd'hui.

— Racontez-nous.

Le procureur se leva.

— Objection, Votre Honneur. Quel lien avec l'affaire ?

— J'y viens, dit Quayle en dressant un doigt en l'air.

Le juge hocha la tête.

— Soyez bref, alors, monsieur Quayle.

Quayle opina et revint au témoin :

— Monsieur Johnson ?

— Cette technologie a au moins trente-cinq ans. Née quelque part au début des années 2010, avec le développement des GANs.

— Qui sont ?

— Ben, les *generative adversarial networks*, les réseaux antagonistes génératifs, dans lesquels deux réseaux neuronaux utilisent l'IA pour entrer en compétition.

Il était manifeste que personne, dans la salle d'audience, n'avait la moindre idée de ce dont il parlait. Pour essayer de se monter utile, le juge se pencha en avant et dit :

— J'imagine que vous voulez parler d'intelligence artificielle ?

— Oui, Votre Honneur. C'est un peu compliqué à expliquer, mais on parle de vidéo, ici, et ce que faisaient les GANs c'était juste produire de fausses vidéos qui passaient pour vraies. Les deux réseaux neuronaux font des choses différentes. L'un des deux est un générateur, l'autre un discriminateur.

— Et en termes profanes ? demanda Quayle qui espérait un peu plus de clarté.

— Eh bien, au début, on utilisait un GAN pour incruster des visages de célébrités sur ceux d'acteurs porno. On donnait au générateur quelques vidéos, ou même des photos du visage d'une célébrité, et il l'incrustait parfaitement sur l'acteur porno cible. Vous, ou moi, on aurait été incapables de le deviner. Mais le discriminateur scannait la vidéo, et il y détectait des tas de défauts. Le générateur en tirait la leçon, il recommençait et laissait le discriminateur la scanner à nouveau. Le processus se répétait de multiples fois jusqu'à ce qu'il devienne finalement impossible de deviner que la vidéo n'était pas authentique.

— Et c'est toujours utilisé dans ce but ?

— Nan, répondit Raff en secouant sa tignasse. Personne fait plus ça. Les logiciels ont progressé depuis. Aujourd'hui, les applications sont beaucoup plus sophistiquées.

— C'est-à-dire ?

— Vous avez sans doute lu qu'on commence à réaliser des films avec des acteurs qui sont morts depuis plusieurs années, des dizaines d'années même. Des grandes stars du passé. On emploie des acteurs inconnus pour le tournage, puis on incruste sur leurs visages ceux des morts. Bingo ! On a Cary Grant qui incarne le dernier Batman. Ou Marilyn Monroe qui joue son propre rôle dans un tout nouveau bio-pic. On peut faire la même chose avec les voix, aussi. Alors... (Il haussa les épaules.) La CGI a coulé.

Le juge se pencha de nouveau en avant :

— CGI ?

— *Computer-generated imagery*, les effets spéciaux numériques. C'est comme ça qu'on transformait une dou-zaine d'individus en une foule d'un millier de personnes dans les films, ou qu'une scène tournée en studio avait l'air de se passer aux Bahamas. Des trucs assez grossiers à côté de ce qui se fait maintenant.

Quayle s'éclaircit la gorge et ramena Raff en douceur vers son sujet.

— Ce masquage neuronal. À quel point est-il convaincant ?

Une expression amusée s'échappa des lèvres de Raff en un petit souffle d'air.

— Impossible de dire qu'une vidéo n'est pas authentique, mec. À moins de posséder la prochaine génération d'IA – qui n'existe même pas encore – aucun moyen de prouver que ce n'est pas l'originale.

Quayle hocha sagement la tête, comme s'il comprenait toutes les nuances de la technologie qui lui était décrite.

— Seriez-vous en mesure de nous montrer un exemple ?

— Ben, comme vous le savez, j'ai préparé une courte vidéo de démonstration.

Le procureur était de nouveau debout.

— Votre Honneur...

Le juge le devança :

— Monsieur Quayle, vous abusez de la patience de la Cour. Il vaut mieux pour vous que ce soit intéressant.

Mais il ne faisait aucun doute que le juge était aussi curieux de voir la vidéo de Raff que toutes les autres personnes présentes.

— Merci, Votre Honneur.

Quayle adressa un signe de tête à l'auxiliaire ; les écrans entourant la salle scintillèrent une fois de plus puis la vidéo de l'agression sur la digue commença.

Le juge fronça les sourcils.

— Ce n'est pas la bonne vidéo, Maître Quayle.

— Si, Votre Honneur, c'est la bonne, dit Quayle avec un sourire imperceptible.

Les regards détournés par cet échange se dirigèrent de nouveau sur les écrans au moment où Jack Stalker pivotait pour faire face à sa victime, et où son visage était filmé pour la première fois en pleine lumière. Sauf que ce n'était pas Stalker. Un hoquet de surprise collectif et involontaire s'éleva de la salle quand l'inspecteur Cameron Brodie poussa Archie Lafferty avant de le bourrer de coups de pied sur la tête et le visage. C'était si convaincant que pas une seule personne présente dans le tribunal n'aurait pu jurer que ce n'était pas Brodie.

Ces mêmes regards s'arrachèrent à la vidéo pour le fixer, lui, Brodie, dans la tribune du public, avant de se reporter sur les écrans, ne voulant surtout rien rater. Brodie sentit son visage s'enflammer sous le coup du choc et de l'humiliation. Et de la colère.

Chapitre 2

SEPT JOURS PLUS TARD

Dès qu'elle touchait le sol, la pluie mélangée à la grêle gelait et le rendait glissant. L'épais nuage sulfureux qui recouvrait la ville laissait filtrer si peu de lumière qu'on aurait pu facilement se tromper en confondant le milieu de la matinée avec l'aube.

Au plafond, les lumières électriques allumées sur toute la longueur du couloir rendaient non seulement l'extérieur encore plus sombre mais transformaient les murs crème en surfaces vernies presque douloureuses pour les yeux. Brodie avançait à grandes enjambées en regardant par les fenêtres. La rivière, encore en crue, paraissait alanguie, sa course vers la mer ralentie par le flot remontant de l'estuaire.

La porte du DCI[1] était entrebâillée. Brodie entendait le cliquetis distant des claviers d'ordinateurs et un murmure de voix encore plus lointain. Il s'en dégageait une sensation de calme qu'il hésitait à rompre ; il frappa doucement.

---

1 *Detective Chief Inspector* est l'équivalent d'inspecteur divisionnaire de police.

La voix qui répondit ne manifesta pas autant de délicatesse. Elle claqua comme un coup de fusil :

— Entrez !

Brodie entra ; le DCI Angus Maclaren leva les yeux de la paperasse qui ressemblait à un amas de neige sur son bureau. Il était en bras de chemise, sa cravate desserrée pendait à son cou, ses cheveux habituellement bien peignés retombaient en boucles sur son front. Il rejeta la mèche rebelle en arrière d'un geste négligent.

— Vous aimez la randonnée, à ce qu'on m'a dit, Brodie. Et aussi l'escalade. C'est vrai ?

Il y avait dans son ton une trace de condescendance, de scepticisme vis-à-vis du fait qu'une telle activité puisse attirer quelqu'un. Surtout l'un de ses policiers.

Né quatre ans avant le tournant du siècle, Brodie avait gravi les échelons à la force du poignet. Diplômé de l'école de police de Tulliallan, il était resté plus de dix ans en uniforme avant de passer les examens pour devenir enquêteur et se voir finalement admis au département des enquêtes criminelles avec le grade d'inspecteur. Deux promotions plus tard, il se retrouvait sous les ordres d'un officier supérieur de vingt-cinq ans son cadet, qu'une maîtrise en droit et en criminologie obtenue à l'université de Stirling avait propulsé directement au rang d'inspecteur. Un officier supérieur qui goûtait peu la méthode *à l'ancienne* de Brodie. Et encore moins, apparemment, sa passion pour la randonnée.

— Oui, monsieur.

C'était son père, veuf, soudeur au chômage licencié de l'un des derniers chantiers navals de la Clyde, qui l'avait emmené randonner pour la première fois dans les West Highlands, à l'âge de quatorze ans. Ils avaient pris le train de Queen Street à Arrochar pour aller escalader le Cobbler, aussi mal habillés que mal équipés. Le bon matériel coûtait cher, et son père avait très peu d'argent. Néanmoins, ce premier aperçu des grands espaces sauvages lui avait transmis le virus ; dès qu'il avait commencé à être plus expérimenté, et à gagner sa vie, il s'était mis à prendre la sécurité plus au sérieux, et à passer tout son temps libre dans les magasins de sport de la ville. Quand son père, victime d'une attaque, s'était retrouvé à moitié paralysé, avant de mourir un an plus tard, il en avait été dévasté. Il avait tout juste vingt et un ans. Ses excursions du week-end dans les collines et les montagnes des Highlands devinrent alors une véritable obsession, une échappatoire à sa vie solitaire. Et depuis quelques années, une échappatoire à la vie elle-même.

Maclaren se recula dans son fauteuil et considéra son aîné d'un air pensif.

— Vous vous rappelez cette histoire dont les journaux parlaient il y a environ trois mois ? La disparition d'un reporter du *Scottish Herald* dans les West Highlands ?

Brodie ne s'en souvenait pas.

— Non, monsieur.

Agacé, Maclaren claqua la langue et poussa vers lui un dossier ouvert contenant des coupures de presse : *Herald*, *Scotsman*, *Record*. La plupart des autres quotidiens nationaux avaient fait faillite. En dehors de ces trois-là, et d'une poignée de journaux locaux, les gens tiraient leurs informations de la télé, d'Internet et des médias sociaux.

— Un policier moderne doit se tenir au courant de l'actualité, Brodie. Sinon, comment peut-on maintenir l'ordre dans une société ?

Supposant que la question était rhétorique, Brodie garda le silence, ce qui lui valut un regard irrité de Maclaren, comme si ce dernier y percevait une insolence muette.

— Charles Younger, dit-il. Le journaliste enquêteur du *Scottish Herald*. Spécialisé dans les scandales politiques. En août dernier, il est allé marcher dans la région du Loch

Leven, alors que, de toute évidence, il n'avait jamais randonné de sa vie. Parti un jour, jamais de retour. Sans laisser la moindre trace. Jusqu'à aujourd'hui.

Il marqua une pause, comme s'il attendait que Brodie lui pose des questions. Rien ne venant, il soupira d'impatience et ajouta :

— Le corps de Younger a été découvert gelé dans un névé de la face nord du cirque de Binnein Mòr, au-dessus du village de...

Brodie l'interrompit pour la première fois :

— Je sais où se trouve le Binnein Mòr. J'ai escaladé presque toutes les montagnes de la région de Kinlochleven.

— Oui, c'est ce que j'ai entendu dire. Tous les munros des Mamores, je crois.

Brodie acquiesça d'un hochement de tête.

— Je veux que vous montiez là-haut pour vérifier.

— Pourquoi ceux d'Inverness ne s'en occupent-ils pas ?

— Parce que les deux policiers dépêchés sur place pour enquêter ont été tués quand leur drone s'est crashé dans une tempête de neige. Édimbourg nous a demandé d'envoyer quelqu'un à leur place. Et moi je vous le demande.

— Eh bien, vous devrez demander à quelqu'un d'autre, monsieur.

Maclaren pencha la tête ; Brodie vit des braises de colère s'allumer dans ses yeux.

— Et pourquoi donc, bordel ?

— J'ai un rendez-vous médical aujourd'hui, monsieur. Pour connaître les résultats des tests que j'ai passés à l'hôpital. Je vais sûrement avoir besoin d'un traitement.

Maclaren lui jeta un regard furieux avant de refermer d'un coup sec le dossier de coupures de presse et de le ramener vers lui.

— Pourquoi n'étais-je pas au courant ? lança-t-il sans manifester le moindre intérêt pour son état de santé.

— Vous le serez, monsieur. Quand j'aurai quelque chose à vous apprendre. (Il regarda sa montre.) Si vous n'avez rien d'autre à me dire, monsieur, je vais y aller. Il y a un briefing technique à dix heures trente, et je ne voudrais pas faire attendre le commissaire.

Tiny rejoignit son partenaire de longue date juste au moment où celui-ci pénétrait dans l'ascenseur et pressait le bouton du cinquième étage.

— Alors, qu'est-ce que tu lui as dit ?

— D'aller se faire foutre.

Tiny fit une grimace.

— Ouais, d'accord. Mais à part ça ?

— Que je ne voulais pas m'en occuper.

— Je pensais que tu aurais sauté sur l'occasion, vieux. C'est ton domaine, ça. Escalader les montagnes et tout.

Brodie haussa les épaules. Il n'allait pas entrer dans des détails médicaux, même avec son plus vieil ami.

— En plus, je croyais que ta fille vivait à Kinlochleven maintenant.

Brodie hocha la tête.

— Alors...

— Alors, c'est peut-être pour ça que je ne veux pas y aller.

Les portes de l'ascenseur s'ouvrirent, Brodie se dépêcha de sortir. Tiny lui emboîta le pas dans le couloir jusqu'à la salle de réunion située tout au bout et tint sa langue. La fille de Brodie était, il le savait, un sujet épineux sur lequel il valait mieux ne pas insister.

Dans la salle de réunion, il y avait une foule de policiers en uniforme et en civil venus assister à la présentation très attendue du nouveau kit de communication, une sorte de visiophone mobile ultraléger doué d'une puissance de traitement plus importante que la majorité des ordinateurs de bureau. Tous étaient impatients d'y jeter un coup d'œil. Et d'en recevoir un.

Brodie et Tiny trouvèrent des chaises près de la fenêtre ; Brodie regarda dehors, l'autre rive de la Clyde. Le nouveau QG de la police de Glasgow avait été bâti sur Pacific Quay au début des années 2030 et, comme les complexes médiatiques voisins – la société publique, Scottish Broadcasting Corporation, et la Scottish Television, privée – il était enclavé entre les digues érigées dans les années 2040 en guise de protection contre les tempêtes et les raz-de-marée qui avaient submergé de larges zones au sud du fleuve. Malgré des changements radicaux dans l'administration territoriale depuis que le pays avait voté son indépendance à la fin des années 2020, Police Scotland était toujours une force centralisée.

Après la réadhésion du pays à l'Union européenne, soutenue par la France, le nouveau gouvernement écossais de Holyrood s'était restructuré en s'inspirant largement du modèle français. L'Écosse était maintenant découpée en quatre régions correspondant à peu près aux lignes de faille géologiques qui traversaient le pays en diagonale – Centre, Sud, Mid et Highland. Ces régions étaient divisées en départements administrés par des fonctionnaires nommés par le gouvernement, et les départements subdivisés en villes et cantons ruraux qui élisaient leurs propres maires. Les îles de l'Ouest et celles du Nord avaient été déclarées mini-régions distinctes semi-autonomes.

Tant de choses avaient changé au cours de la vie de Brodie qu'il avait du mal à suivre, et encore plus de mal à s'efforcer d'y trouver un intérêt.

La pluie qui ruisselait sur les vitres déformait les contours de l'Armadillo, de l'autre côté du fleuve. On distinguait à peine la grue de Finnieston. Au loin les immeubles bâtis sur la colline dominant Partick, le quartier dans lequel Brodie habitait, formaient une tache rouille, quasiment absorbée par le ciel, en quelque sorte.

Un silence attentif se fit lorsque le commissaire entra dans la pièce, suivi d'un jeune homme à lunettes, en civil, dont les cheveux touchaient presque le col de sa veste. Il portait une grande boîte en carton sur laquelle le logo « iCom » était inscrit au pochoir. Les deux hommes s'installèrent, avec la boîte, derrière un bureau placé sous le tableau blanc du mur du fond. Le commissaire ôta son chapeau à carreaux et le posa devant lui. Il avait d'épais cheveux argentés et un menton brillant, rasé de près, bien dessiné. À peu près de son âge, estimait Brodie. Mais aujourd'hui, il y avait chez lui quelque chose de changé.

Comme s'il lisait dans ses pensées, le commissaire demanda :

— Combien parmi vous ont remarqué une différence dans mon apparence aujourd'hui ?

— Vous portez des lunettes, monsieur, lança Tiny.

Tiny avait pour les détails un œil que Brodie lui enviait.

— Exact, Thomson. Et pourtant, non. Ce ne sont pas des lunettes.

Il leva une main vers une branche et les éloigna de son visage, laissant en place les cambres enroulés autour des oreilles.

— Croyez-le ou non, les branches de cette paire de lunettes sont appelées des *temples*. Dans ces modules iCom, les *temples* se détachent des boucles des extrémités, et se rattachent magnétiquement. On peut les enlever comme ceci, ou les faire pivoter sur le front.

Il remit les lunettes sur son nez, puis les repoussa vers ses cheveux pour le démontrer.

— Si je demande à mon iCom d'assombrir les verres, j'ai l'air de porter des lunettes de soleil.

Sur un ton de commandement, il ordonna :

— iCom, fonce mes verres.

Ils s'assombrirent instantanément alors que le commissaire les replaçait devant ses yeux.

— Voilà. J'ai l'air cool, non ?

— Frimeur, lâcha quelqu'un en aparté, ce qui déclencha les rires dans la salle.

Soucieux de montrer qu'il avait lui aussi le sens de l'humour, le commissaire sourit. Puis, il leva une main vers son oreille droite et poursuivit :

— L'élément qui s'adapte dans et autour de chaque oreille traduit le son en vibrations silencieuses retraduites en sons par votre cerveau. Très net, très clair, et que personne ne peut entendre à part vous.

Il fit glisser son index de l'arrière de l'oreille à la courbe de sa mâchoire.

— Vous ne pouvez probablement pas le voir, parce qu'il est couleur chair et qu'il s'ajustera à la teinte de votre peau, quelle qu'elle soit. Mais il capte la vibration de votre mâchoire lorsque vous parlez et l'envoie en signal vocal via le réseau 15G de la police. Ainsi vous serez en communication bidirectionnelle constante avec la personne que vous appelez.

Il remonta les lunettes sur son front.

— Activez les lunettes et elles vous offrent un écran de réalité augmentée et réalité virtuelle permettant de recevoir des appels vidéo, de surfer sur Internet, ou d'interpréter le monde qui vous entoure. La reconnaissance faciale est instantanée. Tout fonctionne par commande vocale. (Il sourit.) Mais le plus extraordinaire : vous pouvez continuer à voir tout ce qui se passe derrière les verres. C'est juste une affaire de déplacement de focalisation. On s'y habitue très vite.

— Et quid de la vidéo bidirectionnelle ? demanda quelqu'un.

Le commissaire se tourna vers le jeune homme debout à côté de lui.

— Voici l'inspecteur Victor Graham de l'IT. Notre hacker en chef. Il vous l'expliquera mieux que moi.

Le hacker en chef ne sembla pas impressionné le moins du monde par son surnom. Il retira ses propres lunettes et suivit délicatement du doigt le contour des verres.

— Il y a huit mini-caméras intégrées aux bords. Elles scannent votre visage et réinterprètent les informations digitales afin d'envoyer une vidéo fidèle de votre portrait à votre interlocuteur. (Il remit ses lunettes.) Croyez-moi, la puissance de traitement de l'iCom est énorme, alimentée par des piles miniatures intégrées aux branches.

Il toucha les charnières inclinées là où les branches s'articulaient sur la monture :

— Vous disposerez de quatre-vingt-seize heures d'utilisation ininterrompue sans avoir à les recharger.

Le commissaire intervint à nouveau :

— Et maintenant, voici une fonction des plus intéressantes... (il sourit), qui devrait plaire à notre ami l'inspecteur Brodie.

Les têtes se tournèrent vers Brodie, qui sentit le rouge lui monter aux joues.

— Un logiciel de l'iCom permettra aux policiers de déterminer si la vidéo qu'ils sont en train de visionner est authentique ou non.

— Le processus est ultrarapide, et ce logiciel a une génération d'avance sur la concurrence. Il est infaillible.

— Vous pourrez donc savoir si l'actrice de vos vidéos pornos est réelle ou pas, dit le commissaire avec un grand sourire.

Une cascade de rires déferla dans la pièce. Il ajouta alors :

— C'est juste dommage qu'il n'ait pas été disponible la semaine dernière quand Brodie a foiré l'affaire contre

Jack Stalker. Ce salaud ne serait pas sorti libre du tribunal, hein ?

Brodie serra les mâchoires.

— Bon, maintenant, je vous laisse entre les mains de l'inspecteur Graham, qui va vous fournir tous les détails nécessaires et vous remettre vos iComs personnels. Si vous avez des questions, adressez-vous à lui. Mais si vous perdez ce putain de truc, vous aurez affaire à moi.

Il reprit son chapeau, le cala sur sa tête puis sortit de la salle d'un pas vif.

L'inspecteur Graham attendit qu'il soit parti pour dire :

— À moi aussi. Ces appareils relèvent de mon budget, et ils coûtent une putain de fortune.

Chapitre 3

Le ventilateur de la clim vrombissait avec un bruit de ferraille derrière la grille rouillée du plafond. La pluie tambourinait sur le Velux d'où tombait une lumière meurtrie. Le son de la télévision grand écran fixée en hauteur au fond de la salle d'attente en devenait à peine audible. Le long des trois autres murs, des chaises en plastique décolorées entouraient une table basse carrée croulant sous des magazines crasseux aux pages cornées. Brodie les imaginait contaminés par les bactéries invisibles et les infections virales des malades qui les avaient touchés.

Les murs tachés par l'humidité et rayés par les dossiers des chaises n'avaient pas été repeints depuis des années. Il n'y avait personne lorsque Brodie était arrivé, dégoulinant de pluie après une course périlleuse dans les rues inondées à bord du bateau taxi électrique qu'il avait pris depuis l'une des digues provisoires de la rive sud. Les bateaux privés à louer s'agglutinaient comme des bancs de poissons autour des digues.

Les immeubles en grès zébrés de pluie qui bordaient les rues avaient sur lui un effet déprimant. Dressés entre les trouées, ils lui faisaient penser à des dents pourries dans un sourire triste. Abandonnés, comme les tours d'habitation et les logements sociaux plus récents. Les vitrines des magasins, condamnées depuis longtemps par des planches, disparaissaient sous les graffitis. Le Citizens Theatre de Gorbals Street avait été obligé de fermer ses portes définitivement après un siècle de productions sur la scène connue jadis comme le Royal Princess's Theatre. Ces derniers temps, toutes les pièces se jouaient sur l'eau dans les rues environnantes.

Il était resté seul un moment dans la salle d'attente dont l'air se chargeait progressivement d'humidité, avant qu'un homme âgé portant une casquette et un imper gris détrempé pousse la porte et aille s'asseoir à l'autre bout de la pièce. Après un très bref hochement de tête, ce dernier avait entrepris de s'amuser à écraser sous ses semelles les cafards cavalant sur le carrelage. L'espèce allemande résistante qui infestait la ville s'était réfugiée à l'intérieur des maisons pour survivre à la baisse des températures survenue contre toute attente avec le changement climatique. Ces petits salauds étaient durs à tuer. Fasciné, Brodie le regardait faire depuis quelques minutes quand son attention fut attirée par la télévision où un jingle familier interrompait une succession de publireportages assommants. Ce jingle tout aussi irritant était celui qu'avait adopté l'Eco Party pour annoncer ses interminables émissions politiques avant les prochaines élections.

Le parti sortant, le Scottish Democratic Party dirigé par la charismatique Sally Mack, caracolait en tête des sondages. Le SDP, à la différence de l'EP, ne semblait pas éprouver le besoin de harceler sans cesse les électeurs pour essayer d'obtenir leurs voix. Ce qui lui conférait, d'une certaine manière, un caractère rassurant de confiance, voire de supériorité.

Les Scottish Tories avaient sombré depuis longtemps dans l'oubli, laissant les écologistes incarner la seule véritable opposition. Mais au fur et à mesure que le jour de l'élection approchait, la campagne de ces derniers piétinait et semblait traduire un certain désespoir.

Leur dernière proposition était la rediffusion du témoignage de Carl Sagan, célèbre scientifique américain du vingtième siècle, devant une commission du Sénat des États-Unis en 1985. Ses cheveux bruns, grisonnant sur les tempes, retombaient négligemment autour de son large crâne. Son visage était dominé par d'énormes lunettes aviateur, reflet peut-être de sa peur de l'avenir. Mais malgré la teneur de son sujet, il parlait d'une voix calme, presque soporifique. Le changement climatique. Thème favori de l'Eco Party. Une préoccupation qui arrivait avec plus de trente ans de retard, pensa Brodie. Et même deux fois plus, à en croire Sagan.

Dans son témoignage sur le changement climatique, Sagan déclarait aux sénateurs : « Comme les effets mettent plus d'une génération humaine à se faire sentir, on a tendance à se dire que ce n'est pas notre problème. Bien sûr, ce n'est le problème de personne. *Pas pendant mon service. Pas pendant mon mandat.* C'est le problème du siècle suivant. Laissons le siècle suivant s'en inquiéter. »

Brodie secoua la tête. On en était déjà à la moitié du siècle suivant et, de toute évidence, personne n'avait pris le problème suffisamment au sérieux.

« Ainsi, dans ce domaine, comme dans beaucoup d'autres, poursuivait-il, nous léguons à nos enfants des problèmes extrêmement graves alors que c'est maintenant que nous devons les résoudre, s'ils peuvent l'être. »

Brodie l'entendait à peine par-dessus le martèlement de la pluie sur le Velux.

« La solution à ce problème exige une perspective qui inclut la planète et l'avenir, parce que nous sommes tous ensemble à l'intérieur de cette serre. »

Par pure curiosité, Brodie chaussa ses nouvelles lunettes. Il sentit les aimants se verrouiller dès que les branches se connectèrent aux cambres qu'on leur avait demandé, à lui et ses collègues, de porter quand ils étaient en service ; il ordonna à son iCom de vérifier l'authenticité de la vidéo de Sagan. Le vieil homme assis à l'autre bout de la salle d'attente détourna brièvement les yeux de sa chasse aux cafards, se demandant à qui il parlait.

Pendant que son iCom réalisait son scan, Brodie vit un cafard traverser la moitié inférieure du visage de Sagan jusqu'à ses lèvres. Il s'attendait presque à le voir disparaître dans sa bouche et étouffer ses mises en garde. *Scan achevé,* lut-il sur le verre de ses lunettes. *Vidéo authentifiée.* Donc, l'Eco Party avait raison d'affirmer que le monde avait été alerté plus de soixante ans auparavant.

Un porte-parole Eco à la mine sombre apparut à l'écran, exhortant à écraser les Démocrates aux élections, comme si, en fait, le SDP était seul responsable du changement climatique.

Brodie repoussa les lunettes sur son front et poussa un soupir de frustration. Il détestait la politique. Les politiciens débitaient tous des mensonges. Des mensonges différents selon le public qu'ils sollicitaient.

L'ouverture soudaine de la porte du cabinet le ramena brusquement à la triste réalité de la salle d'attente. Une femme d'âge moyen, tête baissée, passa rapidement devant lui et sortit dans le couloir pour s'engager dans la courbe lugubre de l'escalier descendant vers les rues inondées.

Le médecin, plus jeune que Brodie d'une bonne dizaine d'années, était totalement chauve ; il portait un costume en tweed et des lunettes à monture en écaille. Il lui fit signe d'entrer dans son sanctuaire, lui indiqua machinalement un siège, ferma la porte et contourna son bureau, l'air soucieux.

— Putains de cafards, dit-il à la surprise de Brodie.

Sans regarder une seule fois son patient, il fouilla dans les papiers qui noyaient sa table.

— Les employés de la désinsectisation devaient venir la semaine dernière. On est envahis par ces satanées bestioles. Ces petits salauds sont partout. C'est un cabinet médical ici, bon Dieu. C'est supposé être un environnement hygiénique.

Il leva enfin les yeux :

— Vous avez une idée du genre de maladies que transmettent les cafards ?

Brodie n'en avait pas la moindre.

— Dysenterie, gastro-entérite, salmonellose... (Le médecin leva les bras en signe d'abattement et s'affala dans son fauteuil.) C'est vraiment une honte.

Scrutant à nouveau le dessus de son bureau, il attira à lui un dossier, l'ouvrit, examina son contenu. Quand il se frotta le menton, Brodie entendit les poils racler la peau tendre de sa paume. Enfin, il tourna vers lui un regard sinistre :

— Malheureusement, les nouvelles sont mauvaises.

*

Brodie émergea du cabinet tel un homme en transe dans la salle d'attente. Comme si tous les nerfs de son corps avaient soudain capitulé, le privant de sensations. Il ne se sentait pas mettre un pied devant l'autre. Respirer devenait un acte qui exigeait de la concentration. Le bourdonnement de ses oreilles effaçait le monde.

Le vieil homme en casquette et imper le bouscula dans sa hâte de passer à son tour, comme si quelqu'un risquait soudain de lui voler sa place dans une queue inexistante. Brodie entendit la porte se fermer derrière lui. Il s'arrêta, debout sous la lumière bleu vert du Velux, sans avoir conscience de penser à quoi que ce soit.

Puis, de façon incongrue, il fut tiré de sa torpeur par l'intervention de Carl Sagan rediffusée à la télévision. *Nous léguons à nos enfants des problèmes extrêmement graves.*

Ses yeux clignèrent vers l'écran. Les restes du cafard s'étalaient en travers de sa bouche. Ses entrailles marron et ses ailes écrasées étaient collées à un magazine roulé jeté sur la table basse.

La pluie martelait toujours la vitre au-dessus de sa tête. Le ventilateur de la clim vrombissait toujours avec un bruit de ferraille derrière sa grille rouillée. Rien n'avait changé. Sauf que tout avait changé.

Dehors, il vit un groupe de bateaux taxis rassemblés sous un amas de parapluies à l'entrée du parking gorgé d'eau de la mosquée centrale. Les chauffeurs jouaient aux cartes sous les toiles cirées noires protectrices, et ce n'est qu'en criant qu'il réussit à attirer leur attention. L'un d'eux se retira à regret pour diriger silencieusement son bateau à fond plat vers le centre médical.

— Vous allez où, vieux ?

— Au pont suspendu, Carlton Place.

Le chauffeur poussa un soupir de frustration.

— Ça vaut à peine le coup.

— Et comment je suis censé m'y rendre autrement ?

L'homme secoua la tête :

— Montez.

Brodie grimpa à l'avant du bateau, s'assit et regarda les immeubles dériver sous la pluie. La mosquée était fermée depuis plusieurs années. Le métro, surnommé le Clockwork Orange à cause de sa ligne circulaire et de la couleur de ses trains, n'avait jamais rouvert après avoir été submergé par les premières ondes de tempête. Dès le début de l'inondation initiale, magasins et appartements des environs avaient été sauvagement mis à sac. Même s'il ne restait plus aucun objet de valeur à voler, ces rues demeuraient dangereuses dès que la nuit tombait. Des bandes de jeunes Blancs malfaisants maraudant à bord de bateaux très puissants recherchaient les migrants asiatiques qui avaient afflué dans le pays au cours des dix dernières années et colonisé de vastes portions de cette ville froide du Nord pour échapper aux inondations catastrophiques et aux mauvaises récoltes du sous-continent.

À dire vrai, il ne distinguait rien d'autre que la lumière déclinante de sa propre condition de mortel. Nous allons tous mourir à un moment ou un autre, bien sûr. Mais séquestrer cette pensée et l'affronter seulement lorsqu'il est devenu impossible de la tenir cachée est un trait de caractère très humain. On sait qu'un jour la mort viendra nous chercher, mais on n'est jamais prêt lorsque ça arrive. Les paroles du médecin s'entrechoquaient encore dans sa tête.

Vous avez un cancer avancé de la prostate qui évolue rapidement. Malheureusement, il s'est métastasé aux os. Côtes, hanches, intestin grêle...

Bizarrement, hormis le sang dans son urine qui l'avait poussé à consulter, il se sentait bien. Il avait parfois des accès de fatigue, et aussi des troubles du sommeil. Mais il n'avait jamais très bien dormi. En tout cas, pas depuis cette lointaine nuit, dans le noir, sous le pont King George V au bord de la Clyde.

Le bateau-taxi tourna dans Carlton Place. En retard sur la construction des digues, la préfecture de Glasgow venait d'entreprendre récemment des travaux pour surélever la totalité du pont suspendu, qui arrivait à fleur d'eau pendant les pires ondes de tempête. Le chauffeur renfrogné laissa Brodie au pied des marches et examina la poignée de pièces déposées dans sa main.

— Je gagne davantage au poker, putain, dit-il en se dépêchant de faire demi-tour pour retourner jouer.

Le bateau projeta une vague noire dans les sous-sols inondés des bâtiments bordant ce qui était autrefois une grande terrasse. Au fond, on accédait par un escalier à l'entrée de la Sheriff Court, construite au-dessus du niveau de la rue. Comme si l'architecte qui l'avait conçue avait tenu compte des avertissements de Carl Sagan et placé le bâtiment de l'administration judiciaire, inauguré en 1986, hors d'atteinte de la montée des eaux et des ondes de tempête.

Brodie traversa le pont, fouetté par la pluie glacée qui lui engourdit le visage avec la même efficacité que les mots du médecin avaient engourdi ses sens. Il n'y avait pas de place pour la peur. Juste un vide béant et douloureux.

Chapitre 4

Situé au dernier étage d'un immeuble de grès rouge, en haut de Gardner Street, l'appartement de Brodie jouissait d'une vue étendue sur la ville, à l'est et à l'ouest.

À l'arrière, par la fenêtre de la cuisine, on voyait le terrain de cricket de Hamilton Crescent, où s'était déroulé en 1872 le premier match international de football, entre l'Écosse et l'Angleterre. Score nul, devant 4 000 spectateurs.

À l'avant, la baie vitrée dominait Dumbarton Road, au pied de la colline, fréquemment inondée lorsque les égouts et les eaux pluviales remontaient de la rivière. Les effluves qui stagnaient tout au long de cette vieille rue célèbre étaient nauséabonds. Brodie se demandait comment des gens pouvaient encore y habiter, comment les magasins pouvaient survivre. Il l'évitait autant que possible. Heureusement, la puanteur montait rarement jusqu'à la hauteur de son domicile.

Il faisait nuit quand il arriva chez lui. Il alluma une lumière au-dessus de l'évier de la cuisine et vit la vaisselle sale tremper dans l'eau écumeuse. Des casseroles contenant les restes brûlés de repas oubliés. Des barquettes en aluminium négligemment empilées sur le plan de travail à côté d'un tas de couvercles en carton souillés par les résidus de plats à emporter chinois et indiens. Les relents de nourriture rance étaient presque aussi insupportables que l'odeur de Dumbarton Road.

Il aperçut le reflet de son visage sur la vitre de la fenêtre. Un fantôme de lui-même. Cheveux courts hérissés, poivre et sel, reculant sur un front haut, au-dessus d'yeux bleus. Joues creusées dans l'ombre projetée par la lampe, et par la sentence de mort d'un médecin surtout préoccupé par une invasion de cafards.

Incapable de se regarder, il éteignit la lumière et passa dans la pièce de devant. Il n'éprouvait aucune envie, ni de manger ni de nettoyer le bazar. Pas plus qu'il ne semblait avoir désormais d'objectif. La lueur du lampadaire de la rue, qui se reflétait au plafond, dessinait les ombres des meubles autour de la pièce. Il se laissa tomber lourdement sur le canapé. À sa droite, une bouteille de whisky à moitié vide était coincée entre l'accoudoir et le coussin. L'oubli doré. Il l'attrapa, dévissa le bouchon, leva le goulot à ses lèvres et sentit le liquide ambré lui brûler l'œsophage. Peut-être que s'il en buvait assez, l'alcool tuerait ce putain de cancer. Ou le tuerait, lui. L'un ou l'autre ferait l'affaire.

En un clin d'œil il vida la bouteille. Mais s'il avait espéré trouver là un moyen de s'évader, c'était raté. L'oubli lui échappait. Quand il ferma les yeux, la pièce se mit à tourner, quand il les rouvrit, le monde était toujours là. Inchangé. Sombre et déprimant. La seule émotion qu'il semblait capable de tirer du whisky était l'apitoiement sur lui-même. Il s'obligea à se lever du canapé et tituba jusqu'au buffet G-Plan dont ses parents avaient hérité de ses grands-parents, et dont lui-même avait hérité à son tour. Ses tiroirs étaient remplis de bricoles provenant de la maison de ses parents, qu'il ne s'était jamais donné la peine de trier ; une fois ouverts, ils libéraient des flots de souvenirs attachés à l'odeur intemporelle qui imprégnait leurs affaires. Il sortit un vieil album de photos vert foncé, gaufré façon peau de crocodile. Ses pages cassantes étaient reliées par une ficelle rouge glissée dans des trous perforés. *Photographies,* annonçaient les lettres dorées décolorées, en bas à droite de la couverture. Entre les pages de photos sur lesquelles il jeta un coup d'œil étaient intercalées des feuilles de papier sulfurisé à motif.

L'album avait appartenu à ses grands-parents paternels et datait d'une génération encore antérieure ; les épreuves en noir et blanc amoureusement collées étaient légendées à l'encre noire pâlie. *Granny Black. Papa Brodie.* Des gens morts depuis longtemps, comme tous ceux pressés entre ces pages. Des vies apparues et disparues, des gènes transmis d'une génération à la suivante dans une lignée qui s'éteignait avec lui. Il se demanda quelle importance avait tout cela. Quelle signification. Quelle utilité.

Puis il prit conscience que ça ne s'arrêtait pas du tout avec lui, bien sûr. Ce n'était que de l'apitoiement sur soi, de l'égocentrisme. Il y avait Addie. Qui ne voulait même plus lui parler. Si la procréation était votre raison d'être, alors le fait que votre enfant vous devienne étranger était sûrement l'échec ultime.

Il laissa retomber l'album dans le tiroir et se mit en quête d'une autre bouteille. Dans la cuisine, il trouva un fond de gin ; il l'emporta avec lui sur le canapé. Mais son goût était si horrible après le whisky qu'il le cracha en une pulvérisation de gouttelettes qui se déposèrent lentement dans le silence de la pièce, les plus fines captant la lumière de la rue en retombant devant la fenêtre.

— Putain !

Sa voix résonna autour de la pièce.

— TV, montre-moi mes photos, dit-il.

L'écran mural, au-dessus de la cheminée édouardienne, clignota et scintilla avant de présenter sur un fond bleu pâle une succession de photos numériques. Elles arrivaient d'un côté comme des timbres, grandissaient jusqu'à remplir tout le cadre, puis rapetissaient et s'évanouissaient de l'autre. Une accumulation de clichés pris en des temps plus heureux, et dont la qualité s'améliorait à chaque nouvelle génération d'iPhone, quasiment au rythme de l'avancée en âge des personnages. De plus en plus tristes.

Sa gorge se serra comme chaque fois qu'il posait les yeux sur Mel. Si jeune et si fraîche au début. Belle dans sa simplicité. Fille fluette au sourire à briser les cœurs. Ses grands yeux ténébreux masquant son espièglerie. Ses longs cheveux bruns et raides bouclés au fer à friser pour le jour de leur mariage. Subjugué par elle, il ne pouvait pas se regarder sur les photos, de peur de voir seulement ce qu'il était devenu, et non ce qu'il avait été. Trente secondes de vidéo défilèrent. Mel riant, s'étouffant presque avec un morceau du gâteau de mariage.

— Goûte-le, Cam, disait-elle en tendant sa part à la caméra. Goûte.

Si innocente, et si maudite. Morte depuis si longtemps. Comme ses parents et leurs parents avant eux.

Chapitre 5

2023

À cette époque, je n'imaginais même pas me marier un jour. J'avais vingt-sept ans, et je connaissais beaucoup de types de mon âge qui vivaient encore chez leurs parents, aux crochets de papa-maman. Moi, j'avais mon propre appartement sous les toits à Maryhill. Avec une vue géniale sur le cimetière et un problème de mérule qui semblait progresser dans tout l'immeuble. Mais comme je n'étais que locataire, je m'en fichais.

Je l'avais partagé avec Tiny pendant plusieurs années, après notre sortie de Tulliallan. L'école de police, dans le Fife. C'est là qu'on s'est connus. On a immédiatement sympathisé. Fréquenté tous les pubs et clubs de Dunfermline. Et fait des virées à Édimbourg, le week-end, pour draguer les filles de la capitale.

On a eu la chance de terminer notre formation ensemble dans la zone de commandement de Glasgow Est, affectés au commissariat de London Road. Comme on ne gagnait pas

grand-chose, on ne pouvait pas s'offrir mieux qu'un appartement avec une seule chambre à coucher. À tour de rôle, une
semaine sur deux, on dormait sur le canapé du séjour. C'était
mieux que de rester chez ses parents. Moi, je n'en avais déjà
plus. Mais ceux de Tiny étaient encore en vie.

Tout le monde s'imaginait qu'il y avait un défilé constant
de filles dans notre petit appartement. En réalité, il n'y avait
généralement que Tiny et moi, avec un pack de six Tennent's
Lager et Sky Sports à la télé.

C'était un bon copain, Tiny. On pouvait lui dire n'importe quoi sans craindre qu'il aille le répéter. Il me faisait
rire. Tellement grand et filiforme. Toujours prêt à lancer
un commentaire sur le vif. Avec ce même don d'observa-
tion que l'humoriste Billy Connolly, vous voyez le genre. Ce
même sens de l'absurde. Il voyait toujours le côté amusant
des choses, y compris dans les moments les plus sombres.

Je peux le confesser maintenant, même si je refusais de
l'admettre à l'époque, mais je me suis senti anéanti quand
il a rencontré Sheila. Brusquement, c'en était fini des soi-
rées et des week-ends où on regardait les matchs, où on
allait au pub ou en boîte. Comme si je perdais une jambe.
Je n'avais jamais vraiment pensé à l'avenir. Je crois que je
ne le voulais pas. J'étais satisfait de la vie qu'on menait,
du respect qu'on nous témoignait (en général) parce qu'on
était flics. D'avoir quelqu'un avec qui partager mes idées,
avec qui rigoler. Bon Dieu, c'était presque comme si on
était mariés !

Ensuite, il n'y en a plus eu que pour Sheila. *J'peux pas
aller au pub. J'peux pas aller au match. Sheila et moi, on va
au cinoche ce soir. Sheila a réservé une table chez le Chinois
de Hope Street. Je t'inviterais bien à venir avec nous, mais,
tu sais...*

C'est là que je me suis mis sérieusement à la randonnée.
Si je devais être seul, autant escalader une montagne plutôt

que rester en plan à boire des bières et regarder un match beaucoup moins divertissant sans les plaisanteries qu'on s'échangeait.

Ça m'a rendu foutrement jaloux d'apprendre qu'ils allaient se marier. J'ai accepté d'être son témoin, bien sûr. Comment pouvais-je lui dire que je n'aimais pas beaucoup sa Sheila ? Et il y avait peu de chances pour que je change d'avis. Elle m'avait volé mon meilleur copain, après tout.

Ils ont versé un acompte sur l'une de ces maisons mitoyennes de King's Park ; après leur mariage j'ai à peine revu Tiny en dehors du boulot. Pour être honnête, je n'avais pas envie de sortir avec eux et, de toute façon, je suis certain que Sheila ne m'aimait pas beaucoup non plus. J'ai gardé l'appartement, mais j'y passais de moins en moins de temps. Les jours où je ne travaillais pas, et pendant mes vacances, je montais dans les Highlands pour me faire un munro. En Écosse, ce sont les sommets de plus de 3 000 pieds. Il y en a 282 ; j'ai bien dû en escalader plus d'une centaine à l'époque. Dans les Mamores, les Cairngorms, les Grampians...

Tiny restait mon copain, il le sera toujours. Mais ce n'était plus pareil. On était flics ensemble, un point c'est tout. En plus, j'en avais ras le bol de l'entendre me répéter que c'était génial d'être marié, que je devrais me trouver une femme, me caser, fonder une famille. L'ironie, c'est que c'est moi qui ai fini par avoir un enfant. Tiny et Sheila n'ont jamais pu.

Tout a changé pour moi un soir d'octobre, environ un an après leur mariage. On travaillait toujours à London Road. On avait de la chance. On avait une BMW 530 qui marchait plutôt bien quand il le fallait. En général, c'était Tiny qui conduisait parce qu'il avait des jambes si longues qu'il devait reculer le siège à fond et que j'avais la flemme de le réajuster à chaque fois. Ce n'est pas que je sois petit. Juste un peu moins d'un mètre quatre-vingts. Mais mes pieds n'auraient même pas touché les pédales.

Ce soir-là, on a reçu un appel radio pour une dispute conjugale dans un des immeubles de Soutra Place, à Cranhill. Au-dessus d'un petit parc mal entretenu. Quand on est arrivés, il faisait nuit, les lumières brillaient aux fenêtres des trois tours qui se découpaient sur un ciel noir qui nous avait arrosés toute la soirée. Dix-sept étages. Pas de bol, la bagarre était au quinzième et le putain d'ascenseur en panne.

Moi, j'avais l'habitude de grimper, ça ne me gênait pas vraiment. Mais une fois là-haut, Tiny n'avait plus de souffle. L'engueulade s'entendait depuis le palier. On aurait dit la Troisième Guerre mondiale. La voix de l'homme dominait, et on avait l'impression qu'une jeune fille le suppliait. Un flot constant de paroles pour l'exhorter à arrêter. Puis un cri quand il l'a frappée. D'autres résidents se tenaient sur le pas de leur porte le long du couloir.

— Z'avez pris tout vot' temps, a fait une voix râpeuse.

— Ça dure depuis des heures, a ajouté une femme. Un de ces jours il va finir par la tuer !

Tiny a tambouriné sur la porte ; le bruit s'est répercuté jusque dans la cage de l'escalier. Soudain le silence s'est fait à l'intérieur de l'appartement. Pendant un petit moment. Puis une voix d'homme a hurlé :

— Quoi ? Qu'est-ce qu'il y a, bordel ?

Tiny a jeté un coup d'œil au nom inscrit au-dessus de la sonnette.

— Ouvrez, M. Jardine, c'est la police.

Un autre silence, puis :

— Allez vous faire foutre !

À mon tour de parler :

— Monsieur, nous avons besoin de vérifier qu'une agression criminelle n'est pas en cours. Si vous n'ouvrez pas, nous allons devoir appeler des renforts et défoncer votre porte.

Celle-ci s'est brusquement ouverte sur Jardine qui, éclairé en contre-jour par la lampe de l'entrée, oscillait sur ses jambes. Son haleine puait l'alcool. Il était grand. Pas autant que Tiny, mais costaud. Une barbe de plusieurs jours sur un visage pâle curieusement beau à sa façon. Des yeux verts qui paraissaient éclairés de l'intérieur. Des sourcils bien dessinés et une épaisse masse de cheveux noirs.

— Voilà. Je vais bien, putain. Vous voyez ? Pas de sang.

J'ai regardé derrière lui, pour essayer d'apercevoir l'intérieur du séjour.

— Et la jeune dame ?

— C'est pas une dame, c'est ma femme. Ha, ha, ha. Je plaisante. C'est ma copine, elle va bien. OK ?

— Nous aimerions le vérifier, monsieur, a dit Tiny en toisant Jardine avec ce visage inflexible auquel ce dernier n'était probablement pas habitué.

Sans un mot, il s'est écarté, en maintenant la porte ouverte, et nous sommes entrés dans une pièce où une bombe semblait avoir explosé. Les chaises étaient tombées. Des plumes échappées d'un coussin éventré voltigeaient encore. Sur une table basse brûlée et grêlée par des mégots de cigarettes, il y avait un verre cassé et une bouteille de vin renversée. L'endroit sentait l'alcool, le vomi, le tabac froid ; un nuage de fumée planait dans l'air. Un plafonnier jetait une froide lumière jaune sur cette scène pathétique de félicité domestique, creusant des ombres cruelles sur une gamine assise sur le canapé, penchée en avant, les mains serrées entre les genoux.

Je voyais Mel pour la première fois. Et j'ai tout de suite perçu, je crois, quelque chose de spécial chez elle. Je ne peux pas dire quoi. Ce n'était pas une beauté. Pas d'une manière conventionnelle en tout cas. Sans la moindre trace de maquillage sur son visage enflé, meurtri, avec du sang en train de se coaguler sur une lèvre fendue. Ses cheveux mous et gras pendaient comme un rideau en lambeaux qu'elle essayait de tirer sur elle. Comme s'ils pouvaient dissimuler sa honte.

Je suppose que c'était à cause de ses yeux. Je n'en avais jamais vu de si sombres. J'avais rencontré, dans des mauvais romans, des personnages aux yeux noirs comme du charbon, mais c'était la première fois que j'aurais pu les décrire moi-même ainsi. Plus tard, j'ai compris que c'était la dilatation de ses pupilles qui leur donnait une couleur aussi foncée ce soir-là. Mais, dans leur noirceur, on distinguait de la lumière. Et aussi de l'intelligence, même si elle n'était pas immédiatement apparente.

Elle portait un T-shirt taché de sang et un ample pantalon de jogging bleu ; ses pieds nus révélaient des ongles au vernis rose pâle écaillé.

Je lui donnais dix-huit ans, peut-être dix-neuf, et je ne comprenais pas ce qu'elle faisait avec un homme plus âgé qu'elle d'une bonne dizaine d'années. Une vraie brute en plus. Mon premier instinct a été de la relever et de la prendre dans mes bras. Mon second, de casser la gueule à celui qui l'avait mise dans cet état. Je n'ai fait ni l'un ni l'autre.

— Vous êtes un vrai caïd, hein ? a lancé Tiny. Tabasser une fille.

— Elle est tombée, a rétorqué Jardine.

Je n'ai pas ouvert la bouche, mais l'expression de mon visage devait être assez éloquente. Il m'a regardé et a crié :

— Quoi ?

— Je crois que vous feriez mieux de nous accompagner au commissariat, M. Jardine.

— Et pourquoi je ferais ça ?

— Le brigadier peut vouloir vous accuser d'avoir perturbé l'ordre public.

— Perturbé quoi ?

— La tranquillité de tous les voisins qui ont téléphoné pour se plaindre du bruit que vous faisiez.

— Et puis il y a le problème de l'agression, a ajouté Tiny.

Il a tendu la main vers le poignet de Jardine, loin de s'attendre à la réaction de ce dernier.

Mû par le puissant mélange de l'alcool et de la colère qui brûle chez toutes les tyrans, Jardine a reculé brusquement et balancé vers lui son poing fermé en hurlant :

— Agression, mon cul !

Mais le coup n'a rencontré que le vide ; Tiny a fait un pas de côté, Jardine a perdu l'équilibre.

Aussitôt je suis intervenu en lui saisissant l'avant-bras pour le retourner et il s'est écrasé la tête la première contre le mur. Tiny lui a passé les menottes sans lui laisser le temps de bouger.

— Tu peux ajouter à l'inculpation le refus d'obtempérer, ai-je soufflé à son oreille.

Tiny l'a fait descendre à la voiture ; je suis resté avec la fille pour voir si elle avait besoin de soins médicaux.

— Ça va, m'a-t-elle assuré.

Mais je l'ai obligée à rester assise pendant que j'allais faire bouillir de l'eau dans la cuisine et prendre du papier essuie-tout que j'ai roulé en boule pour nettoyer le sang d'une coupure au front et de sa lèvre fendue. Elle a reculé sous l'effet de la douleur. J'ai vu un bleu se former sur son visage. Il y avait une ancienne ecchymose jaune sous le nouveau coup, et d'autres encore sur ses avant-bras, qu'elle avait peut-être levés pour se protéger.

— Vous devriez mettre de l'eau de noisetier des sorcières sur ce bleu, ai-je conseillé.

Je me souvenais que ma mère en gardait toujours à la maison pour les fois où je me bagarrais à l'école ou tombais de mon vélo.

Contre toute attente, elle s'est mise à rire et son visage s'est éclairé comme si on avait allumé une lumière.

— Je ne connais pas de sorcières, a-t-elle dit, et encore moins des sorcières qui cultivent des noisetiers.

— Il faut que je vous en présente, alors. Leur potion est magique pour faire disparaître les bleus.

Elle a souri.

— Qu'est-ce que vous faites avec ce type, mon chou ?

La lumière s'est éteinte, des larmes ont noyé ses yeux sombres. Elle a secoué la tête :

— Ça ne vous regarde pas.

Elle avait peut-être raison. On est restés silencieux un moment avant que je lui demande :

— Comment vous appelez-vous ?

D'une toute petite voix, elle a répondu :

— Mel.

Puis elle a souri à travers ses larmes :

— Ma mère était une grande fan des Spice Girls.

J'avais entendu parler des Spice Girls, bien sûr, mais elles s'étaient séparées bien avant que j'entre à l'école primaire, aussi la référence m'a-t-elle échappé.

Ma confusion l'a amusée.

— Deux d'entre elles s'appelaient Mel. Pour Melanie, je suppose. Moi, c'était juste Mel. C'est ce qu'il y a sur mon acte de naissance. Tout simplement Mel.

Difficile d'expliquer pour quelle raison son innocence enfantine m'a touché. C'est une qualité qu'elle n'a jamais perdue, et qui n'a jamais manqué de m'émouvoir. J'apprendrais avec le temps qu'elle était également intelligente et perspicace. Mais c'est cette innocence irréductible qui l'a menée à sa perte.

Il pleuvait toujours quand je suis arrivé à la voiture. Je ne sais pas pourquoi, je me suis énervé un maximum en descendant toutes ces marches. J'étais obnubilé par le visage pâle et meurtri de cette fille et l'innocence de son sourire. Par le coup de poing d'ivrogne que Jardine avait balancé à Tiny. Y penser me renvoyait à Mel. Je savais, quel que soit son sort ce soir, que le type se vengerait sur elle en rentrant, et je voulais qu'il sache que je n'avais pas l'intention de le laisser faire.

Tiny était assis au volant, vitre baissée.

— Elle va bien, mon pote ? a-t-il demandé.

Je suis passé devant lui sans répondre, j'ai ouvert la portière arrière. Jardine ne s'y attendant pas, je n'ai eu aucun mal à le sortir. Il est d'abord tombé à genoux puis il s'est redressé en chancelant. J'ai entendu la voix de Tiny derrière moi :

— Putain, qu'est-ce qui te prend ?

J'ai attrapé Jardine par sa veste pour le plaquer contre la voiture et, le nez contre le sien, je l'ai menacé :

— Lève encore la main sur cette fille, Jardine, et je te fais la peau.

— À toi tout seul ? s'est-il esclaffé en me flanquant un coup de tête auquel je n'étais pas préparé.

Un coup de boule bien appliqué vous brisera le nez, mais Jardine n'a réussi qu'à s'assommer contre mon front et à me rendre encore plus furieux.

Mes genoux et mes poings se sont déchaînés contre son entrejambe et ses côtes jusqu'à ce qu'il chancelle. Un dernier coup de poing l'a cueilli en pleine face et a projeté sa tête sur le côté. Il a vomi sur le macadam.

Tiny me tirait en arrière, sa voix sifflait dans le noir :

— Arrête, bon Dieu !

Je me suis retourné :

— Il m'a filé un coup de boule. Tu l'as vu, non ?

Le visage assombri par la colère, il a crié :

— Bordel de merde, Cammie ! Monte dans la voiture.

Il a remis Jardine sur ses pieds et l'a poussé sur la banquette arrière.

Le commissariat de London Road était un long bâtiment en brique de trois étages dans un désert industriel de l'est de la ville, à un jet de pierre du Celtic Park, le stade de football de Glasgow. Le terrain situé derrière abritait un nombre incalculable de bâtiments modulaires en surplus, devenus des installations permanentes. Un endroit complètement déprimant, par n'importe quel temps.

Le brigadier de service a jeté un regard dubitatif à l'individu pitoyable qu'on lui présentait à une heure du matin. Grâce au permis de conduire trouvé dans le portefeuille de Jardine, nous connaissions son nom complet, Lee Alexander Jardine, et son âge, trente et un ans.

Il avait du sang séché sur le visage et un œil au beurre noir gonflé, à moitié fermé. J'imaginais qu'il devait avoir également une ou deux dents déchaussées, mais ça ne se voyait pas. Les poignets toujours menottés dans le dos, il se tenait courbé en avant dans sa veste tachée de vomissures ; il puait l'alcool à plein nez.

— Perturbation de l'ordre public, refus d'obtempérer, voie de fait sur policier, ai-je annoncé.

Le brigadier a jeté un bref coup d'œil à Tiny qui, mal à l'aise, s'est dandiné d'un pied sur l'autre en hochant la tête.

Il a reporté son regard sur moi. Et ensuite sur Jardine.

— Une telle résistance ferait honneur au maquis français.

Puis il m'a demandé :

— Vous savez qui c'est, Brodie ?

— Non, brigadier.

— C'est bien ce que je pensais. Il est dans un sale état, voilà tout ce que je peux dire. Vous avez eu recours au minimum de force pour le maîtriser, dites-moi ?

— Oui, brigadier.

Il a poussé un soupir.

— Vous savez que je vais devoir demander un médecin.

J'ai soupiré à mon tour et hoché la tête. Les examens médicaux de suspects blessés se terminent rarement bien pour les policiers qui les arrêtent.

De retour chez moi juste avant deux heures du matin, je me suis tout de suite dirigé vers l'armoire de la salle de bains. J'étais sûr d'avoir rapporté une bouteille d'eau d'hamamélis de chez mon père quand j'avais vidé son appartement après sa mort. Elle était là, derrière un flacon de bain de bouche et une ribambelle d'antalgiques que Tiny avait pris autrefois pour une entorse à la cheville. Je me suis douché, changé puis je suis ressorti aussitôt. Il ne m'a pas fallu longtemps pour me rendre dans les quartiers de l'est à cette heure de la nuit.

J'en avais un peu marre de monter les quinze étages. J'étais fatigué après cette longue soirée, j'aurais mieux fait de me coucher en arrivant à l'appartement. Mais j'avais besoin de la voir en étant certain que Jardine ne serait pas là. Essoufflé, j'ai frappé doucement à la porte. Je n'avais pas envie de réveiller les voisins. Comme elle ne répondait pas, j'ai sonné et attendu. Sans savoir vraiment pourquoi, j'étais crispé, très tendu. La nervosité, sans doute.

Puis la porte s'est entrouverte, à peine, et j'ai vu, dans l'obscurité, le rideau de ses cheveux devant sa figure. J'ai presque ressenti son soulagement quand elle a écarté plus largement la porte et fixé sur moi ses yeux de lapin effrayé.

— Je croyais que c'était lui, a-t-elle soufflé d'une petite voix à peine audible.

— Il est détenu à la disposition de Sa Majesté.

— Qu'est-ce que vous voulez ?

J'ai repêché dans la poche de ma veste la bouteille d'eau d'hamamélis que je lui ai tendue.

— J'avais promis de vous faire connaître la potion magique des sorcières.

Elle a lu l'étiquette ; un sourire hésitant a éclairé ses yeux sombres. Puis elle m'a fait entrer. Je suis passé devant elle pour aller dans le séjour. Depuis que je l'avais quittée, quelques heures plus tôt, elle avait fait un effort pour ranger la pièce. La bouteille de vin et le verre cassé avaient disparu. Les chaises étaient debout. Il y avait encore des plumes partout.

— Vous avez du coton ? lui ai-je demandé.

Elle a hoché la tête avant d'aller dans la cuisine d'où elle est revenue avec un sac en plastique transparent contenant des boules de coton. Je me suis assis à côté d'elle sur le canapé pour en imbiber une d'eau d'hamamélis et l'appliquer largement sur les bleus de son visage et de ses bras.

Toujours avec le même regard de lapin effrayé pris dans les phares d'une voiture, elle m'a laissé faire. Créature patiente habituée aux souffrances et à qui l'expérience avait appris que rien ne sert de résister. J'étais tellement concentré que je ne me suis pas tout de suite aperçu que, sans bouger la tête, elle avait tourné les yeux vers moi et me fixait. Cela m'a causé un choc, je crois bien que j'ai rougi.

— Quoi ? ai-je demandé.

— C'est Lee qui vous a fait ça ?

J'ai senti ma main se porter involontairement vers mon front enflé. J'ai acquiescé.

— Pourquoi vous faites ça ?

Bonne question. Pourquoi ? Je ne pouvais pas admettre qu'elle me plaisait. Parce que ce n'était pas vraiment le cas. Enfin, beaucoup de nanas me plaisaient. Mais il y avait chez elle quelque chose... qui m'attirait. Ouais, c'était le mot. Pour une raison qui m'échappait, je m'étais senti obligé de revenir. Ce n'était ni une décision que j'avais prise ni un choix. C'était sa faute, pas la mienne. Mais tout ce que j'ai répondu, c'est :

— Je déteste les brutes.

— Moi aussi, a-t-elle dit avec un sourire triste.

— Pourquoi rester avec lui, alors ?

Elle s'est contentée de hausser les épaules. Récemment, j'étais tombé sur un mot. Lassitude. Une sorte de léthargie. Un manque d'énergie. C'était tout à fait elle. Comme si les cartes que la vie lui avait mises entre les mains relevaient uniquement du destin, sans lui laisser de choix.

— C'est compliqué.

— Essayez de m'expliquer.

— Pourquoi ? a-t-elle demandé en tournant vers moi des yeux sincèrement surpris.

— Parce que...

Ses questions étaient très simples mais j'avais du mal à y répondre.

— Parce que ça me préoccupe.

Son sourire s'est fait dédaigneux, comme pour dire que je ne devrais ni perdre mon temps ni me préoccuper d'elle.

— Il n'est pas toujours comme ce soir.

Les yeux baissés vers ses mains tordues entre ses genoux, elle a poursuivi :

— Pas quand il est sobre. Demain, il sera différent. Vous ne le reconnaîtriez pas. L'appartement sera plein de fleurs et de chocolats. Il aura réservé une table dans un bon restaurant quelque part...

Elle s'est tue, puis m'a jeté un regard incertain, comme si elle craignait que je ne la croie pas :

— Il me traite bien. Il me gâte.

— Ouais, jusqu'à la prochaine fois.

Elle a vu son propre doute se refléter dans mon scepticisme.

— Écoutez... (J'ai serré une de ses mains entre les miennes.) Vous pouvez vous éloigner de lui si vous voulez. Je peux vous recommander un refuge. Chez des gens bien. Vous y serez en sécurité. Ce sera le premier pas vers une nouvelle vie. Où être battue par un ivrogne un jour n'est pas le prix à payer pour être gâtée le lendemain.

Elle a vite retiré sa main sans me regarder.

— Lee ne me laisserait jamais partir. Il me poursuivrait. **Il me retrouverait.**

J'ai secoué la tête et je me suis agenouillé devant elle pour lui saisir les épaules, la forçant à lever les yeux vers moi.

— Mel, tant que je serai là, je ne le laisserai pas vous faire de mal.

J'ai alors vu une douleur intense dans ses yeux si noirs. Et senti le dédain dans le souffle qui s'est échappé avec ses mots :

— Et quand vous ne serez pas là ?

J'ai retrouvé Tiny dans les vestiaires lorsque nous avons pris notre service à cinq heures, le lendemain après-midi. Il était toujours fâché contre moi et nous avons partagé notre petite oasis de silence au milieu des plaisanteries des collègues qui terminaient leur journée et de ceux qui la commençaient. Personne n'a paru le remarquer. Cependant, les conversations se sont nettement calmées quand Joe Bailley a passé la tête à la porte pour dire que le brigadier voulait nous voir dans son bureau, Tiny et moi, *toot sweet*.

Pas celui qui était de service la nuit précédente. Notre brigadier habituel. Frank Mulgrew, un homme imposant au crâne chauve entouré d'une couronne de cheveux roux frisottés.

— Fermez la porte, a-t-il dit en nous voyant entrer.

On a tout de suite compris qu'il y avait un problème. Assis derrière sa table, il nous a foudroyés du regard sous ses sourcils roux broussailleux. Il a soulevé une poignée de feuilles tenues par une pince et les a laissées retomber.

— Rapport médical d'un dénommé Lee Alexander Jardine. Nombreuses ecchymoses, deux côtes cassées, commotion cérébrale, fracture du nez. Des blessures pas vraiment conformes à un simple cas de refus d'obtempérer.

— Il était ivre, brigadier. Il m'a donné un coup de tête et s'est jeté sur Tiny avec ses poings.

— Vraiment ? a-t-il lancé en nous lançant un coup d'œil sceptique. (Il a repris le rapport médical en main et l'a agité sous notre nez.) Deux grands gaillards comme vous avaient besoin de causer autant de dommages pour maîtriser un homme ivre ?

— Il était complètement bourré, brigadier, il ne voulait pas se laisser emmener.

Mulgrew s'est levé lentement, ses yeux verts mouchetés de brun nous inondant de mépris. Le buste penché en avant, en appui sur les jointures de ses poings serrés plantés sur son bureau, il a lâché :

— Vous avez une putain de chance que sa compagne ne porte pas plainte contre lui. Quant à Jardine, il était tellement pressé de sortir d'ici qu'il n'a pas souhaité engager de poursuites contre vous deux.

Je n'en croyais pas mes oreilles.

— Vous l'avez laissé partir ?

— Vous auriez peut-être préféré faire l'objet d'une enquête disciplinaire, Brodie ?

Ça m'a cloué le bec.

Mulgrew s'est redressé de toute sa hauteur impressionnante :

— Dépassez les bornes encore une fois et je veillerai personnellement à vous suspendre sans vous laisser le temps de dire ouf. Maintenant, foutez-moi le camp.

Tiny n'a pas prononcé un mot jusqu'à ce qu'on soit confortablement installés dans la BMW. Il est encore demeuré un long moment silencieux au volant avant de me lancer un regard qui aurait flétri un bouquet de fleurs. Avant cela, jamais je n'avais ressenti la violence de sa fureur. Elle s'est exprimée à travers des mots prononcés doucement mais aussi percutants que des coups de poing :

— Si tu me refais ça une fois, Cammie, ne compte pas que je te couvre. Je te balancerai. J'ai bossé dur pour arriver où je suis. Pas question de tout foutre en l'air pour un branleur en rut.

Chapitre 6

2051

Un peu plus tôt, Brodie avait allumé toutes les lumières de l'appartement, qu'il avait ensuite mis sens dessus dessous dans l'espoir de trouver une bouteille de whisky. Finalement, il était tombé sur un tiroir plein de mignonnettes récupérées dans les avions et les chambres d'hôtel.

À présent, assis sous l'éclairage dur et triste du séjour, il les vidait une à une, tout en regardant d'autres images du passé glisser d'un côté à l'autre de l'écran, au-dessus de la cheminée.

Sur les premières photos, Addie n'était qu'un bébé, Mel avait l'air heureuse, rayonnante ; il s'y attarda. Mais devant le visage de plus en plus tourmenté qu'elle présentait au monde dans les dernières années, il accéléra leur défilement. Curieusement, quand quelqu'un de proche perd du poids et que la tristesse efface la vie de ses yeux, on ne s'en aperçoit pas toujours. Pas sur le coup. Ce n'est que plus tard, avec le recul, qu'on le voit. L'avant et l'après. Et c'est un choc. À cet instant, Brodie était bouleversé de ne rien avoir remarqué sur le moment. Ou peut-être ne l'avait-il pas voulu. Mais il n'allait pas ajouter l'autoflagellation à l'apitoiement sur soi.

Il préféra se concentrer sur Addie. Comme c'était facile, à l'âge du digital, de prendre des photos et des vidéos. Des centaines, des milliers. La plupart croupissaient sur des disques durs et des cartes SD, rarement regardées. Par le passé, il n'y avait certainement jamais eu une génération d'enfants dont les vies avaient été autant racontées en images que celle d'Addie.

Des dizaines et des dizaines de photos d'elle, bébé. À la naissance, fripée et mouillée, tout juste sortie de l'utérus. Premières couches, premier landau, premier berceau, premiers pas. Chaque première fois de chaque jour ou presque enregistrée pour la postérité.

Le soir de leur rencontre, Mel avait raconté que sa mère lui avait donné le nom d'une des Spice Girls. Ou de deux, peut-être. À son tour, Mel avait choisi pour leur fille le prénom de *sa* chanteuse préférée. Adele. Dans les premiers temps, elle écoutait continuellement de la musique. Les chansons tristes, lancinantes, misérabilistes d'Adele revenaient sans cesse, au point que Brodie en était arrivé à les détester. Les paroles étaient à l'image d'une génération obnubilée par elle-même. Mais il n'avait jamais rien dit.

Lorsque Mel avait parlé de donner à leur fille le prénom de la chanteuse, il avait ravalé son objection. Il ne lui aurait refusé aucun petit bonheur. Cependant, dès le début, incapable de se résoudre à l'appeler Adele, il l'avait surnommée Addie. Diminutif qui lui était resté. Toute sa vie.

À travers un brouillard alcoolisé, il voyait sa fille grandir devant ses yeux. De la bambine rieuse à la petite fille de cinq ans très sérieuse dans son uniforme tout neuf, qu'il avait tenue par la main pour l'accompagner à l'école la toute première fois. Il se rappelait encore le sentiment de perte éprouvé en la regardant franchir la porte et pénétrer dans une nouvelle vie. La perte de l'innocence. Il comprenait désormais que chaque chapitre de la vie change irrévocablement l'individu. On grandit et on s'adapte pour s'intégrer à un nouveau récit. Et rien n'est plus jamais pareil.

Il avait aimé cette petite fille. Et il l'aimait encore en la regardant mûrir. Tournée par Mel, la vidéo où il lui apprenait à nager. Le premier virage vacillant quand elle commençait à monter à vélo et criait *Ne me lâche pas, Papa, ne me lâche pas*, alors qu'il l'avait lâchée depuis longtemps.

Puis, la gamine de douze ans avec son appareil dentaire, les bras serrés autour du télescope astronomique qu'il lui avait acheté pour son anniversaire. Elle parvenait à peine à contenir sa jubilation. Son obsession pour le ciel, indice précoce de la direction que prendrait son avenir. Maintenant, elle pouvait contempler les étoiles qu'elle avait toujours rêvé de décrocher.

Ensuite, le défilé des petits amis inappropriés qui avaient jalonné son adolescence, le rejet instinctif des conseils parentaux ; submergée par un raz-de-marée hormonal, elle était devenue méconnaissable, aux antipodes de la petite fille qu'il avait accompagnée à l'école ce premier jour.

Enfin, la dernière photo qu'il possédait d'elle. Une photo prise par elle-même. Un selfie provocateur, accusateur. Sa colère contre le monde – plus particulièrement contre son père – se lisait dans la moue de ses lèvres, le feu de ses yeux. Il pouvait à peine la regarder. Comment l'avait-il obtenue ? Il n'en gardait aucun souvenir. C'était peut-être elle qui l'avait envoyée. En cadeau d'adieu. De haine et de mépris. Depuis toutes ces années, ils n'avaient pas faibli.

Il fouilla à côté de lui au milieu des mignonnettes vides, à la recherche d'une petite bouteille qui serait restée intacte. Il trouva la dernière. Bombée, à fossettes. Haig Dimple. Il arracha la capsule, fourra le goulot dans sa bouche et la vida.

Sa respiration rauque brisait le silence de la pièce. Il ferma les yeux, sentit le monde tourner autour de lui. Quand il les rouvrit, il se retrouva face au visage hostile d'Addie. Il les referma pour fuir la douleur qu'elle lui infligeait. Et prit une décision.

Chapitre 7

Entre son immeuble de Gardner Street et le QG de la police, sur Pacific Quay, il y avait plus de deux kilomètres et demi. Comme presque tous les jours, il les parcourut à pied, en évitant autant que possible Dumbarton Road. Cela lui prit un peu plus d'une demi-heure. Sa parka le maintenait au sec pendant deux bonnes heures et ses jambières imperméables empêchaient son pantalon de se tremper. Sous sa capuche, il portait une casquette de baseball qui lui protégeait le visage de la pluie.

Aujourd'hui, elle tombait en un flot torrentiel et continu ; un ou deux degrés de moins et elle se transformerait en neige. Il la remarquait à peine. Il avait la tête lourde et la bouche pâteuse. Mais il n'y prêtait guère plus d'attention. L'esprit ailleurs, il sentait tout juste sur son dos le poids supplémentaire de son sac de randonnée bourré de matériel d'escalade et de vêtements de rechange. Il avait l'habitude de le prendre pour des expéditions beaucoup plus difficiles **que celle-ci.**

La rive sud du fleuve était presque occultée par la pluie quand il traversa le Millenium Bridge. Les bâtiments abritant les médias et la police se dressaient tels des spectres contre un ciel gris qui se confondait avec l'horizon, leurs fenêtres embuées éclairées par des lumières floues dans la pénombre. Marcher lui avait fait du bien. Mais juste un peu.

La porte de l'inspecteur divisionnaire Maclaren était entrebâillée comme toujours pour respecter, en apparence, la politique d'ouverture qu'il avait promise sans jamais vraiment l'appliquer. Brodie frappa ; l'aboiement familier lui annonça qu'il pouvait entrer.

— Vous avez une minute, monsieur ?

Maclaren leva les yeux. Brodie s'était débarrassé de ses vêtements mouillés, seules ses joues rougies indiquaient qu'il venait de marcher pendant une demi-heure sous la pluie.

— Qu'y a-t-il ?

— Je me demandais si vous aviez réussi à trouver quelqu'un pour aller à Kinlochleven.

— Oui. McNair. Il prend un bateau-taxi pour Helensburgh dans une heure.

Il tira d'un coup sec sur son col afin de faire glisser sa cravate sous l'énorme pomme d'Adam qui montait et descendait le long de son cou comme une jauge mesurant les niveaux de sa grossièreté.

— Ça ne lui plaît pas trop. L'endroit où le corps a été découvert se trouve au sommet d'une putain de montagne. En vingt ans, McNair n'a pas dû grimper plus haut que son lit. Pourquoi ?

— Je pourrais y aller.

Le front de Maclaren se plissa encore davantage.

— Et votre problème médical, alors ?

La façon dont il souligna le mot *médical* dénotait un certain scepticisme.

— On m'a donné le feu vert, monsieur. J'ai apporté mon sac à dos et mon équipement, au cas où.

— Hé ben, bordel, vous m'en direz tant. McNair sera votre ami pour la vie.

Il farfouilla dans la pagaille de son bureau pour en sortir un dossier chamois qu'il lui tendit.

— Toutes les infos sont là-dedans. Le bateau-taxi vous emmènera en aval à la base aérienne provisoire installée sur le terrain de golf d'Helensburgh où vous prendrez un eVTOL. Vous ferez escale à Mull où la médecin légiste embarquera avec vous. Elle était là-bas pour les autopsies des victimes de l'incendie de Tobermory. (Il marqua une pause.) Vous savez ce qu'est un eVTOL, n'est-ce pas ? On ne sait jamais avec vous, les vétérans.

— C'est un aéronef électrique à décollage et atterrissage verticaux, monsieur. Ce que nous, les *vétérans*, appelions un hélicoptère.

Il se tut assez longtemps pour laisser Maclaren enregistrer le sarcasme, avant d'ajouter :

— Quand a-t-on découvert le corps, au fait ?

— Il y a trois jours, déjà. Foutrement trop long. Ils le conservent dans une espèce de chambre froide. C'est une jeune météorologue à temps partiel, mariée au flic du coin, qui l'a découvert. Elle montait s'occuper de l'entretien d'une station météo plantée au sommet de la montagne. Il paraît qu'elle l'a installée elle-même, comme beaucoup d'autres dans la région, il y a environ six ans. Maintenant, elle ne travaille plus que quelques heures par semaine, à leur maintenance. Problèmes de garde d'enfant, apparemment.

Brodie sentit la peau se tendre sur son visage.

— Il faut que vous déterminiez s'il s'agit d'un accident ou d'un homicide et que vous me fassiez un rapport.

Encore sous le choc, Brodie ne dit rien.

— S'il s'agit d'un homicide, ajouta Maclaren, nous devrons envoyer une équipe au complet. (Il regarda sa montre.) Vous avez intérêt à vous presser. Le bateau-taxi est réservé pour la demie.

Chapitre 8

Brodie attendait sur l'embarcadère. L'héliport surélevé s'étendait de Pacific Quay au dock de Cessnock. Ici, au siècle dernier, on construisait des navires ; une multitude de grues s'alignaient de part et d'autre du fleuve, comme des dinosaures rompant la ligne d'horizon. Deux espèces aujourd'hui disparues.

Les digues lui bloquaient la vue sur la rive nord de la Clyde. Il resserra la capuche de sa parka autour de sa tête et regarda l'eau goutter de la visière de sa casquette de baseball, un rideau de pluie qui brouillait sa vision de Govan Road submergée jusqu'à l'Ibrox Stadium.

Il faillit ne pas entendre arriver son taxi dont les rotors tournaient presque en silence dans ce déluge. En réalité, l'appellation bateau-taxi était inappropriée. C'était un taxi, certes, l'un des nombreux assurant la navette sur le fleuve entre la ville et la base aérienne provisoire d'Helensburgh. Mais ces véhicules ne touchaient jamais la surface de l'eau. C'étaient des versions réduites de l'eVTOL qui l'emmènerait à Loch Leven. Des espèces de version adulte des drones avec lesquels il jouait dans son enfance. Huit rotors en cercle autour d'une bulle de verre accueillant quatre passagers. Ils volaient à une soixantaine de mètres au-dessus de la surface, restaient à gauche d'une ligne médiane invisible et respectaient les règles de la circulation comme si la Clyde était une autoroute. Ce qu'elle était devenue, en fait, pensa Brodie. Ils possédaient une bonne autonomie, environ trois heures de vol, et pouvaient être rechargés sans câble en quinze minutes sur n'importe quel héliport compatible.

L'appareil se posa avec légèreté devant lui sur la plateforme, ses feux de navigation colorés hachés par la pluie battante. Une porte se détacha de la bulle et glissa vers l'arrière tandis que les rotors cessaient de tourner ; plié en deux, Brodie courut sous le déluge. Une cellule photoélectrique encastrée dans le cadre de la porte lut la carte qu'il tendit ; il vit son visage et son identité apparaître sur l'écran du pilote, qui se pencha vers lui :

— C'est bon, l'ami. Montez que je puisse refermer cette putain de porte.

Brodie lança son sac à dos par l'ouverture et s'installa dans l'un des quatre fauteuils en vis-à-vis, derrière le pilote. Dès que le capteur de son siège détecta son poids, une voix soporifique à l'accent américain se mit à répéter *Bouclez votre ceinture, bouclez votre ceinture*, jusqu'à ce qu'il s'exécute. La porte se ferma.

— Pourraient pas trouver une Écossaise pour dire ça ? Putain de connasse d'Amerloque. J'y ai droit toute la journée, mon pote. Ça me rend complètement dingue. Essayez de pas tremper tout ce beau cuir, hein ?

Sur ce, le pilote lança les rotors ; l'eVTOL se balança doucement en s'élevant de la plate-forme et en s'inclinant au-dessus de la jetée en direction du fleuve.

— Encore une belle journée, dit-il sans la moindre ironie.

Il resta un moment en vol stationnaire, le temps de laisser passer un autre taxi, puis il monta et fila au-dessus de l'eau.

Brodie n'arrivait pas à s'habituer à l'absence de bruit de moteur. Le taxi était lové dans un silence que seul le battement de la pluie sur le verre venait rompre. En dessous, la Clyde se vautrait comme une grosse limace grise disparaissant dans le lointain brumeux. Glasgow elle-même s'étalait au nord et au sud, les zones d'inondation sporadiques accrochant et reflétant le peu de lumière tombée du ciel, tel un patchwork aléatoire de rizières.

— Flic, hein ? fit le pilote en se retournant à moitié.

Brodie grogna.

— Devriez être dehors à pincer des escrocs au lieu de vous balader le long de la Clyde. (Il fit un grand sourire dans l'écran-rétroviseur.) En vacances, c'est ça ?

— Oui, c'est ça.

— Sérieusement, à Glasgow la criminalité dépasse les bornes aujourd'hui, putain, vous voyez ce que je veux dire, l'ami ? Cambriolages, braquages de voitures. Et tout le tintouin. On n'est même plus en sécurité dans un e-hélico, eh non. Je sais pas à quoi joue ce putain de gouvernement. Cela dit, vous allez voter pour qui ? Ces putains d'écolos ? Pitié !

Brodie savait qu'il l'observait de nouveau dans l'écran-rétroviseur, mais il fit semblant de s'intéresser à quelque chose au loin, en bas et au nord. Pourquoi les pilotes de taxi partaient-ils toujours du principe qu'on partageait leurs opinions ?

— Pour moi, c'est la faute des immigrants. Tous ces... comment on est censé les appeler maintenant ? Asiatiques. On en est inondés. Sans vouloir faire de jeu de mots. C'est à peine si je vois une tête écossaise ces temps-ci.

Brodie ne put s'empêcher de demander :

— Et à quoi ressemble une tête écossaise ?

— À la vôtre, l'ami.

— Vous voulez dire blanche ?

— Oui, euh, plutôt rose dans votre cas. Où est le problème ?

— Beaucoup d'Écossais ne sont pas blancs.

— Je parle des vrais Écossais, mon pote.

— Moi aussi. Des gens nés ici. Deuxième, troisième génération. Aussi Écossais que vous et moi.

Les centaines de milliers d'immigrants fuyant les catastrophes climatiques en Afrique et en Asie avaient été accueillis grâce à la politique d'ouverture de l'Écosse. Une politique motivée par la chute inquiétante de la natalité et l'allongement de la vie – une situation démographique économiquement intenable. Mais une politique qui avait favorisé une tendance croissante à un protectionnisme qui se manifestait ouvertement sous forme de racisme. D'un autre côté, la politique de fermeture pratiquée en Angleterre n'avait eu pour effet qu'accroître l'immigration clandestine, aboutissant à une montée en flèche du taux de criminalité et à une discrimination encore pire.

— Mon cul, oui ! C'est pas parce qu'ils ont l'air d'Écossais qu'ils le sont.

— Oui, et ce n'est pas parce que les mots qui sortent de votre bouche ressemblent vaguement à de l'anglais qu'ils sont sensés.

Le pilote lança un regard outragé vers l'écran rétroviseur.

— Qu'est-ce qui vous prend tout d'un coup, putain ?

Brodie secoua la tête et détourna les yeux vers le paysage qui défilait sous eux. Dieu merci, le pilote comprit le message et rumina en silence pendant tout le reste du trajet.

Les grands essuie-glaces avaient beau fonctionner en surrégime pour chasser l'eau du verre, la bataille était perdue d'avance. On ne voyait le monde qu'à travers des rideaux de pluie qui le déformaient constamment.

Au loin, vers le sud-ouest, Brodie aperçut les zones inondées encerclant les villes de Renfrew et Paisley. L'eau s'étalait comme une pellicule grise réfléchissante qui luisait sous la pluie. Les premiers jours, l'inondation avait rapidement englouti les terres basses d'Abbotsinch, au nord de Paisley, secteur autrefois quadrillé par les pistes de l'aéroport de Glasgow. Ce hub international, point de départ et d'arrivée de centaines d'avions chaque semaine, n'était plus qu'un havre pour les oiseaux aquatiques et les pêcheurs.

Ils survolèrent Erskine Bridge, et quand ils virèrent vers l'ouest, Brodie parvint tout juste à repérer les immeubles les plus hauts et les clochers émergeant des eaux qui avaient pris possession de Port Glasgow, Greenock et Gourock. Sur la rive nord de l'estuaire, la péninsule d'Ardmore s'était transformée en île, guère plus grande qu'un rocher. Lorsqu'ils s'inclinèrent vers la droite, il vit que les pics enneigés des montagnes se perdaient dans les nuages, au nord. Impossible de dire où finissait la terre et où commençait le ciel. Juste au-dessous d'eux, le front de mer d'Helensburgh avait entièrement disparu.

Le bateau-taxi piqua sur la ville puis sur les bandes de verdure du sommet de la colline. Ce qui avait été autrefois un terrain de golf servait à présent de base provisoire au trafic aérien civil, et parfois militaire. La portée des liaisons avec l'ensemble des îles britanniques variait en fonction de l'autonomie des eVTOLs qui les desservaient. Les vols internationaux étaient exclus, sauf vers l'Europe via l'Angleterre, ou l'Irlande récemment réunie. Il n'y avait plus depuis longtemps de vols transatlantiques à destination ou en partance de l'Écosse.

Dominant la ville, le club-house couleur crème à l'ancienne se composait d'un enchevêtrement de toits pentus en ardoise, de cheminées et de lucarnes, complétés par plusieurs toits terrasses abritant des salons et une boutique.

Il était environné d'arbres nus qu'une succession de tempêtes de glace avaient dépouillés de leurs feuilles le mois précédent. Géré à la fois par des contrôleurs aériens civils et militaires, c'était un pôle d'activité aéroportée avec un trafic quotidien de drones et d'eVTOLs que seuls des phénomènes météorologiques extrêmes interrompaient.

Installée sur ce qui avait été le green du dix-huitième trou, l'hélisurface était entourée de plateformes satellites plus petites où atterrissaient et décollaient des appareils comme le bateau-taxi qui avait amené Brodie.

L'e-hélico se posa avec une légère secousse sur la plateforme la plus éloignée du club-house. Sur l'aire principale, un eVTOL beaucoup plus grand attendait l'arrivée de Brodie. Le pilote le scruta à travers l'eau qui ruisselait sur son pare-brise.

— C'est le vôtre, vous croyez ?

Il ouvrait la bouche pour la première fois depuis vingt minutes.

— On dirait, dit Brodie en essayant tant bien que mal de rajuster sur son dos le sac encore mouillé.

— Vous allez où, avec ça ?

— Mull, puis Loch Leven.

Quand la porte s'ouvrit en glissant, le pilote se retourna avec un sourire qui avait quelque chose de malveillant.

— J'aimerais pas être à votre place, mon pote.

Il tapota son écran.

— D'après les bulletins météo, on a une vilaine tempête de glace qui arrive cet après-midi. Pris là-dedans, votre gros oiseau tombera du ciel avant que vous ayez le temps de dire « glace sur les rotors ».

Brodie enfonça sa casquette de baseball sur sa tête.

— Merci.

Mais son sarcasme ne fit qu'amuser davantage le pilote.

— **Pas de quoi, mon pote.**

Brodie n'avait pas fait une dizaine de pas qu'il avait déjà le visage trempé et cinglé par le froid. Le temps qu'il traverse en courant la pelouse soigneusement tondue pour rejoindre l'eVTOL qui l'attendait, l'eau glacée s'était infiltrée dans son cou et autour de ses poignets. Il dégoulinait de pluie dans la lumière maussade de cette fin de matinée. L'eVTOL, construit comme un avion conventionnel au fuselage allongé, était équipé de rotors à l'extrémité de chaque aile, fixés sur des extensions orientées vers l'avant. Il y en avait aussi sur la queue en forme de V. Six, en tout. Il était posé sur trois jambes écartées ; sa cabine, de même que celle du bateau-taxi, était presque entièrement en verre fumé.

Lorsqu'il s'en approcha, Brodie vit une silhouette vêtue d'un ciré jaune vif jaillir du club-house et se précipiter vers lui. De la toile imperméabilisée à l'ancienne avec de l'huile de lin, présuma-t-il, puisque le plastique était interdit depuis des années. Il attendit, dégoulinant et impatient. Le technicien le rejoignit, tira un lecteur de carte sans contact de sous sa cape et le lui tendit.

— Identité, aboya-t-il.

Brodie présenta sa carte au lecteur ; le technicien eut ainsi la confirmation que c'était bien le policier dont on attendait la venue.

— Parfait, dit-il en passant une carte RFID devant la porte de l'appareil pour l'ouvrir.

Puis, il la lui donna :

— Utilisez-la pour sécuriser l'eVTOL à destination.

Brodie fronça les sourcils.

— Ce n'est pas au pilote de s'en charger ?

Le technicien se mit à rire :

— Il n'y a pas de pilote, vieux. Enfin, si. (Il pointa le pouce par-dessus son épaule.) Dans le club-house. Ce truc-là vole tout seul. Il a été préprogrammé. Le pilote le surveille juste en cas de problème. Pour l'instant, on n'en a pas perdu un seul.

— Pas étonnant, s'ils restent assis à l'intérieur du club-house.

— Très drôle.

L'homme au ciré fit une grimace et passa devant Brodie pour soulever un volet sur le côté du fuselage.

— Le câble rétractable de chargement est là. Deux cents mètres, ce qui devrait être plus qu'assez. Mettez en charge dès que vous arrivez. Je ne pense pas que le chargement sans câble soit possible sur le terrain de foot.

— Le terrain de foot ?

— Oui, c'est ce qu'on utilise comme base d'atterrissage provisoire à Kinlochleven. Il y a une borne de charge dans le pavillon des vestiaires. Votre hôtel se trouve juste à côté. L'International. (Il hocha la tête vers l'intérieur.) Vous feriez bien de monter vous mettre à l'abri de la pluie. Asseyez-vous devant pour avoir accès à l'écran de l'ordinateur.

Brodie lança son sac au fond de la cabine, se hissa à l'intérieur et se glissa dans l'un des deux fauteuils avant. L'homme au ciré grimpa à côté de lui.

— On a retiré les sièges des passagers, à l'arrière, au cas où vous reviendriez avec un corps. Et, en général, la légiste a pas mal de matériel.

Penché en avant, il tapota deux fois le centre de l'écran avec l'index et le majeur. Immédiatement la page d'accueil apparut. Une photo de l'eVTOL prise sur un fond de ciel tout bleu par une journée ensoleillée. Brodie pensa qu'elle n'avait pas dû être prise sur place, du moins pas récemment. Une voix douce, féminine, à l'accent anglais se présenta.

Bienvenue à bord de votre taxi aérien eVTOL Mark Five de Grogan Industries.

— Zebra-Alpha-Kilo-496, activer commande à distance, dit l'homme au ciré.

L'écran clignota et afficha une carte aéronautique avec **l'itinéraire prévu indiqué en rouge.**

Commande à distance activée, Zak.

Le technicien adressa à Brodie un sourire en coin et secoua la tête.

— Même ces putains de machines m'appellent comme ça maintenant. Vous avez déjà volé dans un de ces trucs ?

— Jamais.

— Pour attirer l'attention de l'ordinateur, dites juste *Eve*. Elle vous mettra en communication directe avec le pilote si vous avez un problème ou une question. Vous pouvez regarder un film si vous voulez, ou les infos.

Brodie ne s'imaginait pas faire autre chose qu'attendre, assis sur des charbons ardents, qu'Eve le dépose en sécurité sur le sol.

— Bon, si vous n'avez pas de questions, je vous laisse filer.

Zak se glissa hors de son siège pour sauter à terre.

— Il paraît qu'une tempête de glace arrive, dit alors Brodie en regardant autour de lui. J'ai entendu dire que ces appareils n'aiment pas trop ça.

— Vous inquiétez pas, mon vieux, le rassura Zak avec un grand sourire. Vous devriez arriver à destination bien avant Hilda.

— Hilda ?

— Oui, cette tempête a été baptisée Hilda. Un nom allemand. Qui signifie bataille, ou guerre, un truc dans le genre. Espérons qu'Eve et vous n'entrerez pas en conflit avec elle. (Il éclata de rire.) Je plaisante. Eve prendra soin de vous. Ils ont programmé un léger détour, via Glencoe, juste au cas où ça soufflerait un peu trop fort avant qu'Hilda se pointe pour de bon. C'est plus abrité, vous pourrez conserver une vitesse maxi d'environ 200 km/heure. Tout ira bien.

Il pressa un bouton à l'intérieur du cadre de la porte et sauta au moment où elle se refermait.

Bouclez votre ceinture, ordonna Eve. Puis ce fut à nouveau le silence. Le bruit de la pluie n'était plus qu'un

crépitement lointain bien qu'elle continuât à ruisseler sur
le pare-brise. Zak avait disparu en un clin d'œil vers le
club-house. Brodie sentit plus qu'il n'entendit les rotors
se mettre en marche. À travers la surface de verre fumé,
au-dessus de sa tête, il les vit prendre rapidement de la
vitesse avant qu'Eve ne décolle en douceur et s'élève lentement sous la pluie. Alors, de façon tout à fait inattendue,
ils s'inclinèrent, adoptant une position semi-verticale apte
à fournir une poussée vers l'avant, et l'eVTOL se retrouva
soudain propulsé au-dessus des toits du club-house et des
arbres, en prenant de la hauteur. Il n'y avait toujours pas
un bruit. Assis tout seul dans cet environnement qui lui
était étranger, Brodie éprouva la curieuse sensation d'être
déconnecté du monde, comme s'il venait de remettre son
présent et son avenir entre des mains invisibles sur lesquelles il n'avait aucun contrôle.

Eve se déplaçait à vive allure sans s'éloigner du sol
détrempé. Elle survola le Gare Loch et la base de sous-
marins nucléaires de Faslane, depuis longtemps abandonnée. Loch Long et son village d'Arrochar noyé par les
tempêtes, la montée du niveau des mers ayant coupé l'accès
aux West Highlands par la route.

Le long des deux rives de Loch Fyne, la plupart des
bourgs avaient disparu. Strachur, Auchnabreac, la quasi-
totalité d'Inveraray.

Il y avait de la neige sur les hauteurs ; au nord, les chaînes
de montagnes – quand elles se laissaient deviner à travers
les nuages – étaient presque entièrement blanches.

Brodie le savait, l'Écosse était relativement épargnée.
La mer du Nord avait tout bonnement englouti de vastes
régions de l'est de l'Angleterre. De Hull à Goole et Selby,
dans l'intérieur des terres. Et au sud jusqu'à Grimsby,
Skegness, Boston, King's Lynn. Great Yarmouth et Lowestoft
y avaient échappé de justesse. Sur la côte ouest, les lumières

étincelantes de Blackpool avaient été effacées. Lytham St Annes et Southport n'existaient plus.

La majeure partie de Londres se trouvait sous l'eau, aussi. Non seulement les pouvoirs publics avaient mis trop de temps à remplacer l'ancienne barrière de la Tamise, mais ils s'étaient heurtés à des problèmes de financement au moment de construire les digues qui auraient protégé l'estuaire.

Sur le continent voisin, la totalité ou presque des Pays-Bas, y compris Amsterdam et Rotterdam, avait été submergée. Une bonne partie de la Belgique, les ports allemands de Hambourg et Brême, ainsi que de vastes étendues côtières du Danemark avaient succombé à l'élévation du niveau de la mer.

C'était souvent pire, bien pire, ailleurs dans le monde. Mais il y avait une limite à ce qu'on était capable d'absorber avant d'être soi-même saturé par un trop-plein d'informations. C'était l'une des raisons pour lesquelles Brodie avait tout simplement cessé d'écouter les nouvelles, de lire les journaux, de regarder la télévision. On ne peut plus déprimants. Le taux de suicide, il le savait, atteignait des sommets. Surtout parce qu'on ne pouvait rien y faire. Absolument rien. Aussi, comme tant d'autres, il s'était détaché du monde extérieur, limitant sa prise de conscience à la petite bulle de sa propre existence. Seul endroit où il avait son mot à dire sur la façon dont les choses se déroulaient.

Il survolait à présent l'embouchure du Loch Linnhe en direction des Hébrides intérieures. Des crêtes blanches brisaient la surface d'une mer turbulente. Il sentait le vent secouer son eVTOL. La neige commença à tomber quand il atteignit de nouveau la terre ; Eve vira au nord-ouest, au-dessus de l'île de Mull. L'océan Atlantique avait grignoté la côte rocheuse, très élevée par rapport au niveau de la mer en de nombreux endroits, mais laissait en gros l'île intacte.

Au nord, Tobermory, où l'attendait la médecin légiste, s'en sortait moins bien. Les quais et la route côtière étaient sous l'eau, les maisons multicolores du port représentées sur les cartes postales, à moitié submergées. La ville elle-même, située en hauteur, se tapissait au milieu des arbres. En face, la côte de l'île Calve avait été complètement redessinée par l'océan qui ne cessait de monter.

Eve dépassa la ville en direction du terrain de golf qui s'étalait, au nord, sur la colline. Il n'y avait pas d'héliport. Brodie observa la façon dont l'appareil manœuvrait pour atterrir sur un cercle quasi parfait de gazon soigneusement tondu. Il pouvait même apercevoir le trou. Quelqu'un avait retiré le drapeau ; une silhouette recroquevillée dans un imperméable à capuche se tenait dans un bunker, au bord de la surface de putt, à côté de deux grosses valises Storm gris ardoise. Au-delà de cette silhouette, il ne voyait presque rien à cause de la neige venant de l'ouest, même si elle était mouillée et ne tenait pas encore au sol.

Dès qu'il ouvrit la porte, il sentit les gros flocons lui gifler le visage. Une voix de femme l'appela du bunker :

— Eh bien, venez donc me donner un coup de main ! Je ne peux pas me charger de ça toute seule.

Brodie soupira et se demanda comment elle les avait apportées jusque-là. Il ne semblait y avoir personne d'autre aux alentours. Il remonta sa capuche, se prépara à affronter la bourrasque, sauta à terre et, courbé en avant, courut contre le vent. S'il distinguait mal le visage emmitouflé de la médecin légiste, il perçut néanmoins son regard courroucé.

— Vous êtes en retard !

Comme s'il était responsable du temps de vol.

— Prenez ma malle, c'est elle la plus lourde.

Elle empoigna l'autre valise et courut vers l'eVTOL. Brodie laissa échapper une exclamation de surprise en soulevant la malle contenant son matériel et traversa le green en titubant.

La femme l'attendait près de la porte ouverte ; ensemble, ils hissèrent les bagages qu'ils firent glisser à l'arrière de la cabine. Puis il l'aida à monter, se dépêcha de la suivre et referma la porte derrière eux.

Le hurlement du vent se tut instantanément ; une chape de silence humide s'abattit sur eux. Brodie se glissa à l'avant à côté de la médecin légiste, qui baissa sa capuche, révélant des cheveux crépus d'un noir de jais tirés en arrière et attachés sur la nuque. Elle avait une peau marron clair, des yeux presque aussi noirs que ceux de Mel, et un petit grain de beauté brun foncé sur le côté droit de la lèvre supérieure. Ses lèvres pleines, légèrement plus sombres que sa peau, étaient rehaussées d'une touche de rouge. Une belle femme. Entre trente et quarante ans. Elle le foudroya du regard :

— Ça faisait presque une demi-heure que je poireautais dans le vent et la neige. Depuis qu'ils m'ont déposée en me disant que vous seriez là d'une minute à l'autre.

Il protesta :

— Je n'ai pas le moindre contrôle sur le déroulement du vol.

— Vous avez dû partir en retard alors, insista-t-elle.

Terriblement agacé par la voix d'Eve qui répétait sans relâche *Bouclez votre ceinture*, et l'empêchait de réfléchir, il lança :

— Pour l'amour du ciel, faites ce qu'elle dit pour qu'elle la ferme.

Ils s'attachèrent, la voix se tut, laissant une fois de plus le silence planer sur eux.

Il lui jeta un regard mauvais avant d'indiquer, d'un signe de tête, les valises rangées à l'arrière.

— Bienvenue à bord quand même.

Elle le dévisagea d'un air renfrogné. Puis, soudain, son visage se plissa en un sourire des plus désarmant, et un éclair malicieux fit briller ses yeux. Elle tendit la main :

— Sita Roy. *Dr* Sita Roy. Mais vous pouvez m'appeler Sita.

Il la lui serra et sentit la force d'une poigne entraînée à découper les os et écarter les cages thoraciques.

— Cameron Brodie. *Inspecteur*. Mais vous pouvez m'appeler monsieur.

Elle éclata de rire.

— Bien, monsieur.

Sur ce, elle se tourna à demi vers l'écran d'ordinateur, sous le pare-brise :

— Eve, nous sommes prêts à partir.

Eve répondit aussitôt. *Merci, Dr Roy. Accrochez-vous.* Les rotors se mirent en marche.

— Vous vous connaissez donc, toutes les deux, s'étonna Brodie.

Elle sourit.

— Eve et moi avons fait de nombreux voyages ensemble. Nous sommes de vieilles amies.

L'eVTOL s'éleva au-dessus du green, revint vers la ville, puis prit de la hauteur en se dirigeant au sud.

— Eve, quel est notre plan de vol ? demanda Sita.

La carte aéronautique réapparut, avec l'itinéraire jusqu'à Kinlochleven toujours indiqué en rouge. Sita fronça les sourcils.

— Eve, pourquoi faisons-nous un tel détour ?

Tempête de glace signalée, Dr Roy. Notre approche sera plus protégée via Glencoe.

Sita gonfla les joues et souffla en faisant la moue.

— Moi qui espérais un vol court. Je n'aime pas beaucoup voyager avec ces machins-là, même dans les meilleures conditions.

Chapitre 9

Ils rejoignirent le continent juste au nord d'Oban. La majeure partie de la ville portuaire était sous l'eau et le service des traversiers assurant les liaisons avec les îles interrompu depuis longtemps. Ils continuèrent vers l'intérieur des terres en direction de Tyndrum puis vers le nord jusqu'à Bridge of Orchy. La neige était toujours mouillée mais, ici, elle tenait au sol ; les pics menaçants encadrant le sinistre village de Glencoe, au sombre passé de massacres et de trahisons[1], se détachaient en silhouettes blanches lorsque la lumière parvenait à percer les nuages.

— Où travaillez-vous ? demanda Brodie à Sita.

— À l'hôpital universitaire Queen Elizabeth de Glasgow. Mais on m'envoie en mission dans toute l'Écosse.

— Oui, on m'a dit que vous étiez en train d'autopsier les victimes de l'incendie de l'hôtel de Tobermory. On a des doutes sur l'origine du feu ?

Sida hocha la tête :

---

[1] Allusion au massacre de Glencoe en 1692.

— Vos collègues pensent qu'il s'agit d'une affaire d'arnaque à l'assurance. Si c'est le cas, alors techniquement, les décès sont des meurtres.

Les lèvres plissées de dégoût, elle poussa un profond soupir :

— Deux enfants parmi les morts. Mes collègues américains surnomment les brûlés les *crispy critters*[1]. Je ne partage pas leur sens de l'humour. Pour moi, il n'y a rien de pire que de travailler sur un cadavre carbonisé. On s'habitue aux odeurs de la table d'autopsie, mais on met des jours à s'ôter des narines la puanteur de la chair humaine brûlée. (Elle inclina la tête vers l'écran de l'ordinateur.) Ça vous ennuie si je regarde les infos ? Je ne suis plus au courant de rien depuis un petit moment.

Il acquiesça d'un haussement d'épaules.

— Eve, envoie les titres de l'actualité.

Une voix que Brodie reconnut comme étant celle d'un présentateur du journal de SBC lança :

« Chers auditeurs, bonjour. Bienvenue sur SBC Radio One. Voici les titres de l'actualité. D'après un rapport des Nations Unies, les guerres d'immigration qui font rage en Afrique du Nord ont atteint un seuil critique. D'un bout à l'autre du continent, du Maroc à l'Égypte, les défenses nationales ne font pas le poids face au nombre des immigrants. Des dizaines de milliers de personnes pourraient déjà avoir péri dans ce conflit. Selon les estimations, les habitants fuyant l'Afrique équatoriale et l'Asie seraient environ deux milliards ; les pays du sud de l'Europe se préparent à un nouvel afflux de bateaux de migrants en Méditerranée. Dans un communiqué délivré il y a quelques heures, le Haut-Commissariat des Nations Unies pour les

---

1 Littéralement « bestioles croustillantes », marque de céréales pour petit déjeuner en forme d'animaux.

réfugiés a qualifié d'irresponsables les politiques nationales d'immigration du monde entier. »

Suivit une interview de trente secondes avec la Haute-Commissaire elle-même. Elle fustigeait les leaders politiques d'Europe et d'Afrique, accusant chacun d'être *immoral* et de *faire l'autruche*. « Le problème ne va pas disparaître tout simplement. Nous devons l'attaquer de front et trouver des remèdes. Se contenter de laisser les gens mourir n'est pas une solution », affirmait-elle.

— Nom de Dieu ! dit Brodie. Deux *milliards* ?

Sita haussa les épaules.

— Au moins. C'est le nombre d'individus qui vivent dans les zones côtières de la planète, et dans les pays équatoriaux et subsahariens d'Afrique rendus inhabitables par la hausse des températures.

Il secoua la tête. Ça lui paraissait insensé. Des gens mouraient de chaud à l'équateur et, ici, ils affrontaient une tempête de glace.

Elle lui lança un regard perplexe.

— Où étiez-vous donc passé, monsieur Brodie ?

— Je n'écoute pas les nouvelles. C'est trop déprimant.

— Vous vous cachez donc la tête dans le sable.

— Je fais l'autruche, répliqua-t-il en écho à la Haute-Commissaire.

— Mais ce n'est pas vrai, bien sûr.

— Qu'est-ce qui n'est pas vrai ?

— Que les autruches s'enfouissent la tête dans le sable. Du moins, pas pour échapper à la réalité. Elles y enterrent leurs œufs et si elles se penchent c'est pour les retourner régulièrement. Elles ne se cachent pas du danger, elles le fuient. À soixante-dix kilomètres à l'heure. Et si elles sont obligées de se battre, elles se battent. Une autruche est capable de donner un coup de patte d'une force de cent quarante kilos par centimètre carré, assez pour tuer net un lion.

Brodie la regarda avec des yeux ronds.

— Ouah ! Comment savez-vous tout ça ?

— C'est une espèce de hobby, dit-elle avec un léger haussement d'épaules. J'ai tout appris à mes enfants sur les animaux, les oiseaux, les poissons qui auront bientôt disparu. Il est important qu'ils connaissent le monde que nous avons détruit, vous ne croyez pas ?

— Et les êtres humains ? Où figurent-ils sur votre liste des extinctions ?

— Oh, assez haut, au train où vont les choses.

La radio continuait à diffuser des infos.

— Je ne veux pas en écouter davantage, déclara Brodie en se tournant vers l'écran. Vous permettez ?

Elle haussa les épaules.

— Eve, stop, dit-il. (Le bulletin d'information s'interrompit aussitôt.) D'accord, je ne suis pas une autruche. J'ai simplement assez de problèmes personnels comme ça à affronter.

Il se rendit alors compte, et il en fut légèrement interloqué, que cela faisait plusieurs heures qu'il n'avait pas pensé une seule fois à l'arrêt de mort prononcé la veille par son médecin.

— Comme tout le monde, non ? rétorqua-t-elle sans beaucoup de sympathie.

— Vous faites donc partie de ces deux milliards, alors ?

— J'aurais pu. Sauf que je vis ici depuis près de vingt ans. Grâce à l'une de ces répartitions d'immigrants dits qualifiés autorisées par le gouvernement écossais. On nous a accueillis à bras ouverts au début. Il y avait déjà une population asiatique bien intégrée, ici. Mes deux enfants sont nés en Écosse et se considèrent Écossais. Mais depuis que le pays est envahi d'immigrants, légaux et autres, presque plus personne ne voit en nous des Écossais. Les gens ne voient que nos peaux foncées, et ils nous disent de rentrer chez nous.

— Pourquoi ne le faites-vous pas ?

Il avait posé la question avant d'en mesurer la portée.

Elle se moqua de lui :

— Vous n'êtes pas différent, n'est-ce pas, monsieur Brodie ? C'est *ici* chez moi. Et, à titre d'information, l'endroit où j'ai grandi n'existe plus. J'imagine que c'est encore une chose que vous n'avez pas entendue aux infos que vous n'écoutez pas. Calcutta, où je suis née, où j'ai fait mes études de médecine, se trouve aujourd'hui quelque part sous le golfe du Bengale. Levez les yeux, regardez un peu plus au nord et vous verrez que le Bangladesh a disparu, lui aussi. Un pays entier. Plus là, tout simplement. Un peu comme la Floride. Et de larges portions du littoral est des États-Unis. (Un sifflement de frustration s'échappa de ses lèvres.) Ne me lancez surtout pas sur l'échec du monde à atteindre son objectif zéro émission nette.

Elle s'exprimait avec calme, mais une colère dangereuse couvait derrière ses mots.

— Je croyais que l'Inde était l'un des pires coupables, dit Brodie.

Elle lui lança un regard qui se révéla vite embarrassé.

— Elle l'était. Avec la Chine et les États-Unis.

Ils suivaient à présent la même direction que la route qui traversait Glencoe. De chaque côté se dressaient des pics dentelés dans un ciel fracturé ; sur la neige, des taches éclatantes dessinées par les rayons obliques du soleil pâle de cette fin d'après-midi apparaissaient et disparaissaient comme sous l'effet du balayage aléatoire des projecteurs dans une zone de combat. Il ne neigeait plus, mais le vent s'était levé ; ils sentirent l'eVTOL se stabiliser contre les vibrations. Ici et là, des groupes de pins s'élevaient sur les pentes les plus basses. De fins nuages de poudreuse soufflée des corniches rocheuses captaient, par-dessus les montagnes, les lueurs sporadiques du soleil couchant. Des arcs-en-ciel, aussi ténus qu'inattendus, se formaient et s'évanouissaient en un clin d'œil.

Lorsqu'ils atteignirent le village de Glencoe, à l'extrémité ouest de la vallée, le ciel s'était assombri, le soleil glissait derrière l'horizon, son éclat étouffé par la brusque tombée de la nuit. Le premier grêlon porté par le vent crépita sur le verre.

— Qu'est-ce que ça peut bien être ? demanda brusquement Sita en scrutant la pénombre.

Devant eux, à l'autre extrémité du Loch Leven, une phalange de lumières reflétées par la surface noire du loch signalait la présence de ce qui ressemblait quasiment à une petite ville.

— Ballachulish A, répondit Brodie. Une putain de verrue.

— La centrale nucléaire ?

Il acquiesça.

— C'était un endroit de la planète magnifique et préservé avant qu'on ne construise cette monstruosité dans les années 2030. Elle produit 3 500 gigawatts par an. Assez pour alimenter en électricité tous les foyers d'Écosse, paraît-il. Je venais souvent randonner ici, et faire de l'escalade. Maintenant, la vue est gâchée de partout, du haut de chaque colline, de chaque montagne.

— Mais zéro émission, dit-elle sèchement.

— Ouais, zéro putains d'émissions.

Elle se pencha en avant pour mieux voir tandis qu'Eve virait vers le nord-est.

— On l'a construite juste au bord de l'eau. Elle ne risque pas d'être inondée ?

Il secoua la tête.

— On a démoli le pont de Ballachulish, juste à l'ouest. (Il montra du doigt une mince ligne de lumières rouges se reflétant dans le loch.) Pour le remplacer par une barrière qui contrôle l'élévation du niveau de la mer. Et produit de l'énergie marémotrice, aussi. Et on a construit une route dessus, comme ça pas besoin de faire le tour du loch pour se rendre de l'autre côté.

— Ballachulish A, fit-elle d'un air pensif. Ça veut dire qu'un Ballachulish B est prévu ?

— Faut croire, ironisa-t-il.

— Je peux comprendre l'intérêt de construire un site pareil loin de tout, mais comment évacuent-ils le plutonium usé ? Je ne pense pas que ce soit très sûr par la route. Ni par la mer.

— Ils ne font ni l'un ni l'autre. Ils forent le soubassement rocheux à côté de l'usine. Sur un demi-kilomètre de profondeur, quelque chose comme ça. Puis ils creusent un réseau de tunnels. C'est là qu'ils se débarrassent des déchets. Enterrés pour l'éternité, à ce qu'ils disent.

— L'éternité, hein ? C'est long. Je me demande comment ils la mesurent pour quelque chose qui reste radioactif pendant 24 000 ans.

Brodie sourit tristement dans le noir.

— Nous ne serons plus là pour le savoir.

— Je me demande s'il restera quelqu'un, dit-elle en écho, d'une voix douce.

Soudain, une secousse ébranla Eve comme si elle était entrée en collision avec un objet.

Instinctivement, Sita tendit la main pour se retenir au tableau de bord.

— Bon sang, qu'est-ce que c'était ?

Le cœur battant, Brodie répondit :

— Le vent, sans doute.

La pluie, de plus en plus mêlée de neige fondue et de grêle, tombait à l'oblique devant les phares de l'eVTOL tandis qu'il poursuivait sa course au-dessus de ce fjord écossais, en réalité une ancienne vallée glaciaire envahie par la mer, dont les parois abruptes se dressaient dans l'obscurité de part et d'autre du loch. Brodie n'entendait plus dans sa tête que les paroles du chauffeur de taxi qui, un peu plus tôt, l'avait prévenu de l'arrivée d'une tempête de glace. *Pris là-dedans, votre gros oiseau tombera du ciel avant que vous ayez le temps de dire « glace sur les rotors ».*

Comme si elle lisait dans ses pensées, Eve perdit de l'altitude. Descendant d'au moins quinze mètres en une poignée de secondes.

— Ouah ! cria Sita en agrippant le bras de Brodie.

Ils sentaient la tempête les talonner et les stabilisateurs de l'eVTOL mettre les bouchées doubles. Sur leur droite, ils virent les lumières de *Caolasnacon* qui bordaient la rive et s'enfonçaient entre les arbres.

— C'est Kinlochleven ? demanda Sita.

Brodie secoua la tête.

— Non. Ce sont les maisons construites pour les ouvriers de la centrale nucléaire. Toutes imprimées en 3D. Horribles.

Sita se tourna pour le regarder à la lueur de l'écran de l'ordinateur.

— On imprime des maisons si loin au nord maintenant ?

Il haussa les épaules :

— Apparemment.

Au loin, à la tête du loch, ils aperçurent pour la première fois les lumières de Kinlochleven. Elles paraissaient ténues, presque avalées par l'obscurité. Des rangées de lampadaires en arc de cercle délimitaient les pâtés de maisons bâtis en suivant la courbe de la vallée et divisés par le ruban noir du Leven ; la rivière qui dévalait des montagnes injectait une langue d'eau douce glacée dans l'eau de mer plus chaude et salée baignant le rivage.

— Dites-moi que c'est le village, souffla Sita avec une pointe de désespoir dans la voix.

— C'est bien ça, dit Brodie, lui aussi soulagé.

Dans quelques minutes, ils seraient au sol ; la tempête pourrait se déchaîner autant qu'elle le voudrait.

Soudain, tous les lampadaires s'éteignirent, comme s'ils avaient été aspirés dans un trou noir. Il n'y avait plus aucune lumière, hormis la lueur de l'écran dans l'eVTOL, et les deux projecteurs dirigés par Eve sur l'eau, juste en dessous. L'eau qui paraissait dangereusement proche maintenant, et défilait à toute vitesse.

Sita laissa échapper un petit cri :

— Que se passe-t-il ?

— Sans doute une coupure de courant.

Elle hurla presque :

— Une coupure de courant ? Vous venez de me dire qu'on produisait trois mille cinq cents gigawatts d'électricité à l'autre bout du loch. Comment peut-il y avoir une coupure de courant ?

— Je n'en sais rien. La tempête a dû faire tomber des lignes.

— Et comment va-t-on atterrir dans le noir ?

— Je n'en ai aucune idée ! (Il se tourna vers l'écran.) Eve, comment allons-nous atterrir dans le noir ?

Imperturbable, Eve répondit : *Je suis préprogrammée pour atterrir, inspecteur Brodie. Je n'ai pas besoin de lumière.*

Sita continuait à lui serrer le bras avec une telle force que son sang avait du mal à circuler jusqu'à sa main. En bas, ils voyaient, éclairé par l'eVTOL, un littoral découvert par la marée basse, où s'écrasaient des vagues à crête blanche sous la poussée du vent qui ratissait la vallée en secouant et courbant les arbres dénudés plantés parmi les quelques maisons. Les eaux blanches, presque brillantes du Leven en crue luttaient contre l'onde de tempête pour se frayer une voie jusqu'au loch.

Ils s'inclinèrent alors contre la force du vent ; la pluie gelée martelait le verre, et Brodie se mit à prier que les rotors ne gèlent pas avant l'atterrissage. Un rectangle parfaitement délimité de neige intacte se balançait follement devant leurs yeux. Le terrain de football. Ils retinrent leur respiration pendant qu'Eve descendait encore et se stabilisait avec une petite secousse dans la neige, répandant la lumière de ses projecteurs en un large cercle qui s'estompait dans l'obscurité. Les rotors s'arrêtèrent. Brodie sentit la main de Sita se relâcher sur son bras ; tous deux respirèrent à fond.

— Eh bien, c'était amusant, dit-elle.

— Pas vraiment.

Tournée vers lui, elle rit de soulagement.

— Rien de tel que de frôler la mort pour rapprocher les gens. Merci de m'avoir prêté votre bras. Vous allez peut-être avoir besoin d'eau d'hamamélis pour les bleus.

Son cœur fit un bond. Mille souvenirs de Mel lui traversèrent l'esprit. Il se frotta le bras pour rétablir la circulation dans sa main.

— Avec une poigne pareille, c'est plutôt un plâtre qu'il me faudrait.

Elle rit de nouveau.

— Un plâtre ? Vous dévoilez votre âge, monsieur Brodie. On n'utilise plus de plâtre pour les fractures depuis des lustres.

Ils furent interrompus par Eve, dont le ton feutré sembla tapisser l'intérieur vitré de l'eVTOL. Son absence de panique pendant l'atterrissage avait été en quelque sorte rassurante, même si tous deux savaient que la panique n'était pas programmée dans son logiciel. *Attention. Batterie faible. Batterie faible.*

— Bon Dieu, s'exclama Brodie. C'est maintenant qu'elle nous le dit !

Éteignez les lumières pour économiser l'énergie. Connectez-moi à une source d'alimentation dès que possible, s'il vous plaît.

Ses lumières s'éteignirent, l'écran de l'ordinateur se mit en veille, les laissant dans une obscurité si dense qu'elle en était presque palpable.

La voix de Sita résonna dans la cabine :

— Merde ! Qu'est-ce qu'on fait maintenant ?

Elle entendit Brodie se dégager de son fauteuil pour se glisser à l'arrière, puis jurer en trébuchant sur une de ses valises Storm. Un instant plus tard, une lueur éclaira l'intérieur.

— Je garde toujours une lampe frontale LED dans mon sac, dit-il.

Elle le regarda passer la sangle élastique autour de sa tête afin de voir où il mettait les pieds.

— Très pratique, dit-elle. Et maintenant, vous pouvez nous téléporter jusqu'à notre hôtel ?

— Si seulement je savais où il se trouve.

— Hein ! Juste au moment où je commençais à vous trouver sympathique.

— D'après le technicien d'Helensburgh, il serait juste à côté du terrain de foot. Donc ça ne doit pas être loin.

— Bon, je vous laisse y aller. Quand vous l'aurez trouvé, vous n'aurez qu'à revenir pour me donner un coup de main avec mon matériel.

Brodie fit semblant de soulever un chapeau imaginaire :

— Oui, madame. Comme madame voudra.

Elle sourit.

— Eh bien, ce serait absurde de se perdre tous les deux dans le noir. Et c'est vous qui avez la lampe.

Brodie fit une grimace :

— Exact.

Il poussa le bouton d'ouverture de la porte et se laissa surprendre par la bourrasque de vent et de grésil qui faillit le renverser. Il remonta la glissière de sa parka jusqu'au cou, enfonça la capuche sur sa tête et se retint d'une main au montant de la porte avant de sauter dans la neige. Sita se dépêcha de refermer derrière lui.

Il tourna la tête de droite à gauche, mais sa lampe frontale ne portait pas très loin à travers la pluie glacée qui lui cinglait le visage. Il avait le sentiment que si le vent venait de l'ouest, c'était cette direction qu'il devrait prendre. À moitié aveuglé, il avança en vacillant jusqu'à une clôture qui délimitait le périmètre. Elle mesurait au moins deux mètres cinquante de haut. Il devait bien y avoir une ouverture quelque part. Le froid lui cuisait le visage et l'engourdissait. En longeant le grillage, il finit par apercevoir des arbres de l'autre côté ; au-delà, une étrange lueur surnaturelle semblait danser entre les branches qui grinçaient et se balançaient dans la tempête. Enfin, une porte. Elle donnait sur un terrain qui semblait plus ferme sous la neige. Peut-être du macadam. Plié en deux contre le vent, il gravit une courte pente en haut de laquelle un sentier apparut entre les arbres. Et là, planté dans le sol, un panneau blanc en forme de flèche indiquait : *International Hotel.*

Poussé dans le dos par une bourrasque qui accéléra son retour, il suivit ses propres traces pour regagner l'eVTOL. Du plat de la main, il frappa le verre jusqu'à ce que Sita ouvre la porte. Elle sauta dans la tourmente, emmitouflée dans sa capuche qui ne laissait voir que ses grands yeux.

— Vous l'avez trouvé ?

Elle devait crier pour se faire entendre par-dessus le rugissement du vent.

— Oui. Mais on ne pourra jamais y transporter les deux valises, dit-il en saisissant son sac pour l'enfiler sur son dos. Vous pourrez venir chercher votre matériel demain matin. Vous n'allez pas faire d'autopsie ce soir, de toute façon.

— Et comment on recharge Eve ?

— Même s'il y avait de l'électricité, je n'ai pas la moindre idée de l'emplacement de la borne d'alimentation.

Il sentait le vent balayer ses paroles dans l'obscurité au fur et à mesure qu'il les prononçait.

— Personne ne la volera cette nuit.

Sita hocha la tête et tira la valise contenant ses effets personnels :

— On peut la prendre chacun par un côté.

Brodie fit la grimace :

— Bien sûr, qu'on peut.

— Je savais bien qu'un jour un policier me servirait à quelque chose.

Il sourit et pensa que pour quelqu'un si proche de la mort, il ne s'était pas senti aussi vivant depuis des années. Il se pencha à l'intérieur de l'appareil, pressa le bouton de fermeture et se recula dès que la porte glissa pour se remettre en place.

— J'espère que vous savez comment rentrer dans ce machin.

Il tapota sa poche :

— J'ai la carte magnétique.

Un sourire fit pétiller les yeux noirs de Sita.

Ils se baissèrent alors pour soulever la valise en attrapant chacun une poignée et, éclairés par la lampe frontale de Brodie, s'éloignèrent en suivant les traces de pas conduisant à la porte.

Une fois qu'ils eurent dépassé les arbres, l'International Hotel apparut dans le faisceau lumineux, vaste bâtiment crème à deux étages avec une fausse tour et des lucarnes pointues. Toutes les fenêtres mijotaient dans le noir, mais au-delà des vitres du porche d'entrée, au pied de la tour, une faible lueur vacillante offrait l'espoir qu'ils n'étaient pas les seuls êtres humains encore en vie dans cette tempête.

Ils gravirent avec difficulté la demi-douzaine de marches du perron, le vent happant et balançant la valise entre eux deux, puis pénétrèrent avec soulagement dans un grand hall au sol recouvert de moquette écossaise. Des bougies étaient allumées devant le guichet de la réception, sous une ramure, et d'autres sur une table, juste en face. Dès que la porte battante se referma derrière eux, la tempête s'évanouit dans la nuit, laissant les flammes des bougies projeter leurs ombres dansantes sur les murs du hall.

Brodie et Sita posèrent leur fardeau et se redressèrent, dégoulinant de pluie sur le tapis. Malgré une petite chaleur résiduelle perceptible, l'air était froid et sentait un peu l'humidité. Brodie s'avança vers les vitres fermées du guichet derrière lesquelles tout était plongé dans une obscurité impénétrable. Il tapa plusieurs fois sur la clochette du comptoir. Sa sonnerie stridente résonna dans le vide. Un grand silence suivit.

— Hello ! Il y a quelqu'un ?

— Tout à coup, j'ai l'impression de me retrouver sur le plateau de *Shining*, souffla Sita.

— Ne dites pas ça. Je n'ai jamais pu regarder ce film au-delà de la scène des jumelles dans le couloir.

— Un grand gaillard courageux comme vous ?

— On a tous nos démons, grogna-t-il.

Une porte qui s'ouvrit brusquement au fond du hall les fit sursauter ; un homme de haute taille s'avança dans la pénombre. Dans sa main gauche, une chandelle plantée sur un bougeoir éclairait en biais son visage barbu ; l'ombre de son crâne chauve et de ses épaules grandissait sur le mur derrière lui au fur et à mesure qu'il s'approchait.

Il leur adressa un large sourire :

— Bienvenue, bienvenue. Vous avez réussi, alors ? (Il se mit à rire.) Évidemment, puisque vous êtes là. Pour être franc, je ne vous attendais pas vraiment, avec cette tempête. Et il n'y a ni Internet ni téléphone, alors comment me prévenir ?

Il se tut, le temps de reprendre sa respiration, puis tendit une main osseuse :

— M. Brodie ? Mike Brannan. Je suis le propriétaire de ces lieux, chacun sa croix.

Brodie la serra à contrecœur et résista à la tentation d'essuyer sa paume sur son pantalon. Brannan se tourna vers Sita.

— Dr Roy, je présume.

Brodie réprima un sourire d'amusement en voyant le visage de l'hôtelier se crisper brièvement lorsque la médecin légiste lui broya les doigts.

— Malheureusement, je ne peux pas vous nourrir. Pas de courant. La cuisine est hors service.

— De l'alcool fera l'affaire, dit Brodie.

Il jeta un coup d'œil à Sita qui acquiesça.

— Oui, s'il vous plaît.

— On peut arranger ça.

Brannan agita la main vers l'entrée du Bothy Bar :

— Vous aurez l'endroit pour vous seuls. Il n'y a personne d'autre à l'hôtel. Je vais allumer un feu de bois, si vous voulez. C'est un insert, donc aucune émission de carbone.

Il sourit comme s'il attendait des applaudissements. Rien ne venant, il ajouta :

— Venez, je vous montre d'abord vos chambres.

Ils le suivirent dans l'escalier, puis à travers un long couloir moquetté sur lequel donnaient des chambres de part et d'autre. Brodie avait éteint sa lampe frontale pour économiser la pile. Les lieux paraissaient étrangement déconnectés de la réalité.

Brannan se tourna à moitié vers eux, un sourire lubrique sur les lèvres :

— Vous ne partagez pas la même, je suppose ?

— Non, répliqua Sita avec fermeté.

— C'est bien ce que je pensais. (Il ouvrit une porte.) Voici la vôtre.

Brodie et Sita réussirent tant bien que mal à faire entrer la Storm et à la hisser sur un porte-valise. La chambre crème avait une moquette et des rideaux rouges, et des serviettes propres pliées sur le lit.

— La vôtre est juste à côté, lança-t-il à Brodie.

Il alluma des bougies sur la commode. De toute évidence, les coupures de courant n'étaient pas un phénomène exceptionnel.

Brodie fit glisser son sac de son dos.

— Qu'est devenue la voiture de Charles Younger ?

Il avait passé une partie du vol vers Mull à lire attentivement les notes que Maclaren lui avait remises. Aucune allusion à une voiture n'y était faite.

Brannan eut l'air perplexe.

— Je ne comprends pas.

— La voiture de Younger. Il a dû la garer ici, à l'hôtel.

— Oh, je l'ignore. Nous ne gardons pas de places de parking pour nos clients. Il y avait beaucoup de monde en août, il a dû se débrouiller comme il pouvait. S'il avait une voiture, du moins.

— Comment serait-il venu jusqu'ici autrement ?

— Aucune idée.

— Mais ses affaires personnelles étaient toujours dans sa chambre ?

— Oui, mais on n'a pas pu les laisser après sa disparition. La chambre avait été réservée par un autre client. Alors Robbie est venu les empaqueter, et il les a emportées.

— Robbie ? fit Sita.

— Oui, notre policier. (Il gloussa.) Robbie le bobby. Robert Sinclair.

— Il y a des années, quand j'avais l'habitude de venir ici pour faire de l'escalade et de la randonnée, il n'y avait pas de policier municipal, remarqua Brodie. Le poste de police avait été transformé en Airbnb.

— Ah oui. Mais une sorte d'explosion démographique s'est produite dans les années 2030 au moment de la construction de la centrale, et apparemment il a été décidé de réimplanter un policier municipal. À l'époque, l'ancien commissariat était à vendre, alors la ville l'a racheté et maintenant, notre bobby, c'est Robbie.

Il tendit une carte magnétique à Brodie :

— Tenez, votre clé. Je vais allumer quelques bougies dans votre chambre avant de descendre m'occuper du feu.

Au moment de sortir, il se retourna sur le seuil de la porte, comme s'il venait de penser à quelque chose :

— Vous voulez voir le corps ?

Après un petit silence choqué, Sita demanda :

— Il est ici ? Dans l'hôtel ?

Brannan haussa les épaules avec philosophie :

— Eh bien, ils n'avaient pas d'autre endroit où le mettre. Et moi, j'ai une grande armoire réfrigérée vide dans la cuisine, pour les gâteaux et les desserts.

La cuisine se trouvait à l'arrière de l'hôtel ; casseroles, poêles et ustensiles de cuisine pendaient d'un support métallique au-dessus d'un îlot central en inox. Des effluves d'huile rance rappelaient à Brodie les repas pris dans les pubs de village des Highlands et les langoustines frites. Les ombres projetées par la bougie de Brannan cabriolaient parmi les appareils et les grosses hottes aspirantes du plafond.

— Par ici, dit-il.

Sita et Brodie le suivirent dans une antichambre qui aurait pu servir d'office. L'air était imprégné d'une odeur astringente de détergent.

Poussée contre un mur, l'armoire à desserts était équipée de roulettes. Sa vitre embuée empêchait de voir l'intérieur. Brannan tendit sa bougie à Brodie.

— Tenez, prenez ça, dit-il.

Et il souleva le couvercle.

Charles Younger, homme corpulent d'une quarantaine d'années, aux cheveux blonds clairsemés plaqués sur le front, était toujours habillé de la tête aux pieds, tel qu'on l'avait trouvé. Parka vert-vomi, pantalon de ski noir, chaussures de marche bon marché. Son bonnet de laine, découvert séparément, reposait à côté de lui. On lui avait remonté les genoux sur la poitrine pour le faire tenir dans l'armoire. Il avait les yeux ouverts, la bouche béante, le visage meurtri et écorché. Sa peau, aux endroits où elle était visible, avait pris une teinte rose rougeâtre.

Brodie fut frappé par le bleu glacier de ses yeux qui paraissait assorti à la couleur de ses lèvres. Le dossier de Maclaren contenait peu de choses sur Younger. Célibataire. Pas de famille en dehors d'une vieille mère en maison de retraite à Livingstone. Journaliste au *Herald* depuis l'obtention de son diplôme à l'université d'Édimbourg. Lauréat de nombreux prix, il flanquait une trouille du diable à tous les politiciens apprenant qu'il fouillait dans leur passé. Brodie n'avait jamais lu une ligne de sa prose.

— Plutôt frais pour quelqu'un qui est mort depuis trois mois, se contenta-t-il de dire.

— Le fait d'être resté dans la glace pendant tout ce temps l'a bien conservé, observa Sita. Et cette armoire, quelle température ? Trois, quatre degrés ?

— Généralement autour de quatre ou cinq, répondit Brannan.

— Ce qui veut dire qu'il n'est probablement pas encore dégelé à l'intérieur. Cette coupure de courant va accélérer sa décomposition. Mais j'aurai quand même les mains glacées en le tripotant demain.

Brannan rabaissa le couvercle sur le corps aveugle.

— Ce que je veux savoir, c'est qui va me payer un nouveau frigo. Je veux dire, c'est à l'assurance ou aux flics de casquer ? Parce que, soyons réalistes, personne n'aura envie d'une part de gâteau au chocolat sortie de celui-ci.

Chapitre 10

Dans le bar, les baies vitrées occupaient tout un mur, du parquet au stuc du plafond ; l'été, elles s'ouvraient sur une terrasse offrant une vue imprenable sur le loch. Pour le moment, il n'y avait pas de vue. Rien que du noir derrière le verre dégoulinant de pluie qui déformait leurs reflets. Elles avaient beau être équipées d'un double vitrage, un courant d'air faisait ployer, plonger les flammes des bougies, et Brodie les voyait s'infléchir sous la force du vent. Malgré la chaleur relative provenant du feu de bois allumé par Brannan, il frissonna.

Une table de billard était tapie dans un coin sombre ; les boules d'une partie interrompue projetaient leurs ombres sur la feutrine. À la lueur d'une bougie, Brannan disposa une bouteille, une carafe d'eau et deux verres sur un plateau, y ajouta deux paquets de chips, puis s'avança vers les fenêtres. Après avoir posé le plateau sur leur table, il se redressa en passant une main sur son crâne brillant :

— Dommage que vous ne puissiez pas profiter du panorama. C'est l'un des gros atouts de cet endroit. Mais peu importe, vous verrez ça demain. Les prévisions météo sont assez bonnes, et vous aurez sûrement envie d'un verre après... euh, avant de partir. (Son sourire se fit mielleux.) Pour ce soir, gardez la bouteille, servez-vous. Je la mettrai sur votre chambre, n'est-ce pas, monsieur Brodie ? C'est Police Scotland qui paye, évidemment ?

— Assurément, grogna Brodie en se penchant en avant pour déboucher la bouteille de Balvenie DoubleWood dont il versa une dose généreuse dans chaque verre. Merci, monsieur Brannan.

Il pensait que cela suffirait à lui faire comprendre qu'ils avaient envie de rester entre eux, mais l'hôtelier ne parut pas saisir l'allusion. Ou peut-être se sentait-il simplement seul.

— Quelle ironie, hein ? dit-il. On a une centrale nucléaire à une extrémité du loch, une centrale hydroélectrique à l'autre, et tout ce qu'on y gagne pendant l'hiver à présent, ce sont des coupures de courant.

— Comment ça se fait ? demanda Sita.

— C'est parce que les lignes passent encore sur des pylônes. Ils n'ont jamais investi dans des câbles souterrains. Les lignes sont exposées aux intempéries. Avec toutes ces tempêtes. La glace se forme sur les câbles aériens, qui se brisent sous le poids. Bougrement imprévoyant de leur part, si vous voulez mon avis.

Personne ne le veut, pensa Brodie. Mais il garda cette réflexion pour lui.

— Vous savez, ici, l'énergie hydroélectrique date de la première décennie du vingtième siècle, poursuivit Brannan. Bien en avance sur son temps. L'usine avait été construite pour alimenter une fonderie d'aluminium sur la rivière. Disparue depuis longtemps, cela dit, mais Kinlochleven fut le premier village au monde à avoir l'électricité dans chaque maison. Le village électrique, on l'appelait. (Il gloussa.) Quand j'ai acheté cet endroit, il y a six mois, il s'appelait le

MacDonald Hotel. J'avais envisagé de changer en Electric Hotel. Mais les gens ont trouvé ça un peu choquant.

Il se mit à rire. Puis, comme ni Brodie ni Sita ne l'imitaient, il ajouta sans conviction :

— Alors, à la place, je me suis contenté d'International Hotel.

Brodie avala une longue gorgée de whisky et ferma les yeux, en essayant de faire abstraction de cette voix, dans l'espoir qu'elle se noie dans le vent. Espoir vain.

— Je regrette de ne pas l'avoir acheté dans les années 2030 quand ils construisaient Ballachulish A. Des milliers de travailleurs ont afflué à l'époque, et parmi eux beaucoup d'experts étrangers. Ils avaient tous besoin d'être logés. L'International, ou plutôt le MacDonald comme il s'appelait, et tous les autres hôtels et B&B étaient complets à des kilomètres à la ronde. Pendant plus de cinq ans, les bars et les restaurants ont fait le plein, été comme hiver. Même quand les travaux ont été terminés, l'usine employait près de deux mille personnes, et jusqu'à ce qu'ils implantent les maisons 3D de l'autre côté du loch, tous ces gens avaient besoin d'un endroit où dormir. (Un long soupir triste s'échappa de ses lèvres.) Mais aujourd'hui, c'est une autre histoire. Les affaires sont mauvaises. L'été, ça marche encore assez bien, mais l'hiver, c'est mort. Tout simplement mort.

— Comme monsieur Younger, fit Brodie.

Brannan s'inclina légèrement, baissa la voix et ajouta sur un ton confidentiel :

— Vous n'ébruiterez pas le fait qu'il séjournait ici, n'est-ce pas ? Ça ne me ferait pas une bonne publicité.

Brodie rouvrit les yeux et se sentit submergé par une vague de fatigue, comme s'il venait d'endurer une longue nuit sans sommeil.

— Malheureusement, je ne peux pas prédire ce que **les journalistes écriront ou non à propos de cette affaire,** monsieur Brannan. J'imagine que si sa mort résulte de causes naturelles, ou d'un accident, ils ne s'y intéresseront pas beaucoup.

Brannan eut l'air surpris :

— De quoi d'autre pourrait-il s'agir ?

— Tant que le Dr Roy n'a pas réalisé son autopsie, on ne peut rien exclure, y compris un acte criminel.

Le propriétaire de l'hôtel fronça les sourcils :

— Vous voulez dire un meurtre ?

Brodie haussa les épaules. Il avait supposé que cela allait de soi.

— Mais qui aurait voulu le tuer ?

— Nous ne savons pas si quelqu'un l'a tué. Mais si c'est le cas, ce sera mon travail de le découvrir, et pourquoi.

Brannan contemplait tristement son reflet dans la vitre.

— Ça ne m'était pas venu à l'idée. Espérons qu'il est tombé ou bien qu'il a eu une crise cardiaque ou un truc dans ce genre. Je ne peux pas me permettre de perdre encore plus d'argent.

Il se croisa les bras sur la poitrine.

— Avec toute cette neige, dit Sita, on pourrait penser que c'est un bon hiver pour le ski.

— Oh, la neige, on l'a, ça oui, mais pas les infrastructures. Et même trop de neige, si l'on en croit les experts. Ballachulish A nous a peut-être amené des clients, mais elle nous ensevelit aussi sous ces foutues chutes de neige.

Brodie fronça les sourcils :

— Comment ça ?

— Eh bien, pour refroidir les réacteurs, ils utilisent l'eau du loch, où elle est ensuite rejetée. Ça fait monter la température du loch. Et comme, en hiver, il est plus chaud que l'air, les précipitations tombent toujours sous forme de neige. Un peu à la manière de l'effet de lac qu'on connaît en Amérique du Nord. Tout ça se déverse sur nous. Des mètres à chaque fois.

Rien que le fait d'y penser parut éclipser son envie de leur parler.

— Vous aurez droit à un petit déjeuner froid, j'en ai peur, à moins que le courant ne revienne pendant la nuit. (Il inclina légèrement la tête.) Dormez bien.

Sur ce, il se retira dans l'obscurité d'où il avait surgi une demi-heure plus tôt.

Brodie poussa un grand soupir de soulagement.

— J'ai cru qu'il ne s'en irait jamais.

— Intéressant, cependant, qu'il n'ait jamais pensé que Younger avait pu être assassiné, remarqua Sita.

Brodie but pensivement une gorgée de son DoubleWood.

— Eh bien, à vrai dire, ça me paraît assez invraisemblable. Enfin, si on l'avait tué, pourquoi s'embêter à traîner son corps presque au sommet de la montagne pour s'en débarrasser ?

— Il a pu être tué là-haut.

— En effet. Mais vous devez reconnaître que ça aurait quand même été plus facile de le tuer avant qu'il n'entreprenne son ascension.

Sita vida son verre et s'en servit un autre.

— Vous en voulez ? demanda-t-elle en agitant la bouteille dans sa direction. (Il hocha la tête, elle remplit son verre.) Que faisait-il sur cette montagne de toute façon ?

— Une randonnée, apparemment.

— Ah. Une passion ?

— C'est ça le plus bizarre. Il était censé prendre des vacances pour randonner, mais au dire de tous, il n'avait jamais randonné de sa vie.

— Comment a-t-il réussi à escalader cette montagne, alors ?

Brodie sirota un peu de whisky avant de répondre :

— L'ascension du Binnein Mòr n'est pas difficile. Elle est à la portée de tout le monde. En empruntant la voie la plus longue, par beau temps et au mois d'août, on n'a pas besoin d'être expérimenté pour atteindre le sommet.

Il marqua une pause et, l'air songeur, fit glisser le bord de son verre le long de sa lèvre inférieure avant de poursuivre :

— Mais le corps a été découvert dans un cirque de la face nord. Coire an dà Loch.

— Ce qui signifie ?

— Le cirque des Deux Lochans. Or on ne s'aventure pas de ce côté-là sans posséder une expérience solide.

Ils prirent alors conscience que le vent semblait s'être calmé. La pluie ne martelait plus les vitres. Brodie mit une main en visière pour pouvoir jeter un coup d'œil dehors sans être gêné par son reflet sur le verre.

— Il neige, dit-il. Assez fort.

— Est-ce que ce sera plus difficile pour vous si vous montez examiner l'endroit où on a trouvé le corps ?

Il hocha la tête.

— Oui. Mais je suis bien équipé. (Il lui adressa un grand sourire.) Et mon matériel ne pèse pas aussi lourd que le vôtre.

Elle haussa les épaules.

— Mes outils de travail. On ne peut pas découper un autre être humain sans le matériel adéquat.

Elle vida son deuxième verre et le remplit avant de pousser la bouteille vers Brodie, qui la prit pour se resservir lui aussi.

— Qu'est-ce qui vous a amenée à faire ça ? demanda-t-il.

— Oh, devenir médecin légiste n'a jamais été mon ambition. Je voulais juste devenir médecin, monsieur Brodie.

— Cameron, la corrigea-t-il.

Se contentant de sourire, elle ajouta :

— J'ai fait cinq ans d'études à la faculté de médecine de Calcutta pour obtenir mon MBBS.

— C'est-à-dire ?

— *Bachelor of Medicine, Bachelor of Surgery.* En cinquième année, nous avons eu un professeur invité, un médecin légiste américain ; quand il nous a expliqué les différentes étapes d'une autopsie, j'ai été intriguée par tout ce qu'on pouvait apprendre sur un individu à partir de son cadavre. Comment il avait vécu. Comment il était mort. Et j'ai également été frappée par une chose qu'il nous a dite. Il nous a expliqué que lorsqu'il pratiquait une autopsie sur des victimes de meurtre, il se sentait en quelque sorte leur dernier représentant sur cette terre. La seule personne capable de raconter leur histoire, d'expliquer comment elles étaient mortes, et même d'attraper leur meurtrier. (Elle sourit.) Et c'est là que j'ai décidé de devenir médecin légiste. (Elle laissa échapper un petit rire d'autodérision.) J'aurais peut-être réagi différemment à l'époque si j'avais pris conscience que ça impliquait quatre ans d'études supplémentaires.

Brodie n'en revenait pas.

— Neuf ans d'études pour ouvrir des cadavres. Et seulement cinq pour soigner les gens ?

Elle se mit à rire.

— Oui. On pourrait penser que ça devrait être le contraire, non ? Mais j'ai adoré ça. L'école de médecine de Calcutta était la deuxième plus ancienne d'Asie à enseigner la médecine occidentale. Et la première à l'enseigner en anglais. (Elle leva une main pour anticiper son commentaire.) Avant que vous ne disiez quoi que ce soit, je sais que mon anglais est bon. À mon avis, je le parle mieux que la plupart des Écossais.

— Ce n'est pas difficile, gloussa-t-il.

Elle descendait rapidement son Balvenie DoubleWood et commençait à avoir les yeux un peu vitreux.

— Bon, qu'est-ce que je devrais savoir sur monsieur Younger avant de le découper demain matin ?

Brodie haussa les épaules.

— Moi-même, je ne sais presque rien sur lui. Journaliste enquêteur au *Scottish Herald*. Célibataire. Pas randonneur, malgré la raison qu'il a donnée de sa présence ici. C'est Brannan... (il inclina vaguement la tête vers l'intérieur de l'hôtel) qui a signalé sa disparition en ne le voyant pas revenir régler sa note et prendre ses affaires. Aucune recherche n'a été véritablement lancée parce que personne ne savait où il était parti, ni où le chercher.

Pensif, il fit tourner une gorgée de whisky dans sa bouche, puis ajouta :

— Il y a une chose, pourtant. Une séquence d'une minute environ prise par une caméra de surveillance le jour où il a disparu. Il est en train de parler à quelqu'un, au village. Un homme, apparemment, qui n'a jamais été identifié.

— Vous l'avez visionnée ?

Il secoua la tête.

— Non. Mais je devrais pouvoir le faire au commissariat local. Ils y archivent toutes les données des environs.

Il leva la bouteille et la présenta un instant devant la lumière de la bougie. Ils en avaient bu à peu près les deux tiers. Admiratif, il haussa un sourcil :

— Vous avez une bonne descente.

— Vous aussi, dit-elle en levant son verre.

Il rit.

— Ça fait partie du métier, je pense. Vous comme moi, nous voyons des choses que la plupart des gens ne verront jamais. Quand j'étais à la circulation, je ne comptais plus le nombre d'accidents de la route où il fallait extirper les occupants de voitures en miettes. En tant qu'inspecteur, c'est le nombre de meurtres où la victime a été découpée en morceaux. La plupart des crimes ne sont pas aussi habilement élaborés que dans les livres. Ils sont juste brutaux et sanglants. (Il se tut un instant.) Enfin, vous en savez quelque chose.

Elle hocha la tête. Ce fut alors au tour de Brodie de la servir avant de remplir son propre verre.

— Euh... vous avez mentionné des enfants tout à l'heure. Vous êtes mariée, si je comprends bien ?

— Je l'étais.

— Oh. Divorcée ?

— Veuve.

Pour la première fois, il vit de la tristesse dans ses yeux et se rendit compte qu'elle s'y trouvait depuis le début. Il ne l'avait simplement pas remarquée.

Sita prit une gorgée de whisky qu'elle garda longtemps dans sa bouche avant de l'avaler.

— Viraj. Nous étions à l'école ensemble. Un garçon adorable. Dès que je l'ai vu j'ai eu le coup de foudre. Il avait des yeux immenses et des boucles très sexy qui lui retombaient sur le front. Je ne devais pas avoir plus de huit ans.

Elle sourit tristement, en rejouant de doux souvenirs derrière l'opacité croissante de ses yeux.

— Je suis allée à l'école de médecine, il a suivi une formation de programmeur. Pendant des années on a vécu en couple par intermittence. Puis je suis venue en Écosse, et il m'a suivie. Il a trouvé un job dans ce qu'on surnommait la Silicon Glen ; il m'a dit qu'il n'allait pas me laisser m'échapper aussi facilement. (Elle rit.) Que faire ? Quand un homme prouve son amour de cette façon, quand il se met à genoux pour vous demander en mariage...

À présent, elle fixait son verre comme si l'ambre qu'il contenait lui offrait une fenêtre sur le passé.

— Nous avons eu deux enfants magnifiques. Palash. Deux ans de plus que sa petite sœur, Deepa. Onze et neuf ans aujourd'hui. (Elle leva les yeux vers Brodie.) Mon univers.

Il se demanda quelle part de tout cela lui aurait été dévoilée sans le whisky.

— Que s'est-il passé ?

Il était conscient que c'était le whisky qui lui donnait le courage de poser la question. Mais il avait vraiment envie de savoir.

— Une nuit, je travaillais à la morgue du Queen Elizabeth Hospital. Je venais de téléphoner à la maison, en espérant qu'il décroche. J'ai laissé un message, puis j'ai appelé son portable, mais il ne répondait pas. Je savais qu'il était sorti un peu plus tôt dans la soirée, et que les enfants passaient la nuit chez des amis de l'école. Je voulais juste lui dire que je rentrerais tard. On venait d'amener un corps. Victime d'une agression dans la rue, et je devais l'autopsier.

Son souffle trembla quand elle respira à fond pour essayer de maîtriser son émotion.

— Je me suis rendue dans la salle d'autopsie, j'ai ouvert la housse mortuaire. C'était Viraj. Allongé sur le dos, il me regardait. Mon bel homme aux grands yeux bruns et aux boucles sublimes qui lui tombaient sur le front. Poisseuses de sang. Le visage enflé, fracturé. Des dents en moins. Ses superbes dents blanches et régulières. Les lèvres fendues, ensanglantées. Ces lèvres qui m'avaient embrassée tant de fois. Une agression au hasard, m'a-t-on dit. Des gamins pris d'une fureur raciste attisée par des politiciens anti-immigration. Tué à cause de la couleur de sa peau. (Sa voix se brisa.) Mort parce qu'il m'a suivie ici.

Une larme silencieuse glissa de son œil jusqu'au coin de sa bouche.

Brodie était profondément choqué.

— Je ne peux même pas imaginer, murmura-t-il.

— Non, vous ne pouvez pas, dit-elle comme si elle le défiait de vouloir essayer.

Il ne savait pas quoi faire, ni quoi dire. Ils restèrent assis en silence pendant un long moment. Jusqu'à ce que, finalement, prenant une inspiration frémissante, elle essuie la larme, boive une gorgée de whisky et se racle la gorge, déterminée à changer l'orientation de leur conversation.

— Et vous ?

— Quoi, moi ?

— Marié ?

Il baissa les yeux sur le verre qu'il agrippait à deux mains.

— Veuf.

Et il sentit son regard posé sur lui dans le noir. Un autre long silence s'installa avant qu'elle demande doucement :

— Vous voulez m'en parler ?

Il ferma les paupières en se disant qu'il n'en avait pas envie. Il venait de passer la majeure partie de ces dix dernières années à tenter d'oublier. Gravées dans sa mémoire, les images lui brûlaient les rétines. Une douleur qui ne l'avait jamais quitté. Et pourtant, Sita ne venait-elle pas de mettre son cœur à nu ? À cause du whisky, bien sûr. Mais elle lui avait dit des choses qu'elle n'avait sans doute jamais révélées à personne. Ouvert sa petite boîte des horreurs à la vue d'autrui. Comment pouvait-il refuser d'ouvrir la sienne devant elle ? Une version adulte du jeu « montre-moi les tiennes, je te montrerai les miennes ».

Comme si elle lisait dans ses pensées, elle dit :

— C'est bon, vous n'êtes pas obligé.

Mais il le voulait à présent. Une entrave invisible semblait avoir sauté soudain. Il avait *besoin* de partager ça avec elle. Ces choses dont il n'avait jamais parlé à personne. Et, avec le sentiment de la proximité croissante de sa propre mort, il éprouvait l'envie presque irrépressible de les crier sur les toits.

— J'étais de service de nuit, commença-t-il. (Il leva les yeux.) Pourquoi ces choses semblent-elles toujours arriver la nuit ?

Il se souvenait d'une nuit chaude et humide à Glasgow. Un peu plus tôt, il avait dîné d'un *fish and chips*, copieusement assaisonné de sel et de vinaigre. Il se rappelait encore son goût dans sa bouche quand il l'avait vomi quelques heures après.

— J'étais simple enquêteur à l'époque. Je dépendais de Pacific Quay. On m'a fait passer un message : le commissaire demandait à me voir. J'ai trouvé son attitude bizarre. Il m'a informé que je pouvais quitter mon service. Qu'on avait besoin de moi à la maison. Qu'il n'avait pas d'autres informations. Mais je savais que c'était faux, je savais qu'il avait dû arriver quelque chose de terrible.

Le souvenir qu'il en gardait était douloureusement vivace. La traversée frénétique de la ville en voiture. Le brusque virage dans la rue où il habitait. Les deux véhicules de police, plus une ambulance, garés devant chez lui. Les voisins à leur porte, ou à leur fenêtre, un reflet bleu discontinu sur leurs visages curieux.

— J'ai franchi d'un bond les marches du perron. Il y avait un flic en uniforme qui barrait le chemin. Il a levé une main et m'a demandé où je croyais aller comme ça.

Il s'entendait encore crier. *C'est ma putain de maison !*

— Quelqu'un pleurait à l'intérieur. Ma fille. Elle pleurait, pleurait. Des sanglots rauques, comme si elle avait la voix enrouée à force de pleurer. Ce qui était le cas.

Immobile, Sita demanda :

— Quel âge avait-elle ?

— Elle avait dix-sept ans. Elle venait d'entrer à l'université de Glasgow. Tout le monde se trouvait à l'étage. Un flic sur le demi-palier, deux ambulanciers quelques marches plus haut. Addie était dans notre chambre, assise sur le lit, le bras d'une femme policier autour de ses épaules. Inconsolable. Il y avait un toubib. Une femme. Debout sur le seuil de la porte de la salle de bains. Je la revois encore se tourner vers moi, choquée, les yeux écarquillés, pâle comme un linge. Pourtant, elle avait déjà dû en voir des choses.

Il se tut pour reprendre sa respiration. Les yeux fermés, se repassant la scène dans le noir.

Lorsqu'il les rouvrit, il continua :

— Elle m'a prévenu que je ferais mieux de rester sur le palier. Comme s'il y avait la moindre chance que je l'écoute. J'ai jeté un coup d'œil dans la chambre, Addie me regardait. Cette expression sur son visage... je... je la revois chaque soir, depuis, quand j'essaye de m'endormir. Accusatrice. La haine à l'état pur. J'ai senti sur-le-champ que ma vie était finie, quoi qu'il y ait derrière la porte de la salle de bains. Mais je devais quand même aller voir.

Il tourna la tête vers la vitre, comme si elle pouvait lui renvoyer un aperçu de ce moment. Les flocons de neige mouillée qui la giflaient ruisselaient lentement sur le verre noir, tels des larmes.

— J'ai écarté le toubib pour entrer dans la salle de bains. La lumière du plafonnier paraissait inhabituellement aveuglante, elle se reflétait sur toutes les surfaces carrelées. On aurait dit un film surexposé. (Il secoua la tête.) Je me rends compte maintenant que c'était juste à cause de mes pupilles dilatées par le choc. (Une série de brèves respirations saccadées lui tiraillait la poitrine.) Mel était allongée, nue, dans la baignoire. Elle avait les yeux fermés et cet étrange sourire triste sur les lèvres. La première fois que je la voyais sourire depuis des mois.

Il se détourna brusquement de la baie vitrée, comme s'il ne pouvait plus supporter la vision qu'elle lui offrait.

— L'eau était pourpre de sang. Marbrée par endroits de taches plus foncées. La femme que j'aimais depuis le jour de notre première rencontre était morte.

Il regarda Sita :

— Suicidée. C'est Addie qui l'avait découverte. En rentrant à la maison après une soirée au bureau des étudiants, et... (Il se sentit incapable de finir sa phrase.) J'aurais donné n'importe quoi pour pouvoir effacer ce moment de sa vie. À partir de là, elle a cessé d'être ma petite fille. À partir de là, elle s'est mise à me haïr.

Les sourcils de Sita se froncèrent.

— Pourquoi donc ?

— Parce qu'elle en a rejeté la responsabilité sur moi. Mel avait laissé un mot, vous voyez. (Il faillit s'étrangler en poussant un petit gloussement.) Elle n'était pas la personne la plus... la plus cultivée au monde. Elle s'exprimait bien, sauf par écrit. Je suppose qu'elle avait essayé d'expliquer son geste. Mais ses dernières pensées étaient confuses, embrouillées, difficiles à interpréter. (Il referma les yeux et secoua la tête.) Elle disait qu'elle ne supportait plus la tromperie, qu'elle ne m'aimait plus. Même si j'avais été l'amour de sa vie. L'aventure avait d'une manière ou d'une autre détruit tous ses sentiments. (Il marqua une pause.) À croire que c'était moi qui avais eu cette aventure.

Rouvrant les yeux, il fixa les ténèbres.

— C'est ce que tout le monde a cru. Y compris Addie. (Il se tourna vers Sita.) Elle m'a reproché d'avoir trompé sa mère. De l'avoir poussée au suicide.

— En fait, il n'y avait rien eu ?

— Si. Seulement, ce n'était pas moi qui avais une liaison.

Il voulut boire et s'aperçut que son verre était vide. Il se pencha en avant, attrapa la bouteille par le col et le remplit avant de le lever d'une main tremblante jusqu'à ses lèvres. Mais le whisky semblait avoir perdu son parfum malté. Son âpreté lui brûla la langue.

— C'est vrai qu'à l'époque, on aurait pu le croire. J'avais pour partenaire une inspectrice, Jenny. Nous étions collègues, copains, sans plus. Jenny a assisté aux obsèques pour me soutenir moralement ; Addie a cru qu'elle était ma maîtresse. Comment osais-je venir à l'enterrement de sa mère avec ma petite amie ?

Il ressentait encore la douleur cinglante de sa gifle, assénée avec toute la force de son dégoût, après que tout le monde avait quitté la maison. Les mots hurlés avec fureur, à peine entendus sur le moment, et perdus maintenant avec le temps. Mais sa voix stridente de colère et d'accusation subsistait en lui à chaque instant de chaque jour. Comme elle le ferait, il le savait, jusqu'à sa mort.

— Elle a fourré toutes ses affaires dans une valise et elle est partie le soir même chez une amie. Depuis, je ne l'ai plus revue, je ne lui ai plus parlé.

Sita tendit le bras devant la lumière des bougies, pour poser une main sur la sienne et la serrer doucement.

Extrêmement touché, il sentit ses yeux se remplir de larmes, qu'il s'efforça de retenir. Les grands Écossais machos ne montraient pas leurs sentiments. Il leva son verre et le vida d'un trait. Un bruit de verre brisé rompit alors le profond silence de l'hôtel.

Tous deux sursautèrent. Sita se tourna à moitié vers la porte du bar :

— Qu'est-ce que c'était ?

Brodie chassa son émotion d'un clignement d'yeux.

— Sans doute Brannan. Je vais voir.

Presque content de cette excuse pour pouvoir s'interrompre, il prit une bougie sur la table et se dirigea vers la porte.

Des ombres dansèrent sur les murs du hall tandis qu'il le traversait pour aller ouvrir la porte de la salle à manger. Les tables vides s'alignaient en rangs, drapées de nappes blanches, les chaises renversées par-dessus, forêt de pieds dressés s'estompant dans l'obscurité. Le froid y était plus intense, accentué par un courant d'air. À la lueur de sa bougie dont la flamme vacillait dangereusement et risquait de s'éteindre, il vit les débris d'un verre briller par terre. Fauché d'une table couverte de verres à vin par quelqu'un qui n'était plus là.

— Hello ?

Sa voix résonna sourdement dans la pénombre.

— Brannan ?

Aucune réponse.

Un souffle d'air glacé éteignit la bougie, le plongeant dans le noir total. Il chercha à tâtons une table où la poser puis fouilla les poches de sa parka à la recherche de la lampe frontale qu'il avait fourrée dans l'une d'elles. Il avait identifié du bout des doigts son bandeau élastique quand un claquement provenant de l'autre bout de la salle à manger le fit sursauter. Il se dépêcha de l'extraire de sa poche et de faire jaillir le faisceau blanc qui perça l'obscurité. Puis, ajustant le bandeau autour de sa tête, il balaya la pièce du regard. Une des deux portes-fenêtres desservant une terrasse était ouverte et battait dans le vent. En se précipitant vers elle, Brodie aperçut des empreintes de pas mouillées sur le parquet. Nettes en provenance de cette fenêtre, un peu moins marquées en repartant vers elle. Quelqu'un avait pénétré dans cette pièce depuis l'extérieur et rapidement battu en retraite quand Brodie était entré avec sa bougie.

Depuis la porte ouverte, il suivit les traces fraîches qui traversaient la salle à manger jusque dans le hall où elles s'évanouissaient sur la moquette. Quelqu'un les avait-il espionnés, Sita et lui ? Et si c'était le cas, pourquoi ? En revenant dans la salle à manger, l'intrus avait renversé un verre qui s'était écrasé sur le parquet.

Brodie piétina les débris de verre en revenant vers la porte-fenêtre ouverte. Il sortit sur la terrasse en bois couverte d'une couche de neige d'une dizaine de centimètres d'épaisseur. Là, les empreintes étaient très précises ; il les suivit jusqu'au bas des marches, puis dans l'allée, tout en remontant la fermeture de sa parka. Des flocons tombaient à l'oblique devant le faisceau de sa lampe tandis que, sans lâcher les traces des yeux, il avançait vers les arbres, en direction du terrain de football, au-delà.

Il sentait son cœur battre en sourdine sous les couches de polaire et de tissu étanche ; la neige froide et mouillée s'accumulait sur ses cheveux courts. Plus loin, devant lui, il vit une ombre filer entre les arbres.

— Arrêtez ! cria-t-il.

Cela ne réussit qu'à accélérer la fuite de l'intrus. Brodie courut derrière lui sur plusieurs mètres, mais se rendit vite compte qu'il ne le rattraperait jamais. Il avait bu beaucoup trop de whisky. Haletant, il s'arrêta quelques instants avant de reprendre à contrecœur le chemin de l'hôtel.

Quand il entra dans le bar, Sita se retourna dans son fauteuil, surprise de voir de la neige sur son manteau. Il tapa des pieds et se secoua devant le feu.

— Qui était-ce ? demanda-t-elle.

— Aucune idée. Mais quelqu'un, dans le hall, nous écoutait. Je ne sais pas ce qu'il a pu entendre, ni ce qu'il voulait ; il s'est sauvé dans la neige quand je l'ai poursuivi avec ma lampe.

Elle se leva, en titubant légèrement.

— Comment est-il entré ?

— Par une porte-fenêtre de la salle à manger.

— Par effraction ?

Brodie secoua la tête.

— Il ne semble pas y avoir de dégâts. Elle n'était peut-être pas verrouillée. (Il fit la moue, l'air songeur.) Il vaudra mieux nous enfermer à clé dans nos chambres cette nuit. Pas envie de faciliter la visite d'hôtes indésirables.

Elle prit son sac et s'avança vers le feu.

— Vous pensez qu'on est en danger ?

Il secoua la tête :

— Non. Enfin, pourquoi le serions-nous ?

Elle frissonna, malgré la proximité des flammes.

— Je n'aime pas cet endroit, dit-elle. J'ai passé la moitié de ma vie avec des cadavres. Mais la pensée de ce mort replié dans l'armoire à desserts de la cuisine me flanque la trouille.

Brodie s'allongea tout habillé sur son lit, dans le noir. Il ne pensait pas dormir beaucoup ; chaque fois qu'il fermait les yeux, la chambre semblait se mettre à tourner autour de lui. Alors, il fixait le plafond, sans le voir.

Depuis toutes ces années, il n'avait jamais raconté à personne les événements de ce soir-là, quand il était rentré chez lui pour trouver Mel morte dans la baignoire. Pas même à Tiny. Il les avait enfermés à double tour dans un coin sombre qu'il était le seul à visiter. De peur de laisser les souvenirs s'échapper au grand jour où, curieusement, il sentait qu'ils lui feraient encore plus de mal. Il savait exactement pourquoi, à l'époque, il n'avait pas voulu confronter Addie à la vérité. Elle ne l'aurait pas cru. Elle n'aurait pas accepté de l'entendre. L'homme qui avait trahi la confiance de sa femme et de sa fille essayant juste de se trouver des excuses.

En la cachant, il n'avait fait que l'aggraver, l'enterrant et se portant préjudice au passage. Jusqu'à ce que soit franchi le seuil critique. Au-delà duquel aucun retour n'est possible. Un point où la réconciliation aurait encore été possible, si seulement Addie et lui en avaient fait l'effort. Or ce n'était que maintenant, devant l'imminence de sa propre mort, qu'il se sentait finalement obligé de ressortir tous les squelettes du placard, de les exposer pour être jugé. Quel que soit le jugement.

Il pensa à Sita, couchée dans la chambre voisine, probablement frigorifiée, et un peu effrayée, dissimulant son propre chagrin derrière une façade effrontée qu'elle avait laissée tomber ce soir. Involontairement. Devant un étranger. Peut-être était-ce plus facile.

Plus difficile, en revanche, de confronter une personne qu'on aime à la vérité qu'on lui cache depuis des années.

Chapitre 11

Brodie se réveilla avec le jour et la gueule de bois, tout habillé, surpris de constater qu'il avait dormi. Il n'avait même pas pensé à tirer les rideaux la veille au soir. À présent, la lumière réfléchie par l'univers blanc qui s'étendait derrière la vitre illuminait le plafond ; la tête encore embrumée par le whisky, il plissa les yeux de douleur.

Puis, lentement, il bascula les jambes hors du lit et se mit debout en s'étirant pour chasser la raideur de ses membres. Dehors, le soleil effleurait le haut des cimes enneigées qu'il apercevait au loin. Garbh Bheinn, Mam na Gualainn et les autres. La vallée, elle, se languissait dans l'ombre permanente projetée à cette époque de l'année par les montagnes qui l'encerclaient ; de fines volutes de brume se déroulaient doucement sur la surface brillante du loch.

Le soir précédent, Brannan avait parlé de la neige d'effet de lac ; Brodie se demanda si le processus de refroidissement du réacteur nucléaire réchauffait beaucoup les eaux du loch. Il doutait qu'elle lui paraisse particulièrement chaude s'il s'y plongeait tout nu.

Un ciel bleu sans nuage se reflétait sur l'eau. Ainsi que les montagnes. Une brise légère traversait le fjord, ridait la surface et faisait vibrer les reflets. Tout semblait très tranquille dehors. Le seul signe de vie provenait des rares filets de fumée bleue s'échappant de quelques cheminées du village. Peu de gens brûlaient encore du bois, pensa-t-il. La plupart s'étaient convertis aux pompes à chaleur géothermiques ou air-air. Mais on estimait que le bois à brûler provenant de forêts gérées était neutre en carbone. Alors...

Il essaya la lampe au-dessus du lavabo de la salle de bains. Rien. Toujours pas d'électricité. Il s'aspergea la figure d'eau froide et se lava sommairement les dents en quelques coups de brosse, avant de se rendre compte qu'il avait oublié de retirer les écouteurs de son iCom. Sans courant, il n'y aurait pas de réseau, mais il décida de les laisser tout de même en place. Puis il considéra le chaume argenté de ses joues et décida de ne pas se raser non plus. Il ferait ce qu'il avait à faire aujourd'hui. Le boulot pour lequel il était ici. Et, si les coupures de courant le permettaient, ce soir il serait parti.

Il frappa doucement à la porte de Sita. N'obtenant pas de réponse, il tourna la poignée. Comme elle n'était pas verrouillée, il poussa le battant. Sita non plus n'avait pas dormi dans son lit, mais dessus. L'empreinte de son corps sur la couette était nettement visible, avec la forme de sa tête en creux dans l'oreiller.

Une fois descendu au rez-de-chaussée, il entendit des voix en provenance de la salle à manger. Sita et un jeune homme étaient assis devant une table dressée pour deux. Quand il entra, elle se retourna, ses yeux lumineux ne montrant aucun signe de la beuverie de la veille autour de la bouteille de Balvenie DoubleWood.

— Oh, j'ai cru une seconde que c'était M. Brannan. Il nous a préparé un petit déjeuner. De la viande froide et quelques tranches de fromage. Mais il a disparu.

Le jeune homme se leva prestement. Brodie remarqua qu'il était en uniforme sous son blouson imperméable réfléchissant. Il avait posé sa casquette à damier sur la table et semblait se demander s'il devait la remettre ou non.

— Agent Robert Sinclair, monsieur, dit-il en tendant la main.

Brodie la serra et constata que c'était un bel homme. Des yeux bleus dans un visage frais, rasé de près, souriant. Une mâchoire délicate, bien dessinée. Baraqué, en plus. Il dépassait Brodie d'au moins sept centimètres. Ainsi c'était lui que sa fille avait épousé. Tout en l'observant d'un œil critique, il lança :

— On m'a dit que tout le monde vous appelait Robbie.

Robbie parut un instant décontenancé, et l'embarras lui fit monter le rouge aux joues.

— Oui, c'est comme ça que les gens m'appellent, monsieur. On est très familiers par ici.

— Parfait. La plupart des gens m'appellent Cammie.

— Bien monsieur, dit Robbie sans une seconde d'hésitation.

Il était évident que *monsieur* serait sa seule manière de s'adresser à Brodie. D'un geste de la main, il montra la table :

— J'ai apporté un thermos de café. À la maison, on a un ancien réchaud de camping dans lequel il restait un peu de gaz. Je savais que tout était électrique ici et que vous aimeriez boire quelque chose de chaud.

On, pour Robbie et Addie, pensa Brodie. Mais il se contenta de dire :

— C'est très gentil de votre part, Robbie, merci.

Tirant une chaise, il s'installa et se versa une tasse de café, ce que Robbie interpréta comme le signal lui permettant de se rasseoir.

— Vous ne mangez rien ? demanda Sita en regardant Brodie.

Celui-ci jeta un coup d'œil à la viande froide et aux tranches de fromage industriel aux bords retroussés :

— Pas faim.

— Je vous comprends, dit-elle avec un grand sourire.

— Un des cabinets du centre médical a été aménagé pour que l'examen post mortem puisse y être effectué, annonça Robbie. Mais il n'y a toujours pas de courant.

— Vous avez besoin d'électricité pour l'autopsie ? demanda Brodie à Sita.

— Non, juste une bonne dose de lumière du jour et d'huile de coude.

Brodie avala son café et se leva :

— Parfait. Plus tôt on commencera, mieux ce sera. Vous avez une housse mortuaire ?

— Avec mon matériel.

— On ferait bien de s'y atteler tout de suite, alors, et de transférer le corps au centre médical. (Il se tourna vers Robbie.) On a un moyen de le transporter ?

— J'ai mon SUV, monsieur.

— Dans ce cas, allons-y.

Ils se rendirent au terrain de football dans le SUV de Robbie. L'eVTOL était au milieu, là où ils l'avaient laissé, recouvert d'une couche de neige. Alors qu'ils arrivaient devant le portillon, Brodie s'écria soudain :

— Stop !

— Qu'y a-t-il ? s'inquiéta Sita.

— Des empreintes de pas. Quelqu'un est venu inspecter Eve. Attendez ici.

Il sauta dans la neige. Depuis le couvert des arbres, des traces de pas se dirigeaient d'abord vers la clôture puis en ligne droite jusqu'à l'e-hélico. Brodie les suivit ; il s'aperçut que la personne venue regarder l'aéronef en avait fait deux fois le tour, en s'arrêtant devant chaque porte, peut-être dans l'intention de pénétrer à l'intérieur. Ensuite, les empreintes s'éloignaient vers l'autre bout du terrain, où un petit portillon s'ouvrait sur un sentier descendant vers la rivière.

Il se retourna et fit signe à Robbie. Le SUV traversa lentement le terrain. Une fois près de l'eVTOL, Sita et Robbie sautèrent à leur tour dans la neige.

— Vous pensez que c'est notre intrus d'hier soir ? demanda Sita.

Robbie fronça les sourcils :

— Un intrus ? Quel intrus ?

— Nous avons eu un visiteur imprévu à l'hôtel, hier soir, expliqua Brodie. Il s'est introduit par la salle à manger. Nous étions au bar ; je pense qu'il nous écoutait depuis le hall. En repartant, il a cassé un verre, c'est ce qui nous a alertés. J'ai suivi ses empreintes jusqu'aux arbres, mais à partir de là je l'ai perdu.

Robbie fronçait toujours les sourcils.

— Je ne comprends pas. Pourquoi quelqu'un voudrait écouter votre conversation ?

— Bonne question, dit Brodie. (Il se tourna vers Sita.) Et en réponse à la vôtre, oui, je pense qu'il s'agit probablement de notre intrus. Venu jeter un coup d'œil à Eve.

— On devrait peut-être la mettre en charge ? demanda-t-elle.

Brodie sourit.

— Pas de courant, Sita, vous avez oublié ?

Elle claqua la langue et leva les yeux au ciel.

— Trop de whisky hier soir.

Il y eut alors peut-être un bref moment où chacun se rappela les choses que l'autre lui avait confiées *in vino veritas*.

— Prenons mon matériel, ajouta-t-elle.

De retour à l'hôtel, ils sortirent une housse mortuaire noire de la malle Storm de Sita et se rendirent dans la cuisine.

Il n'y avait toujours aucun signe de Brannan. Brodie l'appela dans les escaliers, sans obtenir de réponse. Ses appartements privés, à l'arrière de l'hôtel, n'étaient pas fermés à clé, mais il ne s'y trouvait pas non plus.

— Il y avait des traces de pneus dans l'allée quand je suis arrivé, dit Robbie. Certainement le 4X4 de Brannan. Il est peut-être parti faire des courses au village.

Brodie haussa les épaules.

— Dans ce cas, faisons ce que nous avons à faire, pas besoin de sa permission.

Ils firent rouler l'armoire à desserts de l'antichambre dans la cuisine où ils étalèrent la housse sur l'îlot central en inox, sous les casseroles, les poêles et autres ustensiles. Brodie souleva le couvercle de l'armoire et regarda Robbie :

— Vous êtes prêt ?

Robbie hocha la tête ; à eux deux, ils soulevèrent le corps pour l'allonger sur la housse ouverte. La couleur du cadavre avait changé depuis la veille, où il paraissait encore rose et presque frais. Le réfrigérateur l'avait empêché de dégeler jusqu'à un certain point, mais en l'espace de seulement douze heures sans électricité, il avait commencé à se décomposer, la couleur de la peau virait du gris-rose au gris-vert.

— Bizarrement, les corps qui ont gelé puis dégelé se décomposent plus vite que s'ils n'avaient jamais gelé, dit Sita.

— S'il n'avait pas gelé du tout, il ne serait pas resté grand-chose de lui au bout de trois mois, observa Brodie.

Il avait vu beaucoup de morts au cours de sa vie, mais le petit sourire serein sur le visage de Mel était le souvenir qui oblitérait tous les autres. Comme si elle avait en quelque sorte trouvé la paix dans la mort. À l'inverse, l'expression de Younger suggérait la peur, ou la douleur au moment de mourir. Yeux ouverts, bouche béante. La peau du visage était écorchée, meurtrie. S'il avait porté des gants pendant son ascension, il n'y en avait aucune trace ; la peau de ses mains était marbrée comme si le sang, fuyant de chaque veine, se répandait sous l'épiderme.

— On a eu un mal de chien à le faire tenir dans cette armoire après l'avoir descendu de la montagne, dit Robbie. Je croyais que c'était à cause de la rigidité cadavérique, mais en fait c'était juste parce qu'il avait gelé.

— La rigidité cadavérique ne dure pas plus de trois jours, confirma Sita. Vous avez raison, il devait être complètement gelé, dur comme du bois, après être resté enseveli dans la glace pendant trois mois.

Elle referma la housse mortuaire et Younger disparut dans l'obscurité à laquelle il était désormais habitué.

Brodie se tourna vers Robbie :

— Vous étiez avec le groupe qui l'a ramené ici ?

— Oui, je fais partie de l'équipe de secours en montagne. On était une douzaine à monter le chercher. Il a fallu le dégager de la glace à coups de piolet. Ce n'était pas facile d'attaquer la glace au-dessus de nos têtes en étant allongés sur le dos dans un espace aussi étroit, et en faisant attention de ne pas abîmer le corps. Le pire, c'était encore d'avoir ce mort qui nous regardait fixement pendant ce temps-là. On a bossé en se relayant. Puis on l'a sanglé sur un brancard qu'on a fait descendre avec des cordes, petit à petit, jusqu'à ce qu'on puisse le porter.

Brodie hocha la tête. Il imaginait à quel point cela avait dû être dur, et stressant. Ce serait plus facile de le mettre à l'arrière du SUV.

— Emmenons-le au cabinet.

Le centre médical de Kinlochleven se trouvait au sein d'un enchevêtrement de constructions sur Kearan Road, presque en face du commissariat, et à deux pas de l'église épiscopale St Paul. Le bâtiment original avait été agrandi plusieurs fois au cours des cinquante dernières années.

Aux alentours, dans les rues vides, seules quelques traces de pneus étaient visibles, mais ni les mouvements de rideaux ni les yeux qui les fixaient n'échappèrent à Brodie pendant qu'ils transportaient la housse dans la pièce préparée à leur intention à l'arrière du bâtiment. Un calme étrange régnait, avec cette neige épaisse qui absorbait tous les sons, les étouffait dans un silence ténébreux. Et aussi le sentiment d'être coupé du reste du monde, au milieu des ombres longues et noires des montagnes projetées sur l'eau, tandis que se révélait un aperçu séduisant d'un autre monde dans l'anneau de lumière solaire qui illuminait les cimes et les découpait, nettes et tranchantes, sur le bleu du ciel.

Brodie était en nage quand ils déposèrent le corps sur la table d'examen et firent glisser la fermeture Éclair de la housse.

— Laissez-le dedans, dit Sita. Elle retiendra les fluides. Pas la peine de faire des saletés sur le sol si on peut l'éviter.

Elle avait ouvert sa malle Storm sur une table repoussée contre le mur du fond et était en train d'enfiler une blouse stérile verte. Elle attacha ensuite par-dessus un lourd tablier avant de rassembler ses cheveux noirs sous ce qui, pour le commun des mortels, ressemblait à un bonnet de douche en plastique.

Brodie jeta un coup d'œil dans la malle ; il vit des scalpels, un couteau de cuisine de 35 centimètres, des forceps, des ciseaux, une louche, des aiguilles, des seringues et une collection de tubes de prélèvement et de sachets en plastique hermétiques. Ficelle et aiguille. Pour recoudre le corps ensuite, sans doute. Il redoutait à l'avance le voyage de retour vers Glasgow dans la petite cabine de l'eVTOL, à partager avec un cadavre en décomposition.

— Qu'est-ce que vous avez d'autre là-dedans ? demanda-t-il.

— Oh, une véritable caverne d'Ali Baba. Un appareil photo. (Elle le lui tendit.) Vous vous en chargerez. (Elle sortit une lampe torche.) Elle aurait été utile hier soir. Je l'utiliserai pour éclairer ce que nous avons besoin de photographier. (Elle la lui lança.) J'ai aussi un appareil de radiographie portable. Bien pour les bras, les jambes et la tête. Mais pas assez grand pour le torse.

Elle enfila des protège-chaussures en plastique et des gants en latex.

— Vous êtes bien équipée. Pas étonnant que cette malle soit si lourde.

— Il faut penser à tout, dit-elle en souriant et en soulevant une scie chirurgicale. Sans électricité, on va devoir ouvrir le crâne à l'ancienne.

Elle se tourna vers Robbie qui, tout pâle, se tenait près de la porte.

— Je vais d'abord découper ses vêtements ; vous deux pourrez les poser sur cette table, là-bas. Dans la malle, vous trouverez un rouleau de papier que vous pourrez étaler dessus pour la protéger.

— Moi ? fit Robbie, l'air choqué.

— Vous assistez à l'examen post mortem, n'est-ce pas ?

— Eh bien... euh... je ne pensais pas...

— C'est la première fois, fiston ? demanda Brodie.

Robbie lui lança un regard gêné et hocha la tête.

— Ce ne sera probablement pas votre dernière, s'esclaffa Sita. Il faut bien commencer un jour.

Elle se tut et réfléchit un instant avant d'ajouter :

— Il y a quelque chose d'utile que vous *pouvez* faire. Rentrez chez vous et rapportez-moi un seau en plastique pour les excédents de fluide. Et un saladier en inox si vous en avez un. J'ai besoin d'un récipient où placer les organes avant de les disséquer. Oh, et s'il reste un peu de gaz dans votre vieux réchaud, vous pourriez me chauffer un peu d'eau. Il m'en faudrait pour me dégeler les mains de temps en temps. (Elle se retourna vers le cadavre.) Ce gaillard est encore sacrément froid à l'intérieur.

Brodie attrapa Robbie par le bras comme il s'en allait.

— Je crois que c'est votre femme qui a trouvé le corps.

Robbie acquiesça.

— J'aurai besoin de lui parler. Et j'aurai aussi besoin de quelqu'un pour me conduire au névé où il a été découvert.

— Oh, Addie vous emmènera. Elle doit y remonter de toute façon pour effectuer une vérification de routine à la station météo après la tempête. Je lui en parlerai en arrivant à la maison. Elle pourra venir une fois que l'examen post mortem sera terminé.

Brodie hocha la tête et sentit son cœur s'emballer.

*

Les habits de Younger, tous exposés sur la table à présent, étaient déchirés par endroits, fortement abrasés à d'autres. Un anorak au-dessus d'une polaire. Un pantalon de ski. Les grosses chaussures en cuir étaient profondément lacérées, le dessus de l'une d'elles s'était même désolidarisé de la semelle. Sita tint la lampe torche pendant que Brodie prenait des photos.

Elle entassa ensuite des serviettes autour du corps et demanda à Brodie de le photographier. Le visage l'intéressait tout particulièrement.

— Regardez ça, dit-elle en suivant d'un doigt protégé par le latex les contusions et abrasions de forme irrégulière.

La plupart étaient de larges abrasions, dont plusieurs sur les protubérances du visage, autour des orbites et de la partie supérieure des joues. Des blessures du même type étaient également visibles sur le reste du corps, mais moins importantes aux endroits protégés par les vêtements.

Brodie hocha la tête :

— Les conséquences d'une chute ?

— On dirait.

— Un accident, alors ?

— Pas si vite. Regardez de plus près.

Brodie se pencha pour examiner le visage de Younger.

— Vous voyez ? dit-elle. Plusieurs blessures, différentes des autres, résultent d'un coup violent. Observez la joue gauche. Il y a sept séries de blessures formées de quatre courtes abrasions parallèles, d'environ 3,8 centimètres de long et espacées de 0,4 millimètre. Et regardez l'unique contusion linéaire, légère, perpendiculaire à ce groupe.

Brodie se rendit compte que les blessures qu'elle décrivait formaient une sorte de motif.

— À quoi correspondent-elles ? Comment se les est-il faites ?

Elle leva les yeux et sourit derrière son masque.

— Quelqu'un l'a frappé, monsieur Brodie. Lui a donné des coups de poing. Quelqu'un qui portait une paire de gants très particuliers. Des gants munis, sur le dos des doigts, d'un renfort de protection entaillé de quatre encoches horizontales, une à chaque articulation, afin de faciliter la flexion, et aussi d'une crête en saillie le long de chaque doigt.

Désignant le front de Younger, elle ajouta :

— Il y en a deux autres ici. Et encore une sur le côté droit de la mâchoire.

— C'est ça qui l'a tué ?

— J'en doute. Mais suffisant pour le déséquilibrer. Ça aurait causé sa chute, et serait compatible avec les autres blessures.

À ce moment-là, Robbie revint avec une bassine d'eau fumante.

— Elle est encore trop chaude pour y tremper les doigts.

— Posez-la sur la table, là-bas. Je n'en aurai pas besoin avant de l'avoir ouvert.

Elle souleva la main droite de Younger, la retourna plusieurs fois, puis attrapa un petit scalpel et une feuille de papier déchirée d'un carnet avant de racler délicatement le dessous des ongles pour en recueillir les résidus.

— À mon avis nous découvrirons que c'est de la peau. Provenant presque certainement du visage ou du cou de son agresseur. Je pense que notre homme s'est battu. Il aura laissé sa marque.

Elle fit glisser les raclures du papier dans un sachet de prélèvement en plastique et le scella.

— Vous obtiendrez l'ADN à partir de ça ? demanda Brodie.

— Oui.

— Quand ?

— Dès que nous aurons du courant. Les merveilles de la technologie. Aujourd'hui, on dispose d'un kit de matériel génial capable de faire l'analyse ADN sur site. Et si l'électricité revient, nous aurons aussi accès à Internet, et je pourrai le rentrer dans la base de données.

— Et la cause de la mort ?

— Vous savez aussi bien que moi, inspecteur, qu'aucun médecin légiste digne de ce nom n'avance d'hypothèses avant d'avoir terminé l'autopsie. (Elle se tourna vers Robbie.) Vous avez le seau et le plat en inox ?

— Je traverse la rue en vitesse et je vous les apporte, dit-il en se précipitant vers la porte.

Puis il s'arrêta :

— Ma femme pourra être là dans une heure, si ça vous va.

Brodie hocha la tête :

— Parfait.

Sur quoi il se détourna rapidement pour se concentrer sur le scalpel avec lequel Sita pratiquait l'incision en Y du cadavre, à partir de chaque épaule en direction du sternum, puis tout droit jusqu'au pubis. Younger perdait peut-être ses cheveux, mais il avait le corps très velu, avec une masse de poils blonds frisés sur la poitrine, le ventre et le dos, à travers lesquels s'écoulaient maintenant les fluides libérés par l'autopsie.

Il fallut à Sita trois bons quarts d'heure pour l'ouvrir et retirer un par un les organes qu'elle transféra dans la cuvette en inox posée sur une table attenante, avant de les disséquer chacun soigneusement. Depuis son retour, Robbie se tenait à l'autre bout de la pièce, d'où il regardait de loin, le visage livide, presque vert.

Sita demanda aux deux hommes de sortir pendant qu'elle découpait le crâne avec sa scie à main.

— Pas envie de respirer des particules, n'est-ce pas ? lança-t-elle en doublant son masque chirurgical d'un autre et en chaussant une paire de lunettes de protection.

Brodie et le jeune agent attendaient déjà depuis un moment dehors, en tapant des pieds pour se réchauffer, quand ce dernier proposa :

— Vous voulez venir boire un café au commissariat ?

— Merci, je préfère rester ici au cas où elle aurait besoin de moi.

Robbie hocha la tête. Un silence embarrassé s'installa entre eux.

— Depuis combien de temps êtes-vous ici ? finit par demander Brodie.

— Depuis que j'ai vingt-trois ans. Ça doit faire sept ans. Avant, j'étais à Inverness. Quand le poste a été créé, je me suis dit, pourquoi pas après tout ? J'ai grandi dans un village près de Fort William. (Il haussa les épaules.) Pour moi, la qualité de vie est plus importante que la carrière. Je veux dire que j'aurais peut-être pensé à évoluer, à gravir les échelons, mais j'ai rencontré Addie. (Il laissa échapper un petit rire.) Et voilà, je suis toujours là. Avec un jeune enfant, en plus, et ça fait une sacrée différence. Vous avez une famille ?

Incapable de croiser son regard, Brodie acquiesça d'un signe de tête et souffla lentement :

— Oui.

Robbie attendit que Brodie lui en dise davantage, mais aucune explication supplémentaire ne vint et un silence inconfortable retomba ; aussi Brodie fut-il soulagé quand, dix minutes plus tard, il entendit Sita les appeler.

Quand ils entrèrent, elle se débarrassait de ses gants en latex et libérait ses cheveux de leur charlotte de protection en les secouant pour les faire retomber sur ses épaules. Derrière elle, sur la table, était disposée une série de bocaux et de sacs en plastique contenant tous les échantillons qu'elle rapporterait pour les faire analyser en laboratoire. Avec son corps recousu et sa calotte crânienne remise en place, Younger avait l'air de sortir tout droit du plateau de tournage du dernier Frankenstein.

Elle sortit enfin du silence qu'elle avait observé tout au long de l'autopsie. Désormais prête à se prononcer sur la cause de la mort.

— Vertèbres cervicales désarticulées, dit-elle. Rupture nette de la moelle épinière. Cela l'aurait certainement tué si les fractures multiples du crâne ne l'avaient pas fait. Les deux avant-bras et le tibia droit brisés. Il a fait une sacrée chute, à mon avis.

— Résultat des coups frappés par son agresseur ? demanda Brodie.

— Eh bien, on peut le supposer. Mais tout ce que je peux dire avec certitude, c'est qu'il a drôlement lutté avant de tomber.

Elle commença à enlever son tablier, puis s'arrêta :

— Il y a autre chose, cependant. Une chose bizarre que je n'arrive pas à expliquer.

— Comment ça, bizarre ?

— Ça n'a peut-être aucun lien. (Elle réfléchit.) J'ai constaté une desquamation de la muqueuse intestinale. Avec pas mal d'inflammation. Dans les poumons aussi. Enfin, avec une chute pareille, une contusion pulmonaire est possible.

Elle s'interrompit pour expliquer :

— Un hématome au poumon. Mais comme il est mort assez vite, cela n'aurait pas dû s'accompagner d'une inflammation. J'ai prélevé plusieurs échantillons du poumon au hasard pour les examiner au microscope. J'ai également trouvé beaucoup d'hémorragies et d'inflammations que je ne m'attendais vraiment pas à voir. Et ça, ça ne cadre pas avec le traumatisme ni avec le gel.

Puis elle haussa les épaules en souriant :

— Mais je ne peux pas tout savoir. Je vais demander des analyses détaillées de ces échantillons.

Un coup timide frappé à la porte fit monter une rougeur au visage de Brodie, qui sentit son cœur s'accélérer.

— Vous avez terminé ? lança une voix féminine.

Robbie se tourna vers la housse mortuaire ouverte :

— On peut... ?

— Oui, bien sûr.

Sita remonta la glissière afin de cacher Younger à des yeux innocents.

Robbie alla ouvrir. Addie entra, sembla hésiter et dit avec un sourire incertain :

— Bonjour.

Elle avait à peine changé depuis toutes ces années, depuis la dernière fois où il l'avait vue. Un peu plus âgée. D'infimes pattes-d'oie aux coins des yeux. Quelques kilos en plus. Mais elle avait eu un bébé. Elle paraissait encore très en forme malgré tout. Toutes ces ascensions du Binnein Mòr et des autres montagnes des Mamores où elle avait installé des stations météo. Ses cheveux bruns tombant sur ses épaules carrées avaient la même texture soyeuse. Ses yeux et sa bouche étaient bien ceux de Mel. Il avait toujours reconnu en elle beaucoup plus de traits de sa mère que de lui-même. Si elle avait hérité de lui quelque chose, c'était son caractère.

Addie balaya la pièce du regard, adressa un signe de tête à Sita, puis aperçut son père. Brodie décela dans ses yeux une confusion passagère tandis que l'incrédulité se transformait en certitude, puis cédait la place à la colère. Ça ne prit pas longtemps.

— Putain... ?

D'abord cette exclamation presque involontaire lâchée entre ses dents. Puis l'explosion :

— Qu'est-ce que tu viens foutre ici ?

Médusé, Robbie s'exclama :

— Addie !

Mais comme un chien terrier poursuivant une odeur et sourd aux appels de son maître, elle l'ignora, totalement obnubilée par son père. Elle secouait la tête.

— Ça ne peut pas être une coïncidence. Tu le savais. Tu as tout planifié, n'est-ce pas ?

Brodie fut surpris par le calme qu'il perçut dans sa propre voix :

— Personne ne planifie un meurtre, Addie.

— Attendez une minute, les interrompit Robbie. Vous vous connaissez tous les deux ?

Addie ne l'écoutait toujours pas, mais le mot *meurtre* détourna son attention. Elle lança un coup d'œil à Sita :

— Un meurtre ? L'homme que j'ai trouvé a été assassiné ?

Surprise par la tournure inattendue des événements, Sita hocha la tête en silence.

Addie fut un instant stoppée dans son élan. Mais pas longtemps. Elle évacua l'information et concentra sur son père son regard flamboyant de colère :

— Pourquoi ? Pourquoi maintenant, au bout de toutes ces années ? Qu'est-ce que tu croyais ? Que j'allais me jeter à ton cou en disant *Tout est oublié, papa* ?

Robbie le dévisagea d'un air incrédule :

— Vous êtes son père ?

Confus, Brodie répliqua :

— Désolé. J'aurais dû vous prévenir.

Mais rien ne pouvait plus arrêter Addie.

— Oh, oui, *désolé* ! C'est tout à fait toi, n'est-ce pas ? Toujours désolé.

Robbie s'interposa fermement, l'embarras cédant le pas à la colère :

— Ça suffit, Addie !

Il la prit par les épaules, à deux doigts de la secouer, et s'écria :

— J'ignore ce qui se passe entre vous. Mais, enfin, tu m'as toujours dit que tes parents étaient morts tous les deux !

Elle détourna les yeux de Brodie, et un bref éclair de culpabilité dilua la colère qui les faisait étinceler.

— Il s'agit d'une enquête criminelle, bon sang, poursuivit Robbie. Tu es un témoin clé. Alors, que ça te plaise ou non, tu vas devoir conduire ton père sur la montagne pour lui montrer l'endroit où tu as trouvé le corps. Maintenant, je te conseille de te ressaisir, de rentrer à la maison et de te changer en vue de l'ascension.

Elle le toisa avec une hostilité non dissimulée :

— De quel côté es-tu donc ?

— Du côté de la loi, Addie !

Puis, faisant un sérieux effort pour baisser le ton, il ajouta :

— Maintenant, va te changer.

Et il lui lâcha les épaules.

Tremblante de colère et d'humiliation, Addie détourna les yeux de son mari, pour les fixer à nouveau sur son père :

— Tu vois ? Pendant toutes ces années j'étais heureuse sans toi. Il suffit que tu réapparaisses deux minutes dans ma vie pour semer la zizanie.

Au moment où elle ouvrait la porte, un des gants qu'elle serrait et tordait entre ses mains tomba par terre. Mais plutôt que de gâcher sa sortie, elle l'ignora et s'en fut à grands pas dans la neige. Robbie était trop troublé pour l'avoir remarqué. Il se tourna à moitié vers Brodie, sans oser le regarder en face, et dit :

— Je suis vraiment désolé. Je vais aller lui parler.

Puis il se dépêcha de sortir dans l'air glacial du matin à la poursuite de son épouse dont il ne comprenait pas l'attitude hostile.

Brodie s'avança pour ramasser le gant. Un gant en peau d'agneau très douce, cousu à la main, avec un revers au poignet. Il était encore chaud ; l'espace d'un instant, il eut l'impression de tenir la main de sa fille. Il le leva à hauteur de son visage et en respira profondément l'odeur avant de refermer la porte. Quand il se retourna, il vit que Sita l'observait. L'inquiétude creusait les plis autour de sa bouche et se reflétait dans l'éclat de ses yeux sombres.

— Votre fille ? Vraiment ? (Elle hésita.) Vous le saviez, bien sûr ?

Il hocha la tête.

— Pour l'amour du ciel, Brodie ! Mais elle a raison. Qu'est-ce que vous espériez obtenir, bon sang ?

Il n'avait pas l'intention de le lui dire et il était loin d'avoir obtenu quoi que ce soit.

— Ils sont au courant ? À Glasgow, je veux dire. Vos chefs ?

Il secoua la tête :

— Non.

Elle poussa un soupir de frustration.

— Jamais ils ne vous auraient envoyé ici s'ils l'avaient su. Et vous n'auriez jamais dû vous porter volontaire, si c'est ce que vous avez fait. Votre fille a découvert le corps. Elle est un suspect potentiel.

— Addie n'a tué personne.

— Vous n'en savez rien. Personne n'en sait rien.

— Vous pensez qu'elle est assez grande et forte pour déséquilibrer un homme de la taille de Younger et le faire chuter du haut d'une montagne ?

— Non, bien sûr que non. Mais il ne s'agit pas de cela.

— De quoi, alors ?

— Le problème, c'est que vous ne devriez être mêlé en aucune façon à cette enquête. Il faut que vous déclariez l'existence d'un conflit d'intérêts d'ordre familial. Ils enverront quelqu'un d'autre.

— Rappelez-vous que nous n'avons pas d'électricité. Pas de communications. Aucun moyen de contacter le QG. Je vais donc simplement devoir faire au mieux.

Elle le regarda fixement pendant un long moment, en secouant très légèrement la tête :

— Pourquoi êtes-vous venu ?

— J'avais besoin de régler certaines questions avant... (Sa voix faiblit.) Juste deux ou trois choses à mettre au point.

Une infime inclinaison de la tête, un très léger rétrécissement des yeux exprimèrent une interrogation que Sita ne formula pas. Se doutant peut-être qu'aucune réponse ne suivrait.

Brodie considéra le gant d'Addie dans sa main :

— J'ai entendu dire que, parfois, des gants peuvent être une bonne source d'ADN. Une cuticule écorchée, une goutte de sang séché sur la doublure. (Il leva les yeux.) C'est vrai ?

Elle fronça les sourcils.

— Ça s'est déjà vu.

Il avança d'un pas et lui tendit le gant.

— Vous pourriez y chercher un échantillon ?

Incrédule, elle prit le gant.

— Vous venez juste de me dire que vous ne la croyez absolument pas impliquée dans le meurtre de Younger.

— Bien sûr qu'elle n'est pas impliquée, répliqua-t-il avec un petit rire moqueur.

Sur ce, il traversa la pièce pour aller chercher la parka qu'il avait suspendue au dossier d'une chaise et en retourna la capuche. Un certain nombre de cheveux datant des jours où ils étaient plus longs, avant sa coupe au rasoir, se trouvaient encore piégés dans la laine polaire. Il en arracha un qu'il lui tendit :

— Si vous trouvez de l'ADN, pourriez-vous le comparer au mien ? Pour voir s'il y a une correspondance familiale.

— Vous pensez qu'il peut ne pas y en avoir ?

— Je vous serais juste reconnaissant de faire ça pour moi. (Il marqua une pause.) C'est possible ?

Elle prit le cheveu et le glissa dans un sachet hermétique.

— Vous êtes sûr de vouloir le savoir ?

Brodie pinça les lèvres, et la tristesse de ses yeux la frappa tandis qu'il hochait la tête, presque imperceptiblement.

Chapitre 12

Brodie regagna l'hôtel à pied par la B863 en suivant les traces de pneus. Il traversa le pont enjambant la rivière Allt Coire na Bà, qui dévalait de la cascade de Grey Mare avant de rejoindre la rivière Leven pour se jeter avec elle dans le loch. De l'autre côté de la vallée, les fenêtres de l'école mijotaient dans l'ombre. Il n'y avait aucun bruit de voix enfantines. Aucune empreinte de pas brisant la surface de la neige fraîche tombée sur le terrain de jeu. Pas d'électricité, pas d'école. Les élèves frustrés attendaient sans doute chez eux devant des écrans de télé vides, sans pouvoir même démarrer une partie sur leur PlayStation 15. Pas le moindre signe, non plus, d'enfants jouant dehors. Peut-être avaient-ils oublié comment on faisait.

Robbie lui avait dit qu'il raccompagnerait Sita à l'hôtel, avec son matériel d'autopsie, ses échantillons et le corps, une fois qu'elle aurait tout rangé. Brodie voulait gravir la montagne avant que le jour ne commence à baisser.

Il ne vit nulle part le 4X4 de Brannan quand il arriva à l'International. Il poussa la porte d'entrée, tapa des pieds pour faire tomber la neige de ses semelles, et pénétra dans le hall. Aussi silencieux qu'un tombeau. Lugubre sans lumière du jour diffusée directement par des fenêtres. Il appela, personne ne répondit. Bien qu'affamé, il n'avait pas le temps de se lancer à la recherche de nourriture. Il monta directement dans sa chambre pour se préparer.

Il passa un pantalon extensible sur son caleçon long, et une micropolaire par-dessus sa première couche de base en synthétique. Le temps étant sec, sans risque imminent de nouvelle chute de neige, il décida de mettre sa parka en duvet North Face.

Assis sur le lit, il enfila une paire de chaussures de montagne B2 à semelle rigide, puis attacha les guêtres qui lui éviteraient de se mouiller les jambes. Ses crampons articulés C2 étaient posés sur la couette. Il les rangerait dans son sac et les fixerait à ses chaussures quand, une fois sortis des bois, ils commenceraient à grimper dans la neige.

Ses gants, qui lui couvraient les avant-bras, étaient un compromis entre gants et moufles, avec des fourreaux séparés pour le pouce et l'index. Il les rangea dans son sac puis, avant d'enfoncer son bonnet en laine sur ses oreilles, jeta un coup d'œil à son reflet dans le miroir du lavabo. Pas rasé, le teint plombé, les cheveux ras poivre et sel. Voilà le visage avec lequel il avait salué sa fille pour la première fois depuis dix ans. Il se rendit compte à quel point il paraissait vieux et usé. Cette brève rencontre avait suffi à lui faire sentir qu'elle le haïssait encore terriblement.

Robbie lui avait promis qu'Addie le retrouverait au parking de Grey Mare. Il s'attendait à moitié à ce qu'elle n'y soit pas, et espérait à moitié avoir raison. En fait, il redoutait cette excursion en sa compagnie. Il n'avait aucune idée de ce qu'il allait lui dire. N'avait rien préparé. Avait pris la décision de venir sur un coup de tête et, comme un mariage précipité, le regrettait. Mais il avait un travail à effectuer. Un homme avait été assassiné. N'ayant aucun moyen de contacter Glasgow, il ne pouvait pas compter sur une aide extérieure. Il se retrouvait donc tout seul. À plus d'un titre.

Il était dans le hall quand le courant revint. Les lumières s'allumèrent en clignotant dans la salle à manger et les réfrigérateurs se remirent en marche dans la cuisine. Il regarda l'heure. Presque midi. Il hésita un instant à contacter Glasgow pour les mettre au courant des découvertes de Sita. Instinctivement, il toucha sa poche de poitrine afin de vérifier si ses lunettes iCom étaient toujours là, dans leur étui de protection. Puis il décida de ne pas appeler. Cela ne ferait que le retarder. Et compliquer les choses. Il avait besoin du temps que cette ascension avec Addie lui offrait ; il téléphonerait au retour.

Dehors, il traversa le bois en direction du terrain de foot. Maintenant que le courant était revenu, il pourrait mettre l'eVTOL en charge. En approchant de la grille, il s'arrêta net. Sur le sol, les traces de pas menant à l'e-hélico étaient plus nombreuses que le matin. Les pneus de Robbie avaient effacé les empreintes de pas repérées plus tôt. Il voyait l'endroit qu'ils avaient piétiné tous les trois quand ils étaient descendus du 4X4 pour récupérer la malle Storm de Sita. Ainsi que les empreintes originales tournant autour d'Eve avant de s'éloigner vers le portillon situé à l'autre bout du terrain. À présent, une deuxième série de pas en provenance de ce même portillon contournait l'appareil avant de disparaître parmi les traces de pneus et se diriger vers le pavillon, au-delà de la porte principale. Parfaitement possible, bien sûr, se dit-il, qu'il s'agisse juste d'un curieux, même s'il avait vu fort peu de gens s'aventurer à l'extérieur après la tempête. Il fit lui-même le tour de l'eVTOL pour vérifier s'il y avait des dégradations, ou un signe quelconque de tentative d'effraction. Mais il ne vit rien.

Il soupira, ouvrit la trappe d'accès au câble de recharge et tira celui-ci à travers le terrain jusqu'au pavillon. Là, il trouva la borne de branchement. Le système lui parut assez archaïque, mais il était probablement aussi efficace que par induction. En voyant les témoins lumineux du lecteur fixé à la prise clignoter en vert, il fut rassuré, Eve se rechargeait. Alors, perçant la couche de neige intacte avec la pointe de son piolet, en proie à une nervosité extrême, il se rendit au rendez-vous avec sa fille.

Impatiente, Addie l'attendait sur le parking en tapant des pieds pour se réchauffer. Elle portait un pantalon de ski bleu, une parka jaune vif et un bonnet de laine d'où dépassaient ses cheveux, presque roux dans la lumière du début d'après-midi. Son sac ne paraissait pas contenir grand-chose d'autre que ses crampons et, peut-être, un thermos de boisson chaude. Son piolet pendait par une sangle à son poignet ; en voyant l'expression sombre de son visage, Brodie pensa qu'elle mourait probablement d'envie de le lui planter en plein cœur.

Un groupe d'hommes en tenue d'escalade l'accompagnait ; rassemblés près d'un minibus, ils riaient et tapaient des pieds eux aussi, leur souffle s'échappant en volutes dans l'air glacé au-dessus de leurs têtes. Trop de témoins pour un meurtre, se dit-il avec ironie. Tous l'observèrent avec intérêt lorsqu'il s'approcha en leur adressant un signe de tête :

— Messieurs.

Quelques paroles de bienvenue hésitantes furent murmurées en retour.

— On va tous là-haut ? demanda-t-il à Addie.

— Non, se hâta-t-elle de répondre. Le SMO me verse une indemnité avec laquelle je paye des gens du coin pour vérifier les autres stations météo des Mamores quand je ne peux pas m'en charger moi-même. Et, aujourd'hui, nous avons une fenêtre très étroite.

— Alors, c'est ton père ?

Un homme plus âgé, au visage tanné, buriné par le vent, dévisageait avec curiosité Brodie, qui constata que les nouvelles se propageaient vite dans une petite communauté.

— Oui, Archie, c'est mon père, articula Addie comme si chaque mot lui laissait un mauvais goût dans la bouche.

Puis, se tournant vers Brodie, elle expliqua :

— Archie dirige l'équipe de sauvetage en montagne.

Brodie se pencha pour lui serrer la main.

— Ainsi, monsieur...

— McKay.

— Vous faisiez partie du groupe qui a redescendu le corps de Younger de la montagne ?

— J'y étais. La plupart d'entre nous, ici, y étaient. Putain de crétin. Il a pris la voie la plus difficile alors que je l'avais clairement averti que ce n'était pas un chemin pour débutant.

Brodie fronça les sourcils.

— J'avais cru comprendre que personne ne savait où il était allé.

Archie parut mal à l'aise.

— Eh bien, je ne savais pas que c'était là qu'il était allé le jour où il a disparu. Je lui avais parlé la veille. C'est Mike Brannan, à l'International, qui me l'avait envoyé pour des conseils. Il n'avait visiblement pas envie d'en tenir compte.

— Comment savez-vous par quelle voie il est monté, alors ?

Le visage du montagnard rougit légèrement.

— En fait, je n'en sais rien. Mais il m'avait dit que la voie facile serait trop longue. S'il y montait. (Il marqua une pause.) Pas étonnant qu'il soit tombé.

— Il n'est pas tombé, monsieur McKay. On l'a assommé et poussé du haut du sommet. C'est un meurtre sur lequel j'enquête ici.

Une onde de choc presque perceptible secoua le petit groupe d'alpinistes.

— Qui a fait ça à votre avis ? demanda l'un d'eux.

— C'est ce que j'espère découvrir. Mais nous avons un échantillon de l'ADN de l'assassin. Ce ne sera donc probablement pas trop long.

— À quoi ça sert ? demanda Archie. Je veux dire, si celui de l'assassin n'est pas enregistré dans la base de données.

Brodie leva un sourcil.

— Vous semblez en connaître un rayon sur le sujet, monsieur McKay.

Archie haussa les épaules.

— Je lis des romans policiers comme tout le monde, monsieur Brodie.

— Alors, vous savez que s'il n'est pas enregistré dans la base de données, nous devrons faire passer un test à tous les hommes du village.

L'un des plus jeunes lança :

— Et si quelqu'un refuse ?

Brodie le dévisagea :

— Vous êtes ?

— C'est mon fils, répondit Archie sur la défensive.

— Il a sans doute un nom. Et une langue dans la bouche pour répondre lui-même.

Agacé, Archie avala sa salive.

— Tam, dit le garçon.

— Eh bien, Tam, en réponse à votre question, il sera arrêté pour obstruction.

Addie intervint alors pour la première fois :

— Comment sais-tu que ce n'est pas une femme ?

Brodie se tourna vers sa fille :

— Je n'en sais rien. Mais Younger n'était pas précisément petit, et son assassin lui a flanqué un sacré coup avant de le faire tomber dans le cirque. Il aurait fallu que ce soit une femme drôlement balèze.

L'air hésitant, les alpinistes se balancèrent d'un pied sur l'autre jusqu'à ce qu'Archie décrète sur un ton bourru :

— On ferait mieux d'y aller si on veut que ce soit fini avant le coucher du soleil.

Et, ignorant Brodie, il lança à Addie :

— À plus tard, petite.

En les voyant grimper dans le minibus pour partir escalader les différentes cimes des Mamores, Brodie eut l'impression que tous ces hommes étaient contents de s'échapper. Pensif, il suivit des yeux le véhicule qui s'éloignait sur la B863 ; quand il se retourna, il remarqua qu'Addie le fixait avec une haine non dissimulée. Elle avait eu le temps de digérer son arrivée. Le temps de laisser sa colère enfler. Il se tint prêt à affronter l'orage.

— Espèce d'enfoiré d'égoïste ! Tu pensais à quoi en te pointant ici comme ça ? Je suis sûre que ce ne sont pas eux qui t'ont envoyé. Ils ne l'auraient pas fait s'ils avaient su. Jamais de la vie. Tu t'es forcément porté volontaire.

Brodie essaya de garder un semblant de calme :

— Addie...

Mais elle le coupa aussitôt :

— Je t'interdis de m'appeler comme ça. Comment oses-tu ! Est-ce que tu as seulement pensé une minute à ce que je ressentirais ? Dis ? Tu t'es demandé pourquoi je ne t'avais plus jamais parlé depuis tout ce temps ? Bien sûr que non. Parce que la seule personne à qui tu as jamais pensé, c'est toi. Et tu n'as jamais été capable d'en mesurer les conséquences, pas vrai ? Maman serait toujours là sinon. (Elle s'interrompit pour prendre une respiration tremblante.) Tu me dégoûtes !

Sur ce, elle s'éloigna à grandes enjambées vers les bois. À une allure qu'il aurait du mal à suivre, il le savait.

Ils dépassèrent les panneaux indiquant Spean Bridge et la gare de Corrour ; Addie tourna à gauche, là où le chemin butait sur une intersection en T, puis obliqua à droite sur un autre, plus rude, en haut d'une volée de marches. La neige était plus clairsemée ici, sous les arbres, et glissante.

Le sentier très raide grimpait à travers bois ; Addie maintint son allure soutenue sans jeter une seule fois un coup d'œil en arrière. Elle prit ensuite vers la gauche à travers une zone brûlée puis continua au milieu d'une forêt de feuillus. Elle avançait à longues foulées tranquilles, Brodie voyait sa respiration se condenser dans la lumière du soleil.

Il s'arrêta, le temps de reprendre son souffle, qu'il entendait siffler dans sa poitrine, et regarda le chemin parcouru. Ils avaient déjà atteint une hauteur considérable ; une vue spectaculaire du village et du loch s'offrait à leurs pieds, avec l'eau bleue zigzagant entre les pics couverts de neige en direction d'une mer perdue quelque part au loin dans la brume.

Plus haut, la voix d'Addie retentit dans le froid :

— Qu'est-ce qui t'arrive, mon vieux ? Tu n'en peux plus ?

Il se retourna et la vit, entre les arbres, le fusiller du regard ; il soupira et se remit en marche. Immobile, elle continua à le fixer pendant un moment.

— Il faut que tu suives le rythme si on ne veut pas se faire surprendre par la nuit, dit-elle. Ici, quand le soleil commence à baisser, il file à toute allure.

Sans l'attendre, elle reprit sa traversée en suivant un ancien sentier de traqueur. Ils ne tardèrent pas à quitter la forêt et à découvrir devant eux une lande vallonnée. Brodie s'arrêta de nouveau, cette fois pour attacher ses crampons afin d'avoir une meilleure prise sur la neige ; quand il releva les yeux, il vit qu'Addie avait fait de même, les yeux maintenant cachés par des lunettes noires. Il retira ses gants, fouilla dans sa poche à la recherche de l'étui renfermant ses lunettes iCom, et les chaussa.

— iCom, fonce mes verres, dit-il.

Il se sentit aussitôt ridicule, comme s'il parlait tout seul. Mais les verres réduisirent immédiatement l'éclat éblouissant de la neige.

— Plus foncé.

Désormais, il pouvait regarder devant lui sans avoir besoin de plisser les yeux. Remettant ses gants, il se lança à la poursuite d'Addie, qui le devançait toujours d'une bonne cinquantaine de mètres.

Ils traversèrent un ruisseau et longèrent sa rive opposée avant de contourner Sgùrr Èilde Beag par le flanc sud. Au loin, sur leur droite, le soleil se reflétait en grappes de diamants sur les eaux sombres du Loch Èilde Mòr. Très vite, Brodie se rendit compte qu'il commençait à gagner du terrain sur sa fille, comme si elle ne parvenait plus à soutenir l'allure qu'elle avait adoptée pour le distancer. Lui, en revanche, avait trouvé son second souffle.

Ils coupaient à présent en diagonale la pente abrupte où de rares boqueteaux de sapins rompaient la monotonie de l'étendue enneigée. Finalement, il se retrouva à côté d'elle, marchant du même pas. Il l'entendait haleter, sans savoir si c'était l'effet de l'effort physique ou de la colère.

Tout en balayant du regard le paysage dénué de caractéristiques particulières, il demanda :

— Comment sais-tu où il faut aller ?

Elle mit un petit moment à répondre :

— J'ai arpenté ce terrain tellement de fois en toutes saisons, en suivant les mêmes sentiers, que j'en connais par cœur chaque détail.

Elle s'interrompit brusquement, comme si elle s'en voulait de lui avoir parlé, et s'écria avec colère :

— Pourquoi tu es venu ? Sérieusement ? Et ne me raconte pas que c'est pour ton putain de boulot.

Sa facilité à jurer, tout comme lui, le fit presque sourire.

— Qu'est-ce que tu espères obtenir à la fin ?

— Il faut qu'on parle, Addie.

— Non, pas question ! Je n'ai pas éprouvé le besoin de te parler pendant dix ans et ce n'est pas maintenant que je vais changer.

— Je t'en prie, écoute-moi au moins.

— Non ! Et ne t'avise pas de me dire que je te dois quoi que ce soit. Je ne te dois rien du tout. La traîtrise ne mérite aucun pardon. Parce que c'est bien ce que tu as fait, non ? Tu nous as trahies. Toutes les deux. Avec cette...

Elle chercha un mot capable d'exprimer avec force sa haine et son mépris, mais n'en trouva pas.

— Comment as-tu pu l'amener à l'enterrement, comment as-tu pu faire ça ?

— Addie, ce n'est pas ce que tu crois. C'était mon équipière. Elle n'était là que pour m'apporter son soutien moral.

— Tu vas peut-être me dire que tu n'as pas eu de liaison avec elle ?

Il baissa la tête.

— Après, seulement. Et c'était une erreur.

Addie lança sur un ton cinglant :

— Oh, vous n'avez pas vécu heureux ensemble, alors ?

Il releva la tête pour la regarder dans les yeux, mais ils étaient dissimulés derrière ses lunettes noires.

— Non, nous n'avons pas vécu heureux ensemble. Jenny le voulait, et j'en ai été incapable. Elle s'est installée chez moi, mais ça n'a pas duré six mois. Quand elle est partie, elle a déclaré qu'elle ne pouvait pas rivaliser avec une morte.

Pendant un moment, Addie se retrouva sans voix.

— Je n'ai jamais pu me libérer de Mel. Ni de ma culpabilité.

Retrouvant très vite son attitude de défi, elle ôta ses lunettes pour le fusiller du regard.

— Si tu n'avais pas de liaison, de quoi pouvais-tu donc te sentir coupable ? Qu'est-ce que tu veux dire ? Que les derniers mots de ma mère étaient un mensonge ?

Il lui était presque pénible de la regarder. Comme s'il voyait Mel, debout sur le flanc de cette montagne, en train de pester contre lui. Ses yeux, sa bouche. Il avait tellement envie de la serrer dans ses bras, de lui dire à quel point il était désolé. Mais, il le savait, cela ne suffirait pas, donc il ne dit rien. Addie se détourna vivement en remettant ses lunettes noires et attaqua de nouveau la pente. À son tour, elle avait trouvé son second souffle.

Lorsque la pente se fit encore plus raide, ils zigzaguèrent jusqu'à une crête, juste au-dessous du premier pic mineur du Sgùrr Èilde Beag. Brodie s'arrêta pour reprendre sa respiration et profiter du panorama. Il avait le sentiment de s'approcher du toit du monde.

Tout autour, à perte de vue, le paysage ondulait dans sa splendeur enneigée. Juste en face d'eux, pointait le sommet majestueux du Sgùrr Èilde Mòr ; beaucoup plus bas, le bleu profond du loch reflétait la lumière du soleil.

Addie aussi marqua une pause. Et Brodie vit l'émerveillement dans son regard, bien qu'elle ait dû contempler ces montagnes à de multiples reprises.

— J'en ai toujours le souffle coupé, dit-elle en oubliant un instant à qui elle parlait.

Puis, gênée, elle se détourna et avança le long de la crête.

Des pentes raides couvertes de neige dévalaient à gauche et à droite, tandis que la crête elle-même montait toujours en direction du Binnein Mòr. Au loin, se dressait le Ben Nevis ; ils voyaient les ombres d'un bleu sombre et profond se projeter vers l'est et le nord des Grey Corries.

Le terrain descendait ensuite légèrement jusqu'à un col avant de remonter le long d'une arête des plus étroites qui s'infléchissait vers le sommet, entre deux à-pics. Brodie appréciait que ses crampons mordent efficacement la surface croûtée de la neige ; il s'appuya légèrement sur son piolet pour garder l'équilibre et contrer les tentations du vertige.

Il adorait le sentiment de solitude que lui procuraient les montagnes, et la mise à distance qu'elles conféraient à ses problèmes, qui paraissaient tellement plus infimes en altitude qu'en bas dans le tourbillon de la vie. Mais il n'avait pas l'habitude d'être accompagné et, pour la première fois de sa vie, il eut l'impression que, non seulement il les avait emportés avec lui, mais que la présence de sa fille les amplifiait.

Un vent fort les cinglait maintenant en pleine face. Le souffle glacé de l'Arctique. Le froid le faisait pleurer, engourdissait son visage. Il ne fut pas mécontent d'atteindre enfin la station météo, de pouvoir s'arrêter pour retrouver une respiration régulière et reposer ses jambes. Pour l'instant, elles lui donnaient l'impression d'être en coton ; il se demanda même comment elles allaient pouvoir le porter pendant la descente de près de 1 200 mètres, depuis la plus haute cime des Mamores.

La petitesse de l'installation le surprit – un léger trépied boulonné au rocher, des capteurs, des panneaux solaires, des antennes. Il regarda Addie enlever ses lunettes de soleil, puis s'agenouiller pour dégager la neige et vérifier soigneusement les différents éléments.

— Comment peut-elle résister à cette altitude, bon sang ?

— C'est une copie de celle qui a été construite pour l'Everest. Celle du Binnein Mòr est ultrasimple.

— Et tu étais montée la contrôler le jour où tu as découvert le corps ?

— Exact.

— Et il y en a quatre ou cinq autres comme elle que tu dois contrôler ? Celles dont tes acolytes s'occupent aujourd'hui ?

Tout en restant concentrée sur ce qu'elle faisait, elle répondit :

— Six en tout. Tu as lu ça dans tes notes ?

Il s'accroupit.

— Tu serais surprise de savoir tout ce que j'ai appris sur toi.

Les doigts d'Addie se figèrent un instant sur le couvercle d'une boîte qu'elle avait ouverte afin de contrôler la batterie. Puis, pendant qu'elle le revissait, elle jeta à son père un regard en biais :

— Oh ? Quoi, par exemple ?

— Je sais que tu as quitté l'université de Glasgow au bout de six mois. Un brusque changement de projet. À la place, tu es allée à Édimbourg. Passer une licence en météorologie. Ensuite, tu as obtenu un boulot au Scottish Met Office.

Elle se retourna pour lui faire face. L'hostilité de son regard semblait s'être encore intensifiée. Presque décontenancé, il poursuivit néanmoins :

— Tu es venue ici diriger une équipe chargée d'installer ces stations météo sur les Mamores. C'est alors que tu as rencontré Robbie. Le flic du coin. Dont tu es tombée amoureuse.

Et il ajouta avec une ironie désabusée :

— Rien à voir, sans doute, avec une fixation quelconque sur le père.

Elle le fixa en silence pendant ce qui lui sembla une éternité.

— Alors, tu m'espionnais. Comme un traqueur.

— Est-ce mal pour un père de s'intéresser à sa propre fille ? Surtout quand elle ne veut rien lui raconter de sa vie ? Une fille qui ne l'a même pas invité à son mariage. Qui ne l'a même pas prévenu qu'elle se mariait.

— Mais tu le savais, de toute façon.

Il hocha la tête et lui retourna l'intensité de son regard.

— Ce que je ne savais pas, c'est que tu avais laissé tomber ton travail à temps plein pour avoir un enfant.

Il vit la colère flamboyer dans ses yeux.

— Alors, c'est pour ça que tu es venu ?

— Non, dit-il en secouant la tête.

Mais ne voulant pas en entendre davantage, elle se releva aussitôt.

— Tu n'as aucun droit sur mon fils. Je ne veux pas que tu t'approches de lui. Il ne sait même pas qu'il a un grand-père maternel.

La douleur dut se lire sur son visage, car Addie parut un instant regretter ses paroles. Pour le dissimuler, elle fit glisser son sac de son dos, y plongea la main et en sortit un thermos et deux tasses. Elle les planta dans la neige pour les empêcher de s'envoler avant de les remplir de café au lait fumant. Sans un mot, elle lui en tendit une.

Il la prit avec gratitude et sentit le liquide brûlant lui réchauffer l'intérieur du corps. Puis il se redressa pour éviter d'avoir des crampes dans les jambes et, d'un mouvement de la tête, indiqua une autre installation, un peu plus loin sur la crête, à une cinquantaine de mètres.

— C'est aussi une des tiennes ?

Elle se retourna pour regarder. L'installation était plus petite que sa station météo. Ancrée de la même manière, équipée d'une sorte de capteur au sommet d'un grand mât auquel deux grands panneaux solaires étaient fixés au-dessus d'une batterie et d'un lecteur.

— Non. Ça, c'est une installation sur site de GDN.

Pas plus avancé, il haussa les épaules.

— C'est-à-dire ?

— GDN. Gamma Detection Network. Détection de rayonnement gamma. Il y a un réseau d'une quinzaine de ces choses installées dans un rayon de vingt-cinq kilomètres autour de la centrale Ballachulish A. Elles surveillent les niveaux de radiation. Rien à voir avec moi. Quelqu'un est probablement déjà monté de l'usine pour les vérifier après la tempête.

Elle avala son café, fourra sa tasse dans son sac puis tendit la main pour récupérer celle de Brodie. Il but les dernières gouttes avant de la lui rendre.

— Il est temps de descendre dans le cirque, dit-elle.

*

Debout au bord du versant plongeant dans le cirque des Deux Lochans, ils sentirent que le vent avait forci. Brodie écarta largement les jambes pour ne pas se faire déséquilibrer.

Addie se raidit, elle aussi, et secoua la tête en regardant le fond de la cavité creusée sur la face nord de la montagne.

— Il a tellement neigé ces derniers jours que je ne vois même plus le tunnel de glace. Je ne sais pas si je pourrai le retrouver.

Deux crêtes encadraient le cirque, une à l'ouest, l'autre à l'est ; ils choisirent la première. Escarpée, presque à-pic par endroits. Ils entamèrent leur descente avec lenteur et prudence, en s'inclinant à la perpendiculaire et en s'agrippant avec leurs crampons et leurs piolets pour se stabiliser.

Au fur et à mesure qu'ils s'enfonçaient dans l'ombre de la face nord de la montagne, ils sentaient la température chuter ; Brodie s'arrêta un instant, en s'arc-boutant, le temps de retirer ses lunettes iCom et de les glisser dans leur étui protecteur. Quand il releva la tête, il vit qu'Addie l'observait.

Très vite, elle lui tourna le dos ; de la crête, ils glissèrent à l'intérieur du cirque proprement dit, pour se frayer un chemin dans la neige qui s'était accumulée au fond.

— C'était quelque part par ici, dit-elle en haletant. Dans la partie la plus profonde. Tu sais, il y a trente ans, des chasseurs de neige ratissaient les montagnes à la recherche des névés qui tenaient toute l'année.

— Pour quoi faire ?

Elle haussa les épaules.

— Qui sait ? Les consigner et les surveiller pour la postérité, j'imagine. Le fait est qu'il en restait vraiment très peu à l'époque. Avec le réchauffement planétaire, ils disparaissaient. Dès la fin du printemps. Aujourd'hui, il y en a des centaines dans toutes les montagnes, toute l'année, dans des cirques profonds comme celui-ci.

Brodie s'accroupit dans la neige, en se retenant à son piolet. Le changement d'Addie envers lui était minime, subtil, mais perceptible. Au moins, elle lui parlait.

— C'est quelque chose que je n'ai jamais vraiment compris, dit-il. Qu'il fasse froid ici, et beaucoup plus chaud presque partout ailleurs.

— Probablement parce que, comme tout le monde, tu n'y as jamais fait attention, dit-elle d'un ton cinglant. Je parie que tu t'en fichais complètement. Ça ne t'intéressait certainement pas assez pour faire quoi que ce soit contre.

— Tu pourrais peut-être me l'expliquer, alors. Puisque c'est toi la diplômée en la matière.

Elle réagit au quart de tour à son sarcasme.

— C'est très simple. Assez pour que même toi puisses le comprendre. Tu as déjà entendu parler du Gulf Stream, je suppose.

— Évidemment.

— Eh bien, il n'existe presque plus. Il transportait de l'eau chaude depuis le golfe du Mexique jusqu'au nord-est de l'Atlantique. Résultat, il réchauffait toute l'Europe occidentale. Particulièrement l'Écosse. Je veux dire que si tu observes les autres pays, à la même latitude que l'Écosse, la neige et la glace y sont la norme. En gros, on s'aligne sur l'Alaska du Sud-Est.

Elle souffla entre ses lèvres pincées, et Brodie comprit qu'intérieurement, elle bouillonnait de colère.

— Quand le manteau de glace du Groenland a commencé à fondre, toute cette eau de fonte gelée s'est précipitée vers le sud et a quasiment stoppé le Gulf Stream dans son élan. (Elle marqua une pause.) Il s'est refroidi. Et puis il y a le courant-jet. Je suppose que tu sais ce que c'est, ça aussi ?

— J'en ai entendu parler.

— Un courant d'air qui fait le tour de l'hémisphère nord. Résultat de la rencontre entre l'air chaud montant de l'équateur et l'air froid tombant de l'Arctique. En règle générale, quand l'altitude du jet-stream était plus élevée, on avait un bel été. Plus basse, on avait un été merdique. Mais lorsque les températures ont commencé à grimper, l'air de l'équateur, devenu plus chaud, a perturbé son flux, qu'il a déformé en pics et en creux. Les pics aspirant de l'air encore plus chaud, les creux faisant descendre de l'air froid de l'Arctique depuis une dépression qu'on appelle le vortex polaire. Mets tout ça ensemble et l'Écosse se retrouve soudain avec le climat du nord de la Norvège, tandis que l'équateur devient tellement brûlant que personne ne peut plus y vivre.

Elle inspira profondément, comme pour essayer de calmer la passion qui l'agitait, et retourna son indignation contre son père :

— Voilà ce qui arrive quand on n'écoute rien, putain. Voilà l'héritage que ta génération a légué à la mienne.

Brodie se releva en sentant la colère fuser en lui. Ce tempérament soupe au lait qu'il avait donné à sa fille.

— Oh, j'écoutais. Comme tout le monde. On n'entendait pratiquement parler que de ça, putain. Le changement climatique. Le réchauffement global. Et comment chacun devait faire un effort. Beaucoup l'ont fait. Mais les gros responsables, eux, ils n'ont rien fait, hein ? La Chine, la Russie, l'Amérique. Ils appelaient ça l'impératif économique, ou un truc du genre. La nécessité de continuer à pomper les énergies fossiles du sol et à brûler cette merde parce que trop de gens gagnaient trop de fric avec. (Il agita son piolet vers le ciel.) Qu'est-ce que les gens ordinaires, comme toi et moi, y pouvaient ? Que dalle ! C'est comme quand on nous dit qu'on va entrer en guerre. Ou qu'on va dépenser des milliards pour des armes nucléaires. Ou refuser de laisser entrer des immigrants qui crèvent de faim. Qu'on soit d'accord ou pas.

— Tu aurais pu descendre dans la rue.

Il cracha son mépris dans le vent.

— Oh, oui, ça marche. Dérange les gens dans leur train-train quotidien et ils sont furax contre toi. Manifeste en groupe et les autorités t'envoient la police antiémeute. On a une seule chance de changer les choses, Addie. Une fois tous les quatre ans. Tu mets les autres au pouvoir, mais ça revient exactement au même. (Il enfonça la pointe de son piolet dans la neige.) C'est pour ça que j'ai fini par arrêter d'écouter. Arrêter de me sentir concerné. Et quelle que soit la génération à laquelle tu appartiens, rien ne change. Ce sont toujours les mêmes qui abusent du même pouvoir et gagnent le même fric.

Il se rendit compte qu'il respirait fort et fut surpris de découvrir en lui cette flamme qu'il ignorait. Addie le dévisageait. Ce n'était plus de la haine qu'il voyait dans ses yeux. Mais de l'étonnement. Soudain gêné, il lui adressa un semblant de sourire.

— Je ne sais pas ce qui m'a pris.

Elle le fixa encore quelques secondes avant de se retourner brusquement.

— Je vais voir si je peux trouver ce tunnel de glace.

Une dépression à son extrémité inférieure révéla son emplacement. Enfoui sous une couche de neige fraîche, le tunnel présentait encore vers le haut un profil légèrement surélevé qui retombait brusquement à l'endroit où le vent, tourbillonnant à cause de l'ouverture du tunnel, avait creusé la neige.

— C'est sûrement là.

Addie entreprit de la dégager avec ses mains gantées ; Brodie s'agenouilla à côté d'elle pour l'aider, jusqu'à ce qu'un paquet de neige glissant du monticule laisse soudain apparaître l'entrée.

Brodie repêcha sa lampe frontale dans son sac et dirigea le faisceau lumineux à l'intérieur de la cavité. Il fut sidéré par la quasi-perfection de l'arche, avec ses alvéoles aussi régulières que si elles étaient le résultat d'une conception intelligente. La zone découpée par l'équipe de secours pour récupérer le corps se distinguait nettement. L'avant-dernière demeure de Charles Younger.

— J'entre, dit-il.

— Fais attention, lui conseilla Addie avant de se rendre compte qu'elle n'était pas censée s'en soucier.

Elle ajouta alors maladroitement :

— Le poids de toute cette neige par-dessus. Ça pourrait s'effondrer.

Il dégagea encore un peu de neige, puis se débarrassa de son sac à dos avant de glisser l'élastique de sa lampe frontale autour de son bonnet de laine. Addie lui prit son piolet quand il s'allongea sur le dos pour se glisser lentement à l'intérieur du tunnel. La lumière du LED renvoyée par la surface alvéolée l'aveuglait presque. Il entendait plus qu'il ne sentait la glace crisser sous lui au fur et à mesure qu'il y plantait les talons pour avancer.

Arrivé au niveau de la zone d'où Younger avait été extrait de la glace, il vit une large excavation concave correspondant grossièrement à la forme d'un homme. Il comprit à quel point cela avait dû être difficile de libérer le cadavre de sa tombe à l'envers. Tournant la tête, il dirigea sa lumière aussi loin que possible dans toutes les directions, à la recherche d'un indice qui aurait pu échapper à l'équipe de secours. Après tout, la mission de ces hommes avait été de récupérer un corps, pas d'enquêter sur un crime. Et il doutait fort de l'expérience de Robbie en la matière.

Rien n'attira son attention ; le souffle court, il resta immobile pendant plusieurs minutes, en essayant d'imaginer comment le corps de Younger avait pu se retrouver enseveli de cette manière.

— Tu m'entends ? cria-t-il à Addie.

Sa voix lui parvint de loin :

— À peine.

— Qu'est-ce qui s'est passé ici, à ton avis ? Je veux dire, comment a-t-il été pris dans la glace ?

— C'est toi le flic.

— Merci, ça m'aide bien.

Un long silence suivit ; il ne savait pas trop si elle réfléchissait ou si elle l'ignorait simplement. Mais sa voix lui parvint à nouveau :

— Qu'est-ce que la légiste en dit ? À propos de ce qui lui est arrivé ?

— Quelqu'un l'a attaqué, probablement au sommet, juste au-dessus de nous, et il est tombé. Il s'est brisé le cou, le crâne, plusieurs membres.

— OK. Donc, c'était en août. Pas de neige en montagne, en dehors des névés persistant dans les cirques orientés au nord et à l'est, comme celui-ci. Il y a beaucoup de randonneurs et d'alpinistes à cette époque de l'année. Le corps aurait dû être découvert assez vite.

— Donc, on a dû le cacher.

— Son agresseur est descendu creuser une tombe grossière en haut du névé. Ensuite, il a recouvert le corps avec ce qu'il a pu trouver, et il a remis de la neige par-dessus.

Même en août les températures peuvent descendre au-dessous de zéro la nuit mais, dans la journée, il fait assez chaud pour que la neige fonde un petit peu. Assez, en tout cas, pour laisser le corps s'enfoncer, avant de regeler la nuit suivante. À la longue, ces névés deviennent aussi durs que de la glace.

Brodie ferma les yeux et vit exactement ce qui avait pu se passer. Un processus répété sans cesse jusqu'à ce que le corps se retrouve intégré dans la glace, et définitivement enfermé. Mais le tueur n'avait pas prévu qu'un redoux d'automne entraînerait sous le névé une coulée d'eau de fonte qui creuserait un tunnel en quelques semaines et révélerait le corps par-dessous.

Presque comme s'il avait exprimé ses pensées tout haut, Addie lança :

— L'eau de fonte l'a révélé par-dessous. Et je l'ai trouvé.

Il ressentit une pointe de fierté à l'égard de l'enfant qu'il avait engendrée. Elle tenait de lui beaucoup plus de choses qu'il ne l'avait jamais imaginé.

Il allait se repousser hors du tunnel quand sa lumière accrocha une ombre fugace dans la glace, au-dessus de lui. Il tourna la tête en balayant de sa lampe les alvéoles éclatées jusqu'à ce qu'il la repère à nouveau. Un objet noir, de la taille d'une carte de crédit, pris dans la glace. Il tendit un bras vers l'entrée du tunnel et cria :

— Addie, passe-moi mon piolet.

Il sentit bientôt le manche dans la paume de sa main. Il l'agrippa, le tira à lui, et le leva de façon à positionner la lame au niveau de sa tête. Ayant très peu de place pour le manipuler, il mit cinq bonnes minutes à atteindre l'objet inaccessible, à force de gestes courts et répétés qui faisaient voler des éclats de glace tout autour de sa tête et l'obligeaient à garder les yeux presque fermés. Finalement, il retira ses gants et, la chaleur de ses doigts faisant fondre la glace, réussit à libérer l'objet qu'il tint devant le faisceau lumineux ; perplexe, il l'observa pendant un long moment. Ça ressemblait exactement à une carte de crédit. Noire, complètement vierge. Sans puce ni piste magnétique, ni gravure d'aucune sorte. Il fronça les sourcils puis, soudain, il comprit.

Jetant son piolet vers Addie il cria :

— J'arrive !

Il rebroussa chemin en se tortillant, sortit du tunnel avec difficulté, et s'assit dans la neige empilée autour de l'entrée. Il brandit la carte entre son pouce et son index. Addie la regarda d'un air interrogateur.

— Une carte de crédit ?

— Non. Une carte-clé avec une puce RFID intégrée.

— RFID ?

— Radio Frequency Identification. Pour ouvrir la portière de sa voiture, peut-être. On m'en a donné une comme ça pour verrouiller et déverrouiller l'eVTOL.

Addie fronça les sourcils.

— Je ne me souviens pas que Robbie ait parlé d'une voiture.

— Parce qu'on n'en a trouvé aucune. Mais il devait bien avoir un véhicule pour venir ici.

— Où est-il, alors ?

Brodie referma les doigts sur la carte.

— Bonne question.

Il fit glisser la fermeture Éclair d'une poche de sa parka North Face et rangea la carte à l'intérieur avant de se remettre péniblement debout. Il n'en avait pas encore fini avec cette scène de crime. Il leva les yeux vers le versant escarpé du cirque : depuis le sommet, Younger avait dû faire une chute de cinquante à soixante mètres. Si la paroi n'était pas à pic, elle était assez raide pour avoir entraîné les blessures constatées par Sita au cours de l'autopsie. La neige récemment tombée avait enseveli l'extrémité supérieure du tunnel de glace, mais il voulait voir s'il pourrait la trouver et descendre ainsi le tunnel à partir de là. Ce serait plus facile que de le remonter à reculons.

Remettant sa lampe dans sa poche, il dit :

— Attends-moi ici. Je vais essayer d'y retourner en partant du haut.

S'aidant de son piolet, il entreprit de gravir la pente abrupte du cirque. Au bout d'une douzaine de mètres, il se rendit compte qu'il avait perdu de vue le profil du tunnel. Après avoir scruté la neige d'un œil vigilant pendant plusieurs minutes, il finit par se résigner au fait qu'il resterait probablement enseveli à jamais. Ou jusqu'à l'été suivant, au moins.

Il planta son piolet dans la neige pour redescendre par le même chemin. C'est alors que retentit un craquement très étrange qui résonna dans toute la montagne, et Brodie vit une ligne se former à partir de la tête de son piolet et s'étirer de chaque côté sur environ deux cents mètres. Une large plaque de neige commença à glisser sous ses pieds ; perdant aussitôt l'équilibre, il tomba en arrière tandis qu'un rugissement semblable à celui d'un avion à réaction emplissait ses oreilles. La dernière chose ou presque qu'il entendit par-dessus, avant d'être englouti par la neige, fut le hurlement d'Addie.

Il perdit complètement le sens de l'orientation ; la neige autrefois molle le frappait, le martelait avec la dureté de blocs de ciment tout en le poussant brutalement vers le bas de la pente. Sans pouvoir l'expliquer, il se retrouva en train d'essayer de nager au milieu de ce chaos, battant des bras et des jambes comme s'il luttait contre des vagues géantes. Il eut l'impression que ça durait une éternité. Une éternité pendant laquelle il resta étrangement conscient de tout ce qui se passait autour de lui. La perte de son piolet, de ses gants, de son bonnet ; les morceaux de glace déchiquetés qui déchiraient sa parka, s'écrasaient sur son visage.

Et son instinct le poussait toujours à nager contre la masse mouvante. Suffoquant, il entendait ses propres grognements quand le poids de la neige expulsait l'air de ses poumons. Dans son champ de vision surgissaient brièvement des fragments de ciel bleu presque aussitôt avalés par le maelström.

Puis, presque aussi vite que cela avait commencé, ce fut fini. Se sentant sombrer, comme un homme qui se noie, il se roula en boule, les bras devant le visage dans l'espoir de former une poche d'air. Assez d'oxygène au moins pour alimenter sa tentative de remonter à la surface.

Le silence revint, même si dans ses oreilles continuait à vrombir un moteur à réaction ; il se retrouva sur le dos, une jambe apparemment à l'air libre, l'autre repliée douloureusement sur la poitrine. Sa bouche était pleine de neige, le froid lui faisait mal aux dents. Mais il avait de l'espace autour de la tête. Il toussa, cracha, aspira à fond, et entendit la voix assourdie d'Addie venue de quelque part, loin au-dessus de lui.

— Papa ! Papa !

Puis une lumière inattendue l'aveugla quasiment et la voix lui parvint plus claire et forte :

— Ça va ?

Il se demanda alors quel instinct primaire l'avait poussé à lutter pour survivre. Après tout, n'était-il pas un mort en sursis ? N'aurait-il pas été plus facile de capituler, de laisser l'avalanche lui ôter la vie ? Ça aurait été fini une fois pour toutes.

Mais il n'avait pas voulu partir. Pas encore. Pas comme ça. Certaines choses devaient d'abord être dites.

Sentant la main d'Addie attraper la sienne et tirer, il lutta encore pour se dégager des gros paquets de neige gelée qui l'avaient fait chuter de presque deux cents mètres sur la pente du cirque. Enfin, il fut libre, allongé sur le dos, les poumons déchirés par l'air glacé, les yeux grand ouverts sur le ciel qu'il ne s'attendait pas à revoir. Tout semblait fonctionner normalement. Il pouvait bouger les bras et les jambes.

Addie était accroupie au-dessus de lui, le visage marqué par l'inquiétude.

— Putain, dit-elle.

Il sourit.

— Oui, putain !

Et pour la première fois depuis plus de dix ans, il la vit rire. Chose dont il ne pensait pas être à nouveau témoin un jour. Lui aussi se mit à rire. Mais lorsqu'ils s'arrêtèrent, aucun des deux ne sut quoi dire. Chacun gagné par un sentiment de malaise.

— J'ai cru que tu étais mort, finit-elle par lâcher.

Il se demanda pourquoi cela l'aurait affectée, mais dit simplement :

— Une avalanche ? En novembre ?

Elle haussa les épaules.

— Les temps changent. C'était une avalanche de plaque. Ça arrive quand un vent de sud-ouest souffle la neige des sommets sur les pentes nord. Elle s'accumule sans se consolider. Si la température baisse entre deux précipitations et que la neige gèle, comme cela s'est produit hier soir pendant la tempête de glace, celle qui se dépose ensuite sur la surface gelée est très instable.

Il se sentit impressionné que sa petite fille sache tant de choses.

— Comment se fait-il que tu n'aies rien eu ?

Elle sourit.

— Je me suis réfugiée dans le tunnel de glace. J'ai vraiment cru qu'il allait s'effondrer sur moi. Heureusement, il a tenu bon.

Elle se tourna vers l'ouest.

— Le soleil baisse. On a intérêt à redescendre maintenant.

Sans gants ni bonnet, il sentit qu'il se refroidissait de plus en plus pendant qu'Addie l'aidait à gagner le bas du cirque. Il se souvint qu'il avait laissé son sac à dos à l'entrée du tunnel de glace. Son vieux sac préféré, perdu pour toujours. Mais la carte-clé de la voiture de Younger était en sécurité dans sa poche, avec ses lunettes iCom. De ses doigts glacés, il se toucha les oreilles : les écouteurs aussi étaient toujours en place. Un vrai miracle.

Ils se dirigeaient ouest-sud-ouest, sur un versant très raide parsemé de rochers à moitié enfouis sous la neige quand s'offrit à eux, sur toute la longueur du loch, le plus fabuleux des couchers de soleil. Les pics enneigés d'un rose fluorescent encadraient un fjord qui paraissait en feu. Sans se donner le mot, ils s'immobilisèrent pour savourer le spectacle. Dans les eaux du loch, les courants profonds et les remous flamboyants passèrent de l'orange à l'écarlate, puis le soleil s'éclipsa au loin derrière les sommets.

Bien que le ciel fût encore bleu, les premières étoiles commençaient à apparaître ; Brodie pensa que c'était cela qui le rendait le plus nostalgique. Le fait de savoir que la beauté poignante de son pays natal serait toujours là longtemps après sa disparition. Comme si sa courte existence malheureuse dans ce monde n'avait rien changé du tout. Ce qui était faux, bien sûr. Addie était son cadeau d'adieu. La seule part de lui-même qui resterait. La seule part de lui-même qui valait quelque chose.

Il se retourna, vit se refléter dans ses yeux la lumière déclinante du jour, et se rappela qu'elle aussi avait un cadeau à laisser au monde.

— Comment s'appelle-t-il ? Ton fils ?

La lumière mourut dans les yeux d'Addie. Sa mâchoire se crispa.

— Ça ne te regarde pas.

Ils se remirent en marche en silence, contournèrent une clôture à chevreuils avant de passer devant le sinistre et délabré Mamore Lodge de style faux gothique, puis suivirent un chemin aboutissant à une passerelle proche de Grey Mare's Tail.

Quand ils atteignirent le village, ils s'arrêtèrent en haut de Kearan Road ; autour d'eux, les maisons étaient éclairées mais il n'y avait pas âme qui vive dans la lumière pâlissante du soir. En voyant des lampes allumées dans le centre médical, Brodie se demanda si Sita pouvait s'y trouver encore.

— Merci, dit-il à sa fille, avec sincérité.

Elle inclina légèrement la tête, sans croiser son regard, ni prononcer un mot.

— Bon... eh bien, à bientôt, alors.

— Ça m'étonnerait, rétorqua-t-elle en tournant les talons.

Elle se dirigea vers la porte du commissariat. Des bandes de lumière jaune tombant de plusieurs fenêtres s'étalaient sur l'épaisse couche de neige du jardin. Elles dégageaient quelque chose de chaleureux et d'accueillant. Une famille. Un foyer. Une vie. Choses qu'il ne connaissait plus depuis des années. Il traversa la rue avec lassitude pour se rendre au centre médical.

Le médecin de garde parut surpris de le voir.

— Voilà plusieurs heures que le Dr Roy est partie avec le corps, dit-il. Robbie les a conduits en voiture à l'hôtel. Je l'ai vu revenir peu après.

Puis il fronça les sourcils en observant les contusions et les écorchures de Brodie.

— Ça va ?

Brodie porta ses doigts glacés à son visage et prit conscience des ravages qu'il avait subis en frôlant la mort.

— Oui, ça va. Une petite chute en montagne.

Avec des jambes qui pesaient une tonne et une tête qui semblait sur le point d'exploser d'une seconde à l'autre, le retour à l'International par la route lui parut très long. À part deux tasses de café, il n'avait rien avalé de la journée. Il se sentait près de défaillir de faim.

En traversant le bosquet, il constata qu'aucune lumière ne brillait dans l'hôtel dont la silhouette tentaculaire se détachait en noir sur un ciel étoilé. Tant bien que mal, il parvint à se traîner jusqu'en haut des marches et dans le hall. Il resta un moment sans bouger pour accoutumer ses yeux à l'obscurité, bien qu'il n'y eût pratiquement aucune clarté lui permettant de voir quoi que ce soit, puis tâtonna le long du mur à la recherche d'un interrupteur. Lorsqu'il finit par le trouver, une lumière jaune et lugubre se diffusa autour de lui. Au moins, il faisait chaud.

Il poussa la porte du Bothy Bar, désert, plongé dans le noir, retourna dans le hall d'où il appela :

— Hello ? Il y a quelqu'un ?

Et reçut pour toute réponse un silence retentissant.

Il monta péniblement l'escalier en pensant que l'absence perpétuelle du propriétaire de l'hôtel commençait à l'agacer, et que Sita faisait peut-être la sieste. Il frappa à la porte de sa chambre ; n'entendant rien, il essaya la poignée. La porte s'ouvrit sur la pénombre. Il actionna un interrupteur et, aveuglé par la lumière soudaine, cligna des yeux. La valise Storm personnelle de Sita était ouverte sur le lit, quelques vêtements éparpillés sur la couette. Mais il n'y avait aucune trace de son matériel ; seule sa lampe torche se trouvait à côté de la valise. Il poussa un soupir contrarié. Où était-elle passée, bon sang ? Et ses instruments ? Peut-être qu'elle et Robbie les avaient déjà chargés dans l'eVTOL. Prenant la torche, il redescendit au rez-de-chaussée.

Il avait déjà parcouru la moitié du chemin entre l'hôtel et le terrain de football quand il se souvint qu'Eve était verrouillée et que lui seul avait la clé. Il décida néanmoins de vérifier l'appareil. D'après ce qu'il pouvait voir avec la torche de Sita, il y avait de nouvelles traces de pas fraîches dans la neige, mais il était difficile de dire dans quelle direction elles allaient.

L'eVTOL était au milieu du terrain enneigé, là où il avait atterri. Verrouillé, comme prévu. Brodie repêcha sa carte RFID pour ouvrir la porte de droite. L'intérieur était glacial et ne contenait aucune des affaires de Sita. Il décida de contrôler le niveau de la batterie.

— Eve, quel est ton état de charge actuel ?

Eve demeura obstinément muette.

— Eve ?

Rien. Brodie fronça les sourcils, se laissa glisser dehors et referma la porte derrière lui. Il se dirigea vers le pavillon pour vérifier si l'eVTOL était toujours branché. Il l'était, mais aucune lumière verte ne clignotait sur le lecteur fixé à la prise. Il regarda autour de lui. À travers les arbres, il apercevait les réverbères du village, allumés, et des lumières qui brillaient aux fenêtres des douzaines de maisons blotties autour de la tête du loch. Le courant n'était donc pas coupé.

C'est seulement en retournant à l'eVTOL qu'il remarqua une autre série d'empreintes de pas dans la neige. Elles venaient du pavillon, s'interrompaient soudain, puis repartaient dans l'autre sens. Brodie s'accroupit pour braquer le faisceau de sa torche sur ces traces d'intrusion, et vit que le câble de charge avait été sectionné.

Chapitre 13

Un vent glacé remontait le loch à l'avant d'une légion de gros nuages noirs qui raclaient les sommets des montagnes et chassaient le peu de lumière offerte un peu plus tôt par les étoiles. Parka fermée jusqu'au menton, capuche rabattue sur la tête, mains enfoncées dans les poches pour les réchauffer, Brodie retourna au village par la route, d'un pas mal assuré.

Le sectionnement du câble de charge de l'eVTOL n'était pas un acte de vandalisme commis au hasard. Plutôt une tentative délibérée de les empêcher de partir. Et il avait un très mauvais pressentiment au sujet de Sita. Si elle n'était pas à l'hôtel, où était-elle ?

Tous les muscles de son corps se raidissaient sous l'effet du froid ajouté à la raclée infligée par l'avalanche. Il avait les yeux irrités, la bouche sèche et du mal à déglutir.

Il hésita longtemps devant la porte du jardin du commissariat. La même lumière accueillante se déversait des mêmes fenêtres. En chemin, il avait essayé, sans succès, d'appeler le QG de Glasgow, mais son iCom n'avait pas réagi – peut-être la violence de l'avalanche l'avait-elle endommagé. Il ne pouvait demander de l'aide nulle part ailleurs.

Le portail grinça quand il le poussa. Il se dirigea vers l'annexe attenante à la maison. L'enseigne bleue de la police luisait dans le noir au-dessus de la porte où l'on pouvait lire sur une pancarte : *Frappez et entrez.* Il suivit les instructions. La porte s'ouvrit sur une petite pièce équipée d'un comptoir et d'une minuscule salle d'attente avec deux chaises en plastique éraflées. Robbie était assis derrière le comptoir, dans la flaque de lumière d'une lampe de bureau inclinée. La lueur bleue d'un écran d'ordinateur se reflétait sur son visage et le tapotement de ses doigts sur le clavier emplissait l'espace exigu. Surpris, il se retourna en ébauchant un sourire qui s'évanouit très vite, effacé par l'inquiétude.

— Bon sang, qu'est-ce qui vous est arrivé ? Monsieur.

Le *monsieur* arriva seulement après coup.

— Addie ne vous a pas raconté ?

Robbie fronça les sourcils.

— Je n'ai pas encore eu l'occasion de lui parler depuis qu'elle est revenue. Que s'est-il passé ?

— On a été pris dans une avalanche.

— Mon Dieu ! s'écria-t-il en se levant. Elle va bien ?

— Oui. C'est moi le plus amoché.

Robbie passa une main dans ses épais cheveux noirs.

— Je suis désolé de ne pas avoir été là à votre retour. Vous le savez probablement déjà, toutes les communications sont coupées. Téléphones mobiles, réseau 15G de la police, Internet. J'ai contacté Ballachulish A sur ondes courtes. Une vieille technologie, je sais, mais toujours utile en cas d'urgence. Ils supposent que la coupure de courant de la nuit dernière a provoqué une surtension qui a fait sauter les émetteurs et le central téléphonique. Ce n'est pas la première fois que ça arrive. Ils ont envoyé des équipes les reconnecter, mais qui sait combien de temps ça va prendre. (Il fit la grimace.) En plus, on annonce encore de la neige.

Il marqua une pause avant de demander :

— Vous avez trouvé quelque chose là-haut ?

Brodie fouilla dans sa poche de poitrine, en sortit la carte RFID et la brandit.

— Qu'est-ce que c'est ? demanda Robbie en plissant les yeux.

— La clé de la voiture de Younger, je crois.

— Quelle voiture ? D'après Brannan, il n'en avait pas. En tout cas, elle n'était pas sur le parking.

— Comment serait-il arrivé ici, alors ?

Robbie haussa les épaules, fit la grimace, et dit sans conviction :

— Il y a un car.

Brodie secoua la tête.

— On en reparlera plus tard. Pour l'instant, c'est Sita qui m'inquiète.

Robbie fronça les sourcils.

— Comment ça ?

— Je ne la trouve nulle part.

Robbie se rapprocha du comptoir et y posa les mains à plat.

— Elle n'est pas à l'hôtel ?

— Non. Ses affaires personnelles sont dans sa chambre, mais pas la malle Storm qui contient son matériel et les échantillons.

L'air perplexe, Robbie écarta les bras.

— Je l'ai déposée à l'hôtel cet après-midi, avec son matériel et tout le reste. On a remis Younger dans sa housse mortuaire à l'intérieur de l'armoire réfrigérée en attendant que vous soyez prêts à partir.

— Brannan était là quand vous l'avez déposée ?

— Non. Pourquoi ?

— Je ne l'ai pas vu de la journée. Et où qu'il soit allé, il n'est toujours pas rentré.

Robbie se gratta la tête.

— Ben, il n'a pas pu aller très loin. La route de Glencoe était impraticable ce matin – mais les chasse-neige l'ont sûrement dégagée maintenant. La centrale nucléaire doit rester accessible en permanence.

Brodie, qui commençait à avoir trop chaud, repoussa sa capuche et descendit un peu la fermeture à glissière de sa parka. Il sentait ses doigts picoter à mesure qu'ils retrouvaient une température normale.

— Autre chose, dit-il. Quelqu'un a sectionné le câble entre l'eVTOL et la borne de chargement du pavillon. Eve est complètement à plat.

— Vous plaisantez ! s'exclama Robbie en fronçant les sourcils. Pourquoi aurait-on fait une chose pareille ?

— Pour nous empêcher de partir.

— Mais qui ? Et pourquoi ?

Brodie haussa les épaules.

— L'assassin de Younger ? Peut-être à cause de ce que Sita risquait de découvrir au cours de l'autopsie. Ou de ce que, moi, je pouvais trouver sur la montagne. (Il soupira.) Pour être honnête, je n'en ai pas la plus petite putain d'idée.

Robbie se mit à rire.

— Vous savez quoi ? C'est probablement un gamin qui a fait ça pour plaisanter. Une très mauvaise blague, d'accord. Mais vous savez comment sont les gamins. Et le Dr Roy est sans doute venue au village à pied pour trouver quelque chose à se mettre sous la dent. Il y a deux ou trois pubs qui servent des repas. Si Brannan est absent depuis ce matin, elle n'a rien pu manger à l'hôtel.

Il attrapa sa parka et son bonnet accrochés à un porte-manteau et contourna le comptoir.

— Écoutez, je connais un type qui peut réparer ou remplacer votre câble dès demain matin à la première heure. Mais pour l'instant, allons plutôt chercher le Dr Roy. Si elle n'est pas rentrée à l'hôtel, on fera le tour des pubs.

Brodie se sentit étrangement réconforté par le fait que Robbie prenne les choses en main, bien qu'il fût sans conteste son subalterne. Au bord de l'épuisement, il n'arrivait plus à réfléchir correctement. Les explications avancées par son collègue pour le sabotage du câble et l'absence de la médecin légiste paraissaient raisonnables ; un sentiment de soulagement bienvenu l'envahit.

Robbie allait saisir la poignée pour sortir quand la porte de communication avec la maison s'ouvrit à la volée, laissant entrer des effluves de cuisine. Un petit garçon se tenait sur le seuil, une expression consternée sur le visage.

— Papa, pourquoi ma PlayStation ne marche pas ?

— Parce qu'Internet est toujours coupé, fiston. Et je n'y peux rien.

Mais le garçon s'était déjà désintéressé de son problème pour se concentrer sur l'étranger qui se tenait à côté de son père. Il dévisageait Brodie avec une curiosité évidente.

— Qui c'est ?

— Un officier de police de Glasgow, Cameron. Monsieur Brodie. Il est ici pour aider ton papa à résoudre quelques problèmes.

Brodie était sidéré. Il en avait des picotements sur le cuir chevelu. Le garçon possédait le visage délicat de Mel, ses yeux, son nez, sa bouche. C'étaient les cheveux châtains, raides et soyeux de Mel qui retombaient négligemment sur son front. Il n'avait, semblait-il, rien de son grand-père, hormis le prénom. Et ça, c'était un véritable choc. Il jeta un coup d'œil en coin au père de l'enfant.

— Cameron ?

— Choix de sa mère, répondit Robbie d'un air gêné.

— Quels problèmes ? demanda Cameron.

— Des problèmes de police.

— Tu veux parler du corps que maman a trouvé là-haut ?

Confus, Robbie adressa un semblant de sourire à l'homme qu'il devait désormais considérer comme son beau-père.

— La vie de village. On ne peut garder aucun secret dans un endroit de cette taille.

Addie sortit alors lentement de la pénombre du couloir derrière le garçon et posa des mains protectrices sur ses épaules, tout en l'attirant contre ses jambes. Elle regardait fixement son père. Entre eux, le silence ne dura guère plus d'une seconde ou deux, mais sembla une éternité à Brodie.

— Tu l'as appelé Cameron, dit-il.

Les joues d'Addie se colorèrent imperceptiblement.

— J'ai toujours aimé ce prénom.

Il esquissa un sourire :

— Ça veut dire « nez tordu », paraît-il. En gaélique. Ça ne s'applique pas à ce bel enfant.

— Sa beauté lui vient de sa grand-mère.

Surpris, Cameron leva le visage vers sa mère :

— J'ai une mamie ? Où elle est ?

Addie mit un petit moment à se ressaisir :

— Elle est au ciel, Cam.

— Et un papi ?

— Oui, répondit Addie sans quitter Brodie des yeux.

— Où il est ?

— Loin.

Robbie mit fin à l'échange en ouvrant la porte de l'extérieur, ce qui laissa entrer une bouffée d'air glacial et quelques flocons de neige.

— On ferait mieux d'y aller, dit-il.

Puis il ajouta à l'attention d'Addie :

— Je n'en ai pas pour longtemps.

Cameron fixait toujours avec fascination l'homme qu'il ignorait être son grand-père :

— Qu'est-ce qui t'est arrivé à la figure ?

Brodie porta les doigts à sa joue :

— Je suis tombé.

— Tu mangeras avec nous ce soir ?

Brodie leva les yeux vers Addie.

— Je doute qu'on en ait le temps, Cameron, dit-il en osant presque espérer qu'elle le contredirait.

— Non, en effet, confirma-t-elle.

Quand ils se mirent en route vers l'International, la neige avait déjà commencé à tomber sérieusement ; elle voltigeait devant les phares de Robbie avec le même effet de vitesse de distorsion que dans un vieux *Star Trek*. Mouillée, elle se collait sur le pare-brise puis, balayée par les essuie-glaces, s'amassait sur les côtés.

Dans l'allée de l'hôtel, la neige fraîche avait déjà recouvert les traces laissées dans la journée par les pneus des voitures ; Brannan n'était donc pas encore rentré. La seule lumière perçant l'obscurité provenait du hall, au-delà de la porte d'entrée. Celle que Brodie avait lui-même allumée une demi-heure plus tôt.

En gravissant les marches, il ne vit pas non plus de nouvelles empreintes de pas. Du hall, Robbie appela :

— Docteur Roy ? Hello, docteur Roy ? Vous êtes rentrée ?

Il ouvrit la porte du bar, puis se rendit dans la salle à manger, en éclairant les lieux au fur et à mesure. Brodie se souvint alors des paroles de Sita au moment de leur arrivée – il y avait seulement vingt-quatre heures ? – *j'ai l'impression de me retrouver sur le plateau de* Shining.

Dans cet endroit, tout paraissait un peu bizarre. Mais Brodie n'arrivait pas à mettre le doigt sur ce qui clochait. L'intensité des lumières. L'odeur d'humidité dans l'air tiède.

Le tartan usé de la moquette. Le papier peint imitation velours des murs de l'escalier. Le silence envahissant. Et peut-être, par-dessus tout, Brannan lui-même. Son absence lui conférant une étrange présence.

— Elle n'est pas ici, dit Brodie.

La mine renfrognée, Robbie fonça au premier étage en montant les marches deux par deux :

— Je vais voir sa chambre.

Impuissant, Brodie resta dans le hall, dégoulinant de neige sur le tapis. Son mauvais pressentiment était de retour. Il leva les yeux quand Robbie redescendit, mais le jeune policier secouait la tête :

— Ses affaires sont toujours sur le lit. On avait laissé la grosse malle dans l'antichambre de la cuisine, à côté de l'armoire réfrigérée. Allons vérifier qu'elle s'y trouve encore.

Brodie le suivit dans la cuisine. Des ombres se tapissaient entre les casseroles suspendues au-dessus de la table en inox où, le matin même, ils avaient couché Charles Younger dans une housse mortuaire noire. Robbie trouva l'interrupteur, mais la lumière soudaine reflétée par chaque surface brillante ne suffit pas à dissiper le malaise qui stagnait dans les ténèbres. Il poussa la porte de l'antichambre et s'arrêta sur le seuil, son ombre projetée devant lui sur le sol et le mur du fond.

— Bon sang ! murmura-t-il. Elle n'est plus là.

Il alluma le plafonnier dont l'éclat les obligea à plisser les yeux.

— On avait laissé la malle juste ici, près de l'armoire. Le Dr Roy avait rangé les échantillons dans un sac, à côté du corps, pour les garder au frais.

Il souleva le couvercle embué. Les deux hommes se trouvèrent alors captifs du regard aveugle de Sita, ses yeux noirs et morts les fixant depuis l'intérieur glacé de l'armoire à desserts.

Chapitre 14

Brodie était assis, seul dans le noir, à la table où Sita et lui avaient échangé des confidences la veille au soir. Afin d'occuper son esprit et d'interrompre ses pensées, il venait de passer cinq minutes accroupi devant la cheminée pour allumer un feu qui projetait à présent des ombres dansantes tout autour du bar. Son crépitement créait l'illusion d'une vie au-delà du sentiment de sa propre existence chancelante. Mais rien ne pouvait dissiper la profonde, l'immense dépression qui s'était abattue sur lui comme tombe la neige.

Le corps de Sita, raidi par la mort, reposait sur le dos, les genoux remontés sur la poitrine, les bras repliés, les poings sur le visage, comme une étrange pugiliste. Manifestement confronté à de sérieuses difficultés pour la faire tenir dans l'armoire et refermer le couvercle, son assassin avait été obligé de lui imposer cette position bizarre. Il faudrait attendre plusieurs heures avant que la rigidité cadavérique disparaisse et que Brodie puisse la sortir de là et l'allonger avec dignité.

Mais, chose encore plus bizarre, le corps dont elle occupait la place avait disparu. Le cadavre autopsié de Charles Younger dans sa housse mortuaire s'était volatilisé.

En observant la défunte pathologiste, Brodie avait remarqué l'hémorragie pétéchiale autour de ses yeux autrefois si beaux, la légère saillie de sa langue d'un noir bleuté, l'ecchymose à son cou. Ainsi, on l'avait étranglée. Pour le moment, il était impossible de dire si elle avait d'autres blessures.

Robbie avait approché une chaise de la table de la cuisine et s'était effondré la tête entre les mains, le visage blême :

— J'aurais dû rester avec elle. Rien de tout cela ne serait arrivé.

— Vous n'aviez aucune raison de rester, Robbie. Aucune raison de penser qu'elle courait un danger.

Le jeune policier ne voulait pas le laisser seul à l'hôtel, du moins jusqu'au retour de Brannan. Mais Brodie avait insisté pour qu'il parte. Sa première responsabilité étant d'assurer la sécurité et le bien-être de sa famille. Ils ne pouvaient rien faire de plus tant que les communications n'avaient pas été rétablies et leur permettent d'appeler des renforts.

Dehors, il neigeait abondamment maintenant ; les gros flocons mouillés s'écrasaient contre la vitre sombre, bloquant toute possibilité d'une vue sur le loch, où les lumières du village se reflétaient dans l'eau noire. Brodie avait fait une descente au bar et arraché de son distributeur à cellule optique une bouteille presque vide de Glenlivet Single Malt dont il avait rempli son verre. Il tremblait, incapable de stabiliser ses mains devant lui. Le whisky ne réussit qu'à lui donner la nausée.

Bizarrement, il ne pouvait se débarrasser de l'image de la pathologiste assise en face de lui le soir précédent. Son sourire, son rire, ses larmes. Ses yeux sombres, ses cheveux noirs tirés en arrière dégageant son beau visage. Quelle injustice. C'était lui, le mourant. Sans avenir. Sita avait deux enfants qui comptaient sur leur mère. Elle était encore jeune, avec de belles années à vivre. Et pourtant c'était elle dont le cadavre se trouvait dans la cuisine. Fourrée sans ménagement dans une armoire à desserts réfrigérée, alors que lui venait d'échapper à la mort, quelques heures plus tôt, dans une avalanche. Il ne pouvait s'empêcher de se sentir coupable. Et non pas, pour une fois, à cause de ce qu'il avait fait, ou dit. Juste coupable d'exister. De survivre.

Il n'aurait jamais dû venir. Addie s'était construit une vie. Une famille. Il n'avait pas le droit de débarquer ainsi pour ruiner encore d'autres vies. Il n'était qu'un salaud d'égoïste. C'était lui qui méritait de mourir. Pas la pauvre Sita, abandonnant ses enfants au triste sort des orphelins. Ses yeux se remplirent de larmes et il battit rageusement des paupières tandis qu'elles laissaient des traces luisantes sur ses joues.

Il respira à fond, garda les yeux fermés, sentit le silence de l'International Hotel peser sur lui comme un reproche. Une bûche glissant dans le feu projeta des étincelles dans le conduit de la cheminée. Un léger refoulement produisit un petit nuage de fumée qui monta vers le plafond. Son odeur était perceptible par-dessus celle de l'humidité et de l'alcool éventé.

Lorsqu'il rouvrit les yeux, il vit Addie dans son propre reflet sur la vitre. Il avait eu l'occasion de rompre le silence cet après-midi, en haut de la montagne. Mais il l'avait laissée passer car il savait qu'elle n'était pas prête à l'écouter. Pas encore. Et même si elle l'était un jour, il se demandait s'il aurait jamais le courage de lui dire la vérité.

Il referma les yeux pour l'effacer de sa vue, et se souvenir...

Chapitre 15

2023

Je suppose qu'on peut appeler ça une obsession. Je n'arrivais pas à me la sortir de la tête. Elle occupait mes pensées, le jour, et mes rêves, la nuit. Je suis certain que, même à l'époque, Tiny a deviné que j'étais mordu. Je ne lui racontais jamais rien, mais il me connaissait assez pour savoir que ça ne tournait pas rond. J'étais incapable de me concentrer sur quoi que ce soit.

Après mon service, je rentrais chez moi, je regardais un film en streaming et je voyais son visage dans celui de chaque actrice aux cheveux longs. Quand je me réveillais le matin, je me surprenais à me demander si elle était déjà réveillée, s'il l'avait frappée la veille au soir. Ça me rendait fou. Jusqu'à ce que je craque.

Comme j'avais deux jours de congé en fin de semaine, je me suis rendu à Cranhill dès le premier après-midi. D'une place de parking proche de la maison de quartier de Cranhill, en lisière du parc, je pouvais voir Soutra Place et la tour où elle vivait. Je connaissais la voiture de Jardine pour avoir consulté l'ordinateur de la police quelques jours plus tôt. Un cabriolet deux places Mazda MX-5 rouge vif. Il aimait les bagnoles, Jardine. Mais il ne devait pas gagner tant que ça chez le bookmaker qui l'employait en ville. Or la Mazda était toute neuve, pas plus de deux mois ; on comprenait tout de suite où allaient ses priorités financières. L'année précédente, son permis lui avait été retiré pendant douze mois pour conduite en état d'ivresse, alors j'imaginais qu'il faisait gaffe maintenant et ne prenait pas le volant de la Mazda quand il avait bu. Ce qui doit être dur pour un alcoolo. Parce qu'il en était un, à coup sûr. Ça prouve de quoi on est capable quand on en a la volonté.

Bref, elle était garée dans le parking de la tour, et moi j'étais bien décidé à attendre. Un peu après deux heures, je l'ai vu sortir et se diriger vers sa voiture, en duffle-coat, jean, baskets blanches. Son visage, blafard sous ses cheveux noirs, n'était pas rasé ; il aurait probablement décrit les poils qu'il avait sur les joues comme une barbe de trois jours. Pour moi, il donnait plutôt l'impression de sortir de son lit.

Je l'ai entendu pomper sur l'accélérateur pour faire vrombir le moteur. Il devait bien aimer ce bruit parce qu'il a fait ça plusieurs fois avant d'enclencher la marche arrière et de sortir en reculant à toute allure sur Soutra Place. Puis il a passé la première et accéléré à fond jusqu'à la ligne de cédez le passage de Bellrock Street, où il s'est à peine arrêté pour regarder avant de prendre à droite et monter la côte à fond de train. J'ai baissé la tête, de peur qu'il me voie, mais il ne m'a même pas jeté un coup d'œil ; ensuite, je suis resté assis pendant une bonne dizaine de minutes avant de tourner la clé de contact, rouler au pas jusqu'à Soutra Place et me garer à quelques emplacements de celui où Jardine **laissait sa Mazda.**

L'ascenseur fonctionnait de nouveau ; une odeur d'urine m'a accompagné jusqu'au quinzième étage. Me voir a causé un choc à Mel quand elle a ouvert la porte. Puis la panique quand elle s'est penchée en avant pour jeter un regard oblique dans le couloir.

— Qu'est-ce que vous venez faire ici ?

— Juste vérifier que vous allez bien.

— Entrez, a-t-elle dit très vite.

Après un nouveau coup d'œil dans le couloir pour s'assurer que personne ne m'avait vu, elle a fermé la porte et s'y est adossée. Elle sortait de la douche, ses cheveux étaient mouillés. Elle portait un peignoir de bain et j'ai compris qu'elle était nue dessous. J'avais la bouche sèche, j'étais aussi nerveux qu'elle.

— Il vous tuera s'il revient et vous trouve ici.

— Il ne se tirera pas une seconde fois d'une agression contre un officier de police.

Elle m'a détaillé de la tête aux pieds.

— Vous êtes ici officiellement, alors ?

L'absence d'uniforme dévoilait mon jeu. Il était inutile de mentir.

— Non. De toute façon, il est parti travailler, n'est-ce pas ? Il ne reviendra pas avant plusieurs heures.

— C'est pas sûr.

Elle est passée devant moi pour aller dans le salon, beaucoup mieux rangé que la dernière fois où je l'avais vu. Je l'ai suivie et son visage m'est apparu à la lumière du jour. Les bleus avaient presque disparu, il ne restait qu'une croûte minuscule sur la lèvre qu'il lui avait fendue. Elle a repoussé ses cheveux mouillés avec les mains pour dégager son visage. Puis, les poings sur les hanches, elle m'a toisé avec un air de défi et lancé :

— Pourquoi vous êtes là, pour de vrai ?

— Je vous l'ai dit.

— Qu'est-ce que ça peut vous faire ?

J'ai hésité. Le lui dire me rendrait irrémédiablement vulnérable. Mais je la voulais. Je le savais depuis la première fois où j'avais posé les yeux sur elle.

— Je n'arrête pas de penser à vous. Chaque minute de chaque jour. À ce qu'il vous a fait, à ce qu'il pourrait vous faire encore.

Pendant un moment, je crois qu'elle n'a pas su comment réagir. Mais j'ai vu le rouge lui monter aux joues, sans que je sache si c'était de plaisir ou de gêne.

— Il ne m'a plus touchée depuis ce soir-là.

— Bien.

— Alors...

— Alors, quoi ?

— Alors, vous n'avez pas de raison de vous inquiéter.

J'ai tendu la main pour lui toucher le visage. Je sais que je n'aurais pas dû, mais je n'avais pas les mots, sincèrement, pour exprimer ce que j'éprouvais. Elle n'a ni tressailli ni reculé, ses yeux toujours rivés sur moi.

— Je veux vous revoir, Mel.

Il y avait quelque chose d'étrangement intime à l'appeler par son prénom, comme si nous nous connaissions bien. Je crois qu'elle l'a senti, elle aussi. Mais elle a écarté ma main de son visage :

— Ce serait dangereux.

— Jardine ne me fait pas peur.

— Pour moi, a-t-elle précisé.

Et j'ai compris qu'elle avait raison. Si Jardine découvrait que j'étais venu, si je devais la revoir, ce serait à Mel qu'il s'en prendrait.

— Si vous me dites que vous ne voulez pas que je revienne, je franchis cette porte et vous ne me reverrez plus jamais.

C'était mal de ma part. Je lui mettais tout sur le dos. En me déchargeant de toute responsabilité.

Cependant, sans me quitter des yeux, elle a fini par dire d'une toute petite voix :

— Il travaille du mardi au samedi, de trois à dix.

Alors, dès que j'avais un jour de congé, ou que je travaillais de nuit, je passais dans l'après-midi. Nous ne faisions rien d'autre que parler. Elle préparait du café, on s'asseyait ensemble sur le canapé, et on bavardait. C'était drôle. On venait juste de se rencontrer et on avait l'impression de se connaître depuis toujours. On parlait très facilement, et on riait encore plus facilement. J'ai appris qu'elle n'avait jamais connu son père. D'après elle, sa mère ne savait pas vraiment qui c'était.

Une kyrielle d'hommes défilait dans leur deux-pièces de Tantallon Road. Parfois, ils apportaient des cadeaux à Mel. Seulement pour la faire taire, toujours d'après elle, juste pour ne pas l'avoir dans les pattes. Ils ne lui manifestaient jamais la moindre affection. Seule sa mère lui en donnait.

— Tu le sais quand quelqu'un t'aime. Sans qu'il ait besoin de te le dire. Juste à sa manière de se comporter avec toi. Tu le sens.

Elle m'a jeté un petit coup d'œil en coin qui m'a fait rougir. Et puis j'ai gâché ce moment en disant :

— C'est ce que tu ressens avec lui ?

Je n'arrivais même pas à prononcer le nom de Jardine. Aussitôt, elle a détourné la tête et elle s'est levée pour aller dans la cuisine.

— Un autre café ?

Je me serais coupé la langue.

Notre relation a basculé, je crois, un mardi après-midi. J'ai tout de suite compris que le week-end avait été violent. Mel avait toujours dit qu'il ne buvait pas d'alcool pendant la semaine mais qu'il se rattrapait le vendredi et le samedi soir. Elle avait beau tenter de cacher ses bleus avec du fond de teint, ils se voyaient quand même.

Dès que je suis entré, je lui ai tourné le visage vers la lumière.

— Il t'a encore frappée, putain.

Elle a essayé d'en rire.

— L'eau des sorcières n'a pas marché, alors ?

Ça m'a rendu fou. Je tremblais. Si, à ce moment-là, Jardine s'était trouvé à ma portée, je l'aurais tué.

— Ça ne peut pas continuer, Mel.

Elle a désigné son visage.

— Tu veux dire ça ? (Elle a hésité.) Ou nous ?

Je savais qu'il n'y avait pas de nous. Pas vraiment. On ne s'était même pas embrassés, bon Dieu. Non que ça aurait fait la moindre différence pour Jardine s'il avait su que je venais dans son appartement. Je l'ai prise par les épaules :

— Je ne peux pas le laisser continuer à te frapper.

Elle s'est dégagée.

— Je sais me défendre, Cammie. J'en suis capable. Je n'aurais pas survécu aussi longtemps, sinon.

— Quitte-le.

— Non.

— Pourquoi pas ?

— Tu *sais* pourquoi.

Pas vraiment. Je ne pouvais pas tolérer qu'elle reste avec un homme qui la battait. Ça n'avait aucun sens. Je l'aurais emmenée loin de toute cette merde sans l'ombre d'une hésitation. Je suis certain qu'elle le savait. Mais il exerçait sur elle une espèce d'emprise. Une chose que je ne pourrai jamais m'expliquer.

Elle était allée jusqu'à la fenêtre, elle laissait errer son regard à travers la pluie de cet après-midi-là quand, soudain, elle a poussé un cri :

— Oh, mon Dieu ! Il revient ! Oh, mon Dieu, Cammie, il faut que tu partes.

Elle s'est retournée vers moi, les yeux remplis de peur.

Je ne voulais pas m'en aller. Je voulais rester là, m'expliquer avec lui, mais elle est devenue presque hystérique. Alors, finalement, je suis sorti. J'ai claqué la porte derrière moi. En arrivant au bout du couloir, j'ai entendu l'ascenseur monter. J'ai hésité très longtemps. Je savais que je pouvais avoir le dessus. Mais je savais aussi que ça risquait de mal tourner pour moi. Un flic en congé qui tabasse le petit ami brutal de la femme dont il est amoureux. Peu importe que mes relations avec Mel soient platoniques, ça ne passerait pas.

À contrecœur, je me suis faufilé dans la cage d'escalier au moment où les portes de l'ascenseur s'ouvraient. Je suis resté là à écouter pendant qu'il se dirigeait vers l'appartement. Il est entré. Puis, silence, avant les éclats de voix. J'ai fermé les yeux et respiré à fond. Il m'a fallu faire un effort surhumain pour me retenir de m'élancer à sa suite, cogner à sa porte, lui casser la gueule dès qu'il l'ouvrirait. En fin de compte, je me suis contenté de faire demi-tour et d'attaquer la longue descente des quinze étages.

Je n'y suis pas retourné pendant une semaine entière. J'ignore qui je punissais le plus – elle ou moi. Le seul gagnant, c'était Jardine. Je sentais le regard de Tiny sur moi quand on travaillait ensemble. Genre... soupçonneux, quoi. On n'avait jamais parlé de Mel ni de Jardine depuis cette première rencontre. Mais il savait.

— Tu vois cette fille ? a-t-il fini par demander.

— Quelle fille ?

Il a fait une grimace.

— Allez, me la fais pas, Cammie. C'est à moi que tu parles, et tu sais de qui je parle.

— Non, ai-je dit sans le regarder dans les yeux.

Et comme, à ce moment-là, je ne la voyais plus, ce n'était pas vraiment un mensonge.

Il s'est détourné avec un petit grognement d'exaspération et n'y a plus jamais fait allusion. Jusqu'à ce jour, dans les vestiaires.

À la fin de la semaine, j'y suis retourné. En flippant complètement, de peur qu'elle me dise de me casser. J'avais regardé Jardine partir en faisant vrombir sa putain de Mazda, et après l'ascension jusqu'au quinzième étage dans l'ascenseur pisseux, je n'avais presque plus le courage de frapper à sa porte.

J'avais la gorge serrée quand elle a ouvert. Elle m'a dévisagé pendant une longue minute avant de hocher la tête vers le salon. Je suis entré. J'ai entendu la porte se refermer derrière moi et, quand je me suis retourné, elle s'est jetée à mon cou en collant sa tête contre ma poitrine. Sur le moment, je n'ai pas su quoi faire, tellement j'étais sidéré. Puis je l'ai serrée dans mes bras et j'ai senti tout son corps frissonner. Nous n'avions jamais été aussi proches. Je n'avais jamais senti son corps contre le mien. C'était électrique.

— J'ai cru que tu m'avais abandonnée, a-t-elle dit.

Je l'ai écartée de moi, j'ai pris sa tête entre mes mains et essuyé ses larmes avec mes pouces.

— Jamais je ne t'abandonnerai, Mel. Jamais.

Et je ne l'ai jamais abandonnée.

Entre deux sanglots, elle essayait de contrôler sa respiration.

— Mais tu ne peux pas revenir ici. Tu ne peux pas. Je suis sûre qu'il a des soupçons. Je te retrouverai ailleurs. Quelque part en ville où il ne risque pas de nous voir.

Voilà comment nos rencontres au Cafe21 de Merchant City ont débuté. C'était un de ces cafés tout en bois, brique et acier à l'intérieur, verre et marbre à l'extérieur. Typique de Glasgow ; avec des tables et des chaises en rotin dehors, sur le trottoir, davantage dans l'espoir qu'il ne pleuve pas que dans l'espoir d'un rayon de soleil. On pouvait toujours essayer de faire semblant d'être à Paris, à Glasgow ça ne marchait pas vraiment.

Merchant City est l'un des plus vieux quartiers de la ville. Là où tous les riches marchands de l'époque de l'Empire possédaient leurs entrepôts de tabac, de sucre et de thé. Plus tard, les marchés de fruits, légumes et fromages s'y sont installés à leur tour. À l'époque où Mel et moi nous retrouvions au Cafe21, c'était devenu le quartier branché des gens chics qui aimaient bien claquer leur fric dans les boutiques et les restaurants gastronomiques. Pas un endroit où Jardine ou ses comparses risquaient de se pointer.

On choisissait toujours une table sur la mezzanine. En général on se contentait de boire des cappuccinos, mais parfois, si on avait faim ou s'il y avait du monde et qu'on voulait garder notre table, on choisissait un plat sur la carte. Ils servaient des wraps, des croque-monsieur, des nachos, des pizzas aussi et encore d'autres trucs. C'était bon, mais pas donné.

Je m'en fichais. J'étais avec Mel et on ne passait plus notre temps à redouter que Jardine surgisse à l'improviste et nous surprenne. Loin de l'appartement de Soutra Place, Mel était une personne différente. Détendue, prompte à rire, s'intéressant à tout ce qui me concernait.

Je lui ai raconté que ma mère était morte quand j'étais petit et qu'en réalité c'était mon père qui m'avait élevé, tout seul, à Clydebank. Il avait été apprenti soudeur dans sa jeunesse. Mais, même alors, il ne restait plus beaucoup de chantiers navals sur la Clyde et quand celui qui l'employait avait fermé, il avait eu un mal fou à trouver un autre boulot.

— À une époque, il a même été à deux doigts d'émigrer en Australie avec moi.

De manière très impulsive, elle a tendu la main au-dessus de la table pour saisir la mienne.

— Oh que je suis contente que vous ne l'ayez pas fait.

Le contact de sa paume a diffusé en moi une chaleur que j'ai du mal à décrire. J'ai posé mon autre main sur la sienne en espérant, d'une manière ou d'une autre, que tout ce que je ressentais se transmettrait de mon cœur au sien à travers nos mains qui se touchaient.

Je me suis mis à rire.

— Si on avait émigré, il ne m'aurait jamais emmené en randonnée. Je ne sais pas s'il y a des montagnes en Australie, mais en tout cas je n'aurais pas pu me faire tous ces munros.

Elle a froncé les sourcils :

— Munros ?

Je lui ai expliqué ce qu'étaient les munros et qu'ils avaient été baptisés ainsi d'après le nom d'un aristo qui en avait dressé la liste.

— Un jour, je t'emmènerai. Quand tu montes sur ces pics, c'est comme si tu te trouvais sur le toit du monde. Ça remet tout en perspective et tes problèmes te paraissent tout petits en comparaison.

— J'aimerais bien.

Puis elle a ajouté en riant :

— Mais je crois qu'il faudrait d'abord que je m'entraîne au moins pendant six mois.

On s'est retrouvés au Cafe21 pendant six mois environ. Parfois elle avait des bleus. D'autres fois non. Je n'y faisais jamais allusion quand elle en avait. Et jamais elle ne me parlait de sa vie avec Jardine. C'était un peu comme, quoi, un chat qui se cache la tête sous un coussin en pensant que s'il ne voit rien on ne le voit pas non plus. On faisait semblant de mener une vie commune. Si on ne parlait pas du reste, le reste n'existait pas.

Un jour, au début du printemps, on avait rendez-vous vers la fin de l'après-midi et elle m'a confié que, ce soir-là, elle pourrait rentrer tard. Jardine croyait qu'elle sortait avec d'autres filles ; il ne comptait pas la trouver à l'appartement en rentrant du boulot.

Je me rappelle avoir pensé l'emmener au cinéma, ou au restaurant quelque part. Peut-être même aller voir un spectacle en ville. Je lui ai proposé deux ou trois choses, mais elle regardait fixement ses mains croisées sur ses genoux. Finalement, elle a relevé la tête et dit :

— Peut-être qu'on pourrait juste aller chez toi.

Mon cœur a fait des sauts périlleux dans ma poitrine pendant une minute au moins avant de remonter dans ma gorge et manquer de m'étouffer. J'ai compris que c'était ce qu'on appelle un moment décisif. Notre relation allait changer de direction. Et si on suivait le courant, il n'y aurait pas de retour possible.

On a pris un taxi jusque chez moi, à Maryhill. Assis à l'arrière, on ne parlait pas. Mais on se tenait les mains pour la première fois. Ce n'était pas grand-chose, d'accord. Et en même temps, c'était énorme. Je me sentais incroyablement nerveux. Pas comme si je n'avais jamais couché avec une fille. Il y en avait eu quelques-unes avant elle. Mais là, c'était différent. Je voulais que ce soit extraordinaire. Exceptionnel. Et j'avais peur que ça ne le soit pas.

J'ai pensé qu'elle éprouvait peut-être la même chose. Mais lorsqu'on est arrivés à l'appartement, elle m'a sauté dessus à peine la porte refermée. Affamée comme si elle n'avait pas mangé depuis un mois. Toutes mes craintes se sont envolées en même temps que les vêtements qu'on a semés par terre en allant dans la chambre. Bon sang ! Et ce *fut* extraordinaire. Mieux que je n'aurais jamais osé l'espérer. Mieux que je ne l'aurais jamais imaginé. J'étais si absorbé en elle, si aveugle au futur, que je ne pouvais pas envisager qu'un jour cela deviendrait impossible.

Addie a été conçue ce soir-là, mais je ne l'ai su que beaucoup plus tard. J'ai dit pour la première fois à Mel que je l'aimais. Première fois, en fait, que je le disais à quelqu'un. Je n'avais jamais eu la moindre idée de ce qu'était l'amour, ou de ce qu'on était censé ressentir. Mais maintenant je le savais, même si je ne pouvais pas l'exprimer en mots.

Ensuite, nous sommes restés longtemps allongés, jusqu'à ce qu'il fasse nuit et que les réverbères projettent par la fenêtre leur lumière orange en longues bandes déformées par la couette en fouillis sur le lit. Nous n'avons pas échangé un mot pendant tout ce temps. C'est Mel qui a fini par rompre le silence en disant tout simplement :

— Cammie, j'ai peur.

Après ça, c'est étrange mais, nos rendez-vous au Cafe21 n'ont plus jamais été tout à fait pareils. Comme si, désormais, ils ne nous suffisaient plus. Tous les deux, nous voulions mieux et davantage, mais l'occasion ne se présentait plus. Je n'ai jamais eu le contrôle sur la date ou la durée de nos rencontres. Avant la soirée à Maryhill, j'avais été capable de le supporter. Maintenant, je ne pouvais plus. Si tout avait changé pour nous, rien n'avait réellement changé, et ça me rendait fou.

Puis le destin s'en est mêlé, d'une manière que nous n'aurions pu prévoir ni l'un ni l'autre. Cet après-midi-là, un samedi, j'avais rencontré Mel brièvement à Merchant City. Elle était déprimée. Le week-end lui faisait toujours cet effet. Jardine avait bu la veille, et il boirait encore le soir. Elle affrontait toujours cela avec une sorte de stoïcisme, mais moi je trouvais la situation de plus en plus pénible à supporter. De nouveau, j'ai essayé de la persuader de le quitter et, comme toujours, elle s'est fermée. Elle ne voulait même pas en parler. On s'est disputés. Je lui ai lancé un ultimatum.

Comme je l'avais déjà fait à plusieurs reprises. Mais elle savait que ce n'étaient que des paroles en l'air. Que je ne l'abandonnerais jamais. Puisque je le lui avais dit, non ? Je ne voulais pas la perdre. Et elle le savait.

Donc, ce soir-là, on s'est quittés fâchés. Le lendemain matin, en commençant mon service, je me sentais particulièrement mal. J'étais en train de me changer dans le vestiaire quand Tiny est entré et s'est assis à côté de moi sur le banc. Il avait l'air sombre.

— J'ai de mauvaises nouvelles pour toi, mon vieux.

Je ne pouvais pas imaginer que des nouvelles, bonnes ou mauvaises, puissent m'intéresser. Penché en avant pour nouer mes lacets, j'ai grogné :

— Ah bon ?

— Je sais que tu vois cette fille.

Quand je me suis redressé pour nier, il a posé une main sur mon bras :

— Je le sais, vieux. Et j'imagine que la seule raison pour laquelle vous n'êtes pas ensemble c'est parce qu'elle ne veut pas le quitter. J'ai pas raison ?

J'ai essayé de lui faire baisser les yeux, en vain, alors je me suis remis à nouer mes lacets.

— Il est en taule.

Je me suis relevé si vite que j'ai failli glisser du banc.

— Qui ?

— Jardine.

À présent j'étais inquiet.

— Qu'est-ce qu'il lui a fait ?

— Rien. Hier soir, il conduisait sa bagnole de sport rouge tape-à-l'œil, bourré à mort. Au sud de la ville. Mosspark Boulevard. Il roulait à une vitesse dingue, paraît-il. Il a perdu le contrôle et percuté un véhicule qui venait en face. Un SUV avec une mère de famille et deux enfants à bord. (Il s'est tu et, la mine sinistre, a pincé les lèvres.) Tous morts.

— Et Jardine ?

— Quelques bosses et contusions. C'est toujours comme ça, non ? (Il a secoué la tête.) Un putain d'horrible accident. Cette fois, il va plonger longtemps, mon pote.

Pour être honnête, je n'ai pas pu penser à autre chose qu'à cette pauvre femme et ses deux enfants morts alors que ce connard était toujours en vie. Peut-être que si je l'avais tabassé. Peut-être que si je lui avais flanqué la raclée qu'il méritait et que j'avais emmené Mel, les choses auraient tourné différemment.

J'ai planté les coudes sur mes cuisses et enfoui mon visage dans mes mains.

— Ça va, Cammie ? s'est inquiété Tiny.

Je me suis redressé et j'ai secoué la tête.

— Non. J'aurais dû le tuer, putain, quand j'en avais l'occasion.

— C'est toi qui serais au trou, alors.

Il a passé un bras autour de mes épaules.

— Les choses arrivent comme ça, mon vieux. Il y en a certaines que tu peux contrôler, mais dans la plupart des cas, tu ne le peux pas. Je ne sais pas comment ça va se passer entre toi et cette fille maintenant. Et je dois admettre que je n'ai jamais bien compris ce que tu lui trouvais. Toi seul le sais. Mais une chose est sûre – Jardine ne sera plus un problème.

L'affaire Jardine n'a pas traîné aussi longtemps qu'on aurait pu s'y attendre. Il a plaidé coupable dès sa première comparution, alors qu'il est habituel pour un accusé de garder le silence. Ses avocats lui ont peut-être dit qu'il aurait une peine plus légère s'il épargnait à la Cour les problèmes et les dépenses d'un procès. Le gouvernement écossais venait de voter une loi punissant d'emprisonnement à vie tout responsable d'homicide causé par une conduite dangereuse sous l'emprise de l'alcool ou de la drogue. Ou peut-être Jardine voulait-il simplement en finir au plus vite. En tout cas, j'étais dans la salle d'audience le jour où il a été condamné, juste pour apporter mon soutien à Mel. Même si nous étions assis loin l'un de l'autre. Quelques proches de l'accusé, plutôt déplaisants, avaient pris place sur les bancs du public. Une sœur au visage dur. Une tante et un couple de cousins louches. Ainsi que plusieurs personnages que j'aurais décrits comme des relations douteuses. À part ça, il y avait très peu de monde. Personne ne s'intéressait au sort de Lee Alexander Jardine.

Il se tenait debout dans le box, entouré de deux agents en uniforme. Il n'avait pas l'air d'avoir des remords, et j'imaginais que les rapports du service social que le juge avait lus devaient être consternants. Quand on lui a demandé s'il avait quelque chose à déclarer, il s'est contenté de secouer la tête.

— Parlez plus fort pour l'enregistrement.

— Rien à dire, Votre Honneur.

Vingt ans, telle fut la décision. Dans la salle, certains ont pu penser que c'était sévère. Personnellement, je trouvais que perpète aurait encore été trop court.

Jardine n'a manifesté aucune émotion. Juste avant qu'on le redescende en cellule, il s'est retourné pour balayer les bancs du regard. Quand il m'a vu, il s'est attardé un moment. J'ignorais s'il se doutait de quoi que ce soit pour Mel et moi, mais pendant ces quelques secondes je me suis senti enveloppé par sa haine ; puis il a lancé un coup d'œil à Mel et un sourire triste, malsain, a brièvement traversé son visage.

Assis dans ma voiture garée de l'autre côté du fleuve, j'attendais Mel ; une demi-heure s'était écoulée depuis que la sentence avait été prononcée. Je commençais à me demander si elle ne m'avait pas posé un lapin quand je l'ai vue traverser l'Albert Bridge à pas lents. Elle paraissait porter le poids du monde sur ses épaules ; il se dégageait de son attitude quelque chose d'infiniment triste.

Je ne l'avais rencontrée que deux fois, brièvement, depuis l'accident. J'ignorais totalement ce qu'elle avait dû affronter, le genre de relation qu'elle entretenait avec les proches de Jardine, ou les amis venus probablement la consoler à Soutra Place, et qui sait quoi encore. J'étais persuadé qu'elle avait rendu visite à Jardine au quartier de détention provisoire de Barlinnie. Tout ça pour dire que je ne savais absolument pas où on en était. Ni, selon toute vraisemblance, vers quoi on allait à partir de cet instant.

Elle s'est glissée sur le siège passager ; les yeux rivés sur le pare-brise, elle regardait la Haute Cour, de l'autre côté du fleuve. Je ne pouvais pas me résoudre à lui parler. De peur de faire une gaffe. J'ai vu une larme rouler lentement sur sa joue.

— Ma mère avait un faible pour les chevaux, a-t-elle dit. Elle avait un compte chez le bookmaker du coin. Quelquefois, elle pariait par téléphone. Mais le plus souvent, elle se rendait sur place. Ils étaient toujours aux petits soins pour elle là-bas. Très souvent, elle m'emmenait. Pour me montrer. C'était encore une belle femme, et elle aimait bien que les gens nous prennent pour deux sœurs. Je devais avoir quinze ans quand j'ai rencontré Lee.

Elle m'a jeté un coup d'œil. Elle savait que je n'aimais pas qu'elle parle de lui ; c'était la première fois que je l'entendais raconter comment ils s'étaient connus.

— Il avait du charme, genre mauvais garçon, tu vois. Maman était un peu plus vieille que lui, bien sûr, mais je crois qu'il en pinçait pour elle. Il la faisait rire, et il se donnait du mal. (Perdue dans ses souvenirs, elle s'est interrompue.) J'avais dix-huit ans quand maman est morte d'une overdose. Tous les clients du bookmaker sont venus à l'enterrement. C'est Lee qui m'a ramenée à la maison après. (Elle a haussé les épaules.) C'est à ce moment-là que ça a commencé, je suppose.

J'ai alors eu une petite idée de ce qui avait pu l'attirer comme un papillon de nuit vers une flamme. Il était plus qu'un amant. Il représentait le père qu'elle n'avait jamais connu. Peu importait sa violence, il était une sorte d'ancre. Il donnait à sa vie une forme et une stabilité, même s'il n'y avait de prévisible que le fait qu'il se soûle tous les week-ends et lève les poings sur elle. Je me souvenais d'elle me racontant, la première fois que nous nous étions vus, qu'il lui offrait des fleurs et du chocolat, et l'emmenait dîner dans des bons restaurants après avoir été violent. Sa manière de se repentir de sa conduite lorsqu'il buvait.

— C'est fini, Mel. Tu es libre.

Elle s'est tournée vers moi :

— Libre ?

— De commencer une nouvelle vie. De bâtir un avenir sans violence ni maltraitance.

Elle a hoché la tête et essuyé sa larme.

— Je suis enceinte, Cam.

Ça m'a fait un tel choc que j'ai d'abord été incapable de prononcer un seul mot. J'avais peur de demander, mais il fallait que je sache :

— De... moi ?

Elle a hoché la tête.

— Comment peux-tu en être sûre ?

Alors, elle a élevé la voix, juste un peu, pour lui donner plus d'assurance.

— Parce que je le suis.

Elle m'a lancé un regard si direct que j'ai failli détourner les yeux.

— Ce nouvel avenir que tu vois pour moi, Cam : il n'existera pas s'il n'inclut pas le père de mon enfant.

Comme si elle pouvait imaginer une seconde que je l'abandonnerais. Que je *les* abandonnerais.

En moins d'un mois, elle avait soldé ses affaires à Soutra Place et emménagé chez moi à Maryhill. Libérée de Jardine, elle semblait être devenue une autre personne ; plus rien n'empêchait notre relation d'être ce que nous voulions qu'elle soit.

Certains soirs, on regardait la télé au lit en mangeant de la glace achetée chez un traiteur et en buvant du porto. Enfin, je buvais le porto. Mel avait décidé de ne plus toucher à l'alcool jusqu'à l'accouchement. Nous faisions l'amour à n'importe quelle heure du jour et de la nuit. Chaque fois que l'envie nous prenait.

Ce n'était pas une fine cuisinière ; on vivait surtout de pizzas et de plats indiens ou chinois à emporter. On sortait beaucoup ; elle a voulu que je l'emmène voir un ballet au Theatre Royal. Elle avait toujours eu envie d'y aller. Je suppose que, pour une raison qui m'échappe, toutes les petites filles sont attirées par le ballet. Nous nous sommes assis dans les premiers rangs. Assez près pour entendre les bruits sourds et les grognements, sentir l'odeur d'éléphant des corps en plein effort transpirant sous le nylon. Elle a adoré. J'ai détesté. Après, au pub, on a beaucoup ri.

Enceinte de six mois, Mel arborait un ventre arrondi à notre mariage. Une simple formalité au bureau d'état civil de Martha Street. Tiny et sa Sheila étaient nos témoins. Les deux femmes ont fait connaissance ce jour-là dans la rue. Bien entendu, ils étaient les seuls à assister à la brève cérémonie. Après, on est allé manger un biryani bizarre dans leur restaurant indien préféré à Shawlands ; Mel et moi étions très contents de rentrer à la maison pour célébrer scrupuleusement notre nouveau statut de mari et femme. Bon Dieu, comme je l'aimais, cette fille !

Trois mois plus tard, Addie est arrivée dans notre vie et nous avons déménagé pour nous installer dans une maison mitoyenne de la banlieue sud, avec, à l'arrière, un carré de jardin grand comme un mouchoir de poche. J'ai installé pour Addie une balançoire et un tape-cul. Je lui ai appris à faire du vélo, à nager. J'adorais cette enfant, et elle aimait son papa.

Au cours des années suivantes, Tiny et moi avons passé tous les examens pour grimper dans la hiérarchie. Police judiciaire, flics en civil, désormais rattachés au nouveau QG de Pacific Quay. On était toujours copains, même si on ne se fréquentait presque jamais entre couples. Sheila ne m'aimait pas beaucoup, et c'était réciproque. Je suis certain qu'elle ne voyait pas Mel d'un bon œil.

Où passent les années ? J'avais l'impression que nos rencontres secrètes au Cafe21 dataient d'hier. Et Addie entrait déjà dans l'adolescence, travaillée par les hormones, faisant de son mieux pour m'emmerder à tout bout de champ. Je pense qu'elle était peut-être plus proche de sa mère à cette époque. Mais nous formions une famille, même si Mel n'a plus jamais été enceinte, et nous nous aimions beaucoup. Par la suite, nous avons emménagé dans une maison mitoyenne en grès rouge de Pollokshields. Addie venait d'avoir dix-sept ans le jour où, en arrivant à Pacific Quay, j'ai trouvé Tiny assis à mon bureau dans la salle des inspecteurs. Il se balançait d'avant en arrière dans mon fauteuil, les jambes écartées, en suçotant le bord d'un gobelet de café en carton.

Avec ma politesse habituelle, je l'ai prié de lever son cul de mon fauteuil. Mais il n'a pas bougé. Il est resté assis à me dévisager d'un air songeur. Puis il a dit :

— Tu es au courant ?

— Au courant de quoi ?

Il a hésité une seconde :

— Lee Alexander Jardine est en liberté conditionnelle.

Chapitre 16

2051

Un bruit sourd provenant des profondeurs de l'hôtel le fit sursauter.

Du feu qu'il avait allumé et dont les dernières braises se changeaient en cendres n'émanait plus qu'une faible lueur. Dehors, la neige de plus en plus mouillée frappait toujours les vitres sur lesquelles elle fondait et ruisselait. Quelques instants plus tôt, il s'était forcé à vider son verre. La boisson ne procurait pas réellement d'évasion, il le savait. Elle n'en avait jamais procuré. Il avait appris depuis longtemps que quelle que soit la quantité d'alcool absorbée, ce qui poussait à se réfugier dans la boisson était toujours là le lendemain matin quand on se réveillait avec une migraine atroce et la bouche tellement sèche qu'il fallait faire un effort pour décoller la langue du palais. Mais, comme aimait le répéter son vieux professeur d'histoire, la seule chose que nous enseigne l'Histoire c'est qu'on ne tire jamais aucune leçon de l'Histoire.

Il se redressa, le cœur battant, en clignant plusieurs fois des yeux pour tenter de dissiper la brume d'alcool et de chagrin qui obscurcissait son cerveau. Quelqu'un d'autre se trouvait dans l'hôtel.

Il se leva et s'approcha de la cheminée. Parmi les accessoires, il choisit un pique-feu en fer forgé terminé par un crochet à bûche méchamment recourbé, le prit en main et le soupesa. Celui qui en recevrait un coup le sentirait passer. Puis il se tourna face à la porte.

Au cours des dernières vingt-quatre heures, il avait ouvert et fermé à plusieurs reprises la porte du bar sans jamais remarquer qu'elle grinçait autant. Ses gonds gémirent dans l'obscurité, comme le fantôme perdu de la pauvre Sita. Au-delà du bar, tout était noir, or il était certain d'avoir laissé le hall allumé. Il avança de quelques pas prudents sur la moquette et, le souffle court et rauque, attendit que ses yeux s'accoutument au manque de clarté.

Un autre bruit l'alerta. Un cliquetis, cette fois. Apparemment beaucoup plus proche. Sous la porte conduisant à l'arrière de l'hôtel, Brodie distinguait maintenant une infime lueur. Immobile, il écouta attentivement, mais n'entendit rien d'autre que le sang battant à ses oreilles. Il s'approcha. Un autre cliquetis retentit. Il poussa la porte et aperçut un rayon de lumière sous celle de la cuisine. Une ombre qui se déplaçait derrière le coupait par instants. Bandant ses muscles, il se jeta sur le battant, l'ouvrit d'un coup d'épaule et se retrouva momentanément aveuglé par les lampes de la cuisine.

Brannan se retourna, stupéfait. De la vapeur s'élevait d'une casserole posée sur un brûleur. Il écarquilla des yeux effrayés à la vue du pique-feu brandi devant lui, et leva une main, comme si elle pouvait le protéger au cas où Brodie l'attaquerait.

— Bon Dieu, monsieur Brodie ! Mais qu'est-ce que vous faites ? J'ai failli avoir une attaque.

Brodie le dévisageait, à moitié soulagé et à moitié furieux.

— Où étiez-vous passé, putain ?

Brannan parut encore plus choqué par le ton avec lequel il s'adressait à lui.

— Qu'est-ce que vous voulez dire ?

— Vous avez des clients dans l'hôtel et vous disparaissez toute la journée. En plus, un meurtre a été commis sous votre toit. Où étiez-vous passé, putain ?

C'était sur le point de devenir un refrain.

Le contenu de la casserole commençant à déborder, Brannan se retourna vivement pour la retirer du feu. Il avait les joues rouges et l'air agité.

— J'ai dû assister à un enterrement ce matin. De l'autre côté de Ballachulish. Après, il y a eu un repas. Et puis, vous savez comment c'est, les choses se sont prolongées jusque dans l'après-midi. La veillée, tout ça. (Il s'interrompit, comme s'il venait juste d'assimiler les paroles de Brodie.) Un meurtre ?

Il se recroquevilla quand ce dernier se jeta sur lui pour l'attraper par le bras et le propulser vers la porte de l'antichambre qu'il ouvrit d'un coup de pied. Il trébucha sous la bourrade tandis que Brodie agitait le pique-feu en direction de l'armoire réfrigérée :

— Ouvrez-la !

Une expression proche de la panique se lut dans les yeux de Brannan.

— Pourquoi ?

— Ouvrez-la, putain ! cria Brodie en le poussant vers le meuble.

Sa voix résonna dans l'espace clos.

L'hôtelier se redressa, essoufflé, et souleva le couvercle, presque paniqué à l'idée de regarder à l'intérieur. Quand il le fit, il émit un cri étrangement étranglé, recula en titubant comme s'il avait été bousculé, et heurta des étagères d'où s'envolèrent des boîtes de petits pois et d'asperges ainsi que des bocaux de conserves qui se fracassèrent par terre dans la pénombre. Alors, il braqua sur Brodie des yeux où la frayeur pure remplaçait la panique. Il peinait à respirer, si bien que sa voix ne fut qu'un sifflement :

— C'est le Dr Roy !

Brodie avança d'un pas et appuya sur sa gorge la pointe du pique-feu dont le crochet à bûche vint lui encercler le cou.

— Il n'y avait pas d'enterrement de l'autre côté de Ballachulish ce matin. La route était bloquée par la neige.

Se reculant le plus possible pour échapper à l'haleine de Brodie, Brannan souffla :

— Vous... vous avez bu.

— Votre meilleur Glenlivet. Mais même si j'en avais vidé une bouteille entière, Sita serait toujours morte. Alors maintenant vous allez me dire où vous étiez passé, putain, sinon je vous jure que je vous tranche votre putain de gorge.

Brannan n'eut aucun doute qu'il mettrait sa menace à exécution.

— D'accord, d'accord.

Avec beaucoup de précaution, il saisit le bout du pique-feu entre le pouce et l'index et l'éloigna de son cou.

— On pourrait retourner dans la cuisine, s'il vous plaît ?

Brodie le foudroya encore du regard pendant quelques secondes avant de s'écarter pour lui permettre de passer dans la cuisine, où il le suivit. Debout sous la lumière aveuglante des lampes, l'hôtelier essayait de retrouver son souffle et son sang-froid avant d'affronter Brodie :

— Je boirais bien un verre.

— Moi aussi.

Brannan inclina la tête d'un air perplexe :

— Vous ne croyez pas que vous assez bu comme ça ?

— Ce n'est jamais assez, grogna Brodie.

— Depuis quand n'avez-vous pas mangé ?

— Qu'est-ce que ça peut vous faire ?

— Moi, j'ai faim. Je vais nous préparer à dîner.

Le bar avait conservé un peu de la chaleur provenant du feu allumé plus tôt par Brodie. Brannan lui retira avec précaution le pique-feu des mains pour remuer les braises, et les bûches se remirent bientôt à flamber. Les deux hommes s'attablèrent ensemble devant un plat de spaghettis à la carbonara. Brannan ne montrait plus de signe de panique mais il était encore blanc comme un linge et sa main tremblait en maniant sa fourchette. Il évitait de croiser le regard hostile du policier.

— Je suis allé aux maisons 3D, pour parler à la source de Charles Younger à Ballachulish A, dit-il.

Perplexe, Brodie plissa les yeux :

— La source ?

— Il n'était pas là. Il travaillait de nuit à l'usine. Sa femme m'a dit qu'il rentrerait en début d'après-midi, une fois que la route serait dégagée. Elle m'a proposé de l'attendre, et m'a invité à déjeuner.

Brodie secoua la tête :

— Qu'est-ce que vous entendez par *source* ?

— Joe Jackson. Il est opérateur de réacteur à la centrale nucléaire. Ça ne fait pas longtemps qu'il a commencé ; il vivait à l'hôtel quand je l'ai acheté. Cet automne, on lui a attribué une des maisons 3D, et il a pu faire venir sa famille. Je le connais bien. Un type sympathique.

Brodie frappa du poing sur la table, Brannan sursauta.

— Je ne comprends rien à ce que vous me racontez, Brannan.

Brannan avala une bouchée de carbonara.

— Quand Charles Younger séjournait ici, je les ai vus ensemble au bar un soir. Tout près l'un de l'autre dans un coin, là-bas.

Il fit un geste vague vers un coin sombre derrière la table de billard.

— Il y avait beaucoup de monde. Je n'y ai pas vraiment fait attention. Mais le soir suivant, ils sont revenus. Et encore le suivant. Il n'y avait que des touristes ici en août, donc personne ne savait qui ils étaient. Mais un jour, au moment où Joe partait travailler, je lui ai fait remarquer qu'il paraissait assez copain avec le journaliste. On aurait dit que je lui avais planté un pétard dans le cul. Il a carrément sauté en l'air. Il a rétorqué qu'il ne le connaissait pas du tout. Qu'ils avaient bu des pots ensemble, rien de plus.

— Et ?

— Eh bien, j'ai trouvé sa réaction plutôt étrange. Enfin, si on boit juste des coups avec un type dans un bar, est-ce qu'il y a de quoi s'affoler ?

Il vida son verre et se resservit tout en poursuivant :

— Bref, quand Younger a disparu, Joe était complètement paniqué. Il m'a pris à part et supplié de ne pas raconter à Robbie que Younger et lui avaient bu ensemble au bar. Il avait réellement la trouille.

— Et il ne vous est jamais venu à l'esprit que Joe pouvait être responsable de la disparition de Younger ?

— Bon Dieu, non ! Ce n'est pas son genre. Il est plus... cérébral, si vous voyez ce que je veux dire. Impossible qu'il ait été impliqué dans la disparition de Younger, quoi qu'il ait pu lui arriver.

— Eh bien, je vais vous expliquer ce qui est lui arrivé, à Younger. Il a été assassiné, Brannan. Quelqu'un l'a agressé au sommet du Binnein Mòr et poussé dans le cirque des Deux Lochans ; il s'est brisé le cou pendant sa chute. Et en l'autopsiant, Sita a découvert quelque chose qui l'a désignée comme la cible suivante.

— Eh bien, je ne sais pas qui a tué le Dr Roy, mais ça ne peut pas être Joe. Il n'est pas rentré de l'usine avant

2 heures, et je suis resté avec lui tout l'après-midi et la moitié de la soirée.

— Pourquoi ?

Brannan poussa un profond soupir.

— Pour essayer de le convaincre de vous parler.

— Pourquoi ? insista Brodie.

— Parce qu'il a probablement sa petite idée au sujet de la disparition de Younger. (Il marqua une pause et reformula sa phrase.) De la raison pour laquelle Younger a été assassiné. Mais ça, on l'ignorait cet après-midi.

— Pourquoi saurait-il quelque chose sur la disparition de Younger ? Et pourquoi pensez-vous que c'est le cas ?

— Ben, comme je vous l'ai dit, ça se voyait que Joe était une espèce de source pour lui.

— Source de quoi ?

— D'information.

Brodie commençait à perdre patience :

— Quel genre d'information, bon Dieu ?

Sa voix résonna dans le bar. Brannan haussa les épaules.

— Je n'en sais rien. Sur la centrale, je suppose.

— Ballachulish A ?

— Ben, quoi d'autre ?

— C'était donc une espèce de lanceur d'alerte ?

— Je n'en sais rien. Franchement, je n'en sais rien.

— Qu'est-ce qu'il a dit durant toutes ces heures que vous avez passées ensemble aujourd'hui ?

— Simplement qu'il ne voulait pas être mêlé à ça. Il a peur. Il n'a pas arrêté de parler de la sécurité de sa famille. De son avenir. J'ai eu droit à toute l'histoire de sa vie.

Il enfourna une fourchetée de spaghettis qu'il mâcha pendant un moment avant d'ajouter :

— Écoutez, monsieur Brodie, j'ai pris des risques ici. Je ne veux pas que mon hôtel en pâtisse. Mais depuis que le corps de Younger a été découvert, j'ai compris qu'il y avait autre chose derrière. Et que Joe devait être au courant. Je suis persuadé qu'il sait des trucs. Mais il a tellement... tellement peur.

Brodie termina son assiette de carbonara, se pencha par-dessus la table et lança d'une voix basse et menaçante :

— Eh bien, dites à votre ami que s'il ne vient pas me voir et s'il ne crache pas le morceau, il aura affaire à moi. Sérieusement. OK ?

— D'accord, d'accord. Je lui parlerai. Dès demain matin. Promis.

Chapitre 17

Un léger coup frappé à la porte traversa lentement les strates de fatigue accumulées autour de sa conscience. Comme un plongeur remontant des profondeurs, il émergea à la surface et ouvrit les yeux sur la lumière grise qui baignait sa chambre. Il tourna un peu la tête de côté. Par la fenêtre, il voyait des nuages bas, brisés, malmenés sous un ciel turbulent, et de gros flocons blancs dérivant derrière les vitres.

Pour la deuxième nuit consécutive, il avait dormi tout habillé. Il gratta les poils hirsutes de ses joues et cligna des yeux pour en chasser le sommeil.

On frappa de nouveau à la porte. Plus fort, cette fois. Une voix appela :

— Monsieur Brodie ?

Une voix qu'il ne reconnaissait pas. Il se redressa trop vite et fut brièvement pris de vertige.

— Une minute, grogna-t-il.

Lentement, il balança les jambes hors du lit, posa les pieds par terre et se leva ; puis il alla s'asperger le visage d'eau froide au lavabo avant de regarder la loque humaine aux yeux injectés de sang qui l'observait depuis le miroir.

Quand il ouvrit la porte, il trouva dans le couloir un petit homme trapu à la barbe argentée, presque entièrement chauve. Une polaire bleue enfilée sur une chemise verte à carreaux, un bonnet de laine à motifs entre les mains. Un visage aux yeux bleus très écartés. Son expression choquée lorsqu'il découvrit dans quel état se trouvait l'officier de police ne lui échappa pas. Mais après cette brève manifestation d'embarras, son visage se fit souriant et chaleureux.

— Monsieur Brodie.

Ce n'était pas une question.

— Calum McLeish, ajouta-t-il en tendant la main droite.

Brodie la serra.

— Je fais partie de l'équipe de sauvetage en montagne avec Robbie. Ingénieur électricien. À la centrale hydroélectrique. Robbie m'a demandé de passer, pour voir si je pouvais réparer un câble de charge sectionné.

Brodie avait complètement oublié.

— Accordez-moi deux minutes, dit-il en lui refermant la porte au nez.

Ils se rendirent au terrain de football avec le pick-up bleu foncé de McLeish, qui creusa de nouvelles traces dans l'épaisse couche de neige mouillée. Le ciel bas qui continuait à cracher des flocons dans l'air froid du matin dissimulait les sommets environnants. À travers les arbres chargés de neige, Brodie voyait se refléter les maisons du village sur la surface gris ardoise du loch. Une légère brise troublait à peine le miroir des eaux. Pas le moindre signe de vie.

Brodie avait essayé son iCom avant de quitter l'hôtel, mais il n'y avait toujours pas de réseau. McLeish l'avait observé, fasciné :

— Nouveau matériel de com ?

Brodie acquiesça.

— Super.

Cette fois Brodie secoua la tête.

— Mais qui ne vaut pas un clou si on n'a pas de réseau.

Lorsqu'ils arrivèrent à l'eVTOL, McLeish sauta dans la neige, son haleine formant un nuage tourbillonnant autour de sa tête tandis qu'il enfilait sa veste imperméable. Il se pencha à l'arrière du pick-up pour récupérer une boîte à outils qu'il souleva par-dessus le montant latéral du plateau. Puis il s'immobilisa un moment, en contemplation devant Eve.

— Belle bête. Suis jamais monté là-dedans. Très fluide, non ?

— Sauf au milieu d'une tempête de glace.

McLeish sourit.

— Dans ces cas-là, aucune machine volante n'est confortable. Où est le câble ?

Il était enfoui sous la neige. Brodie attrapa l'extrémité reliée à l'eVTOL et commença à le tirer tout en avançant vers le pavillon en compagnie de McLeish.

— En général, ces machines ont des chargeurs sans fil, non ? fit ce dernier.

À peine capable d'un minimum de courtoisie, Brodie grogna :

— Vous voyez un chargeur sans fil quelque part ?

— Un point pour vous, répondit McLeish sans se départir de sa bonne humeur.

Finalement, le bout sectionné du câble se libéra de la couche de neige, et Brodie s'accroupit à la recherche de l'autre.

— Il est toujours branché ? demanda McLeish.

— Il l'était la dernière fois que j'ai regardé.

— Je vais aller le débrancher, alors. Ce serait dommage de terminer tous les deux en saucisses grillées.

La simple évocation de saucisses donna envie de vomir à Brodie qui se releva en respirant profondément tandis que McLeish s'éloignait vers le pavillon pour débrancher le câble. Quand il revint, il examina les deux bouts et secoua la tête.

— Celui qui l'a coupé risquait sa vie. Il a dû utiliser une pince coupante bien isolée. (Il leva les yeux vers Brodie.) Pourquoi ne s'est-il pas contenté de le débrancher ?

— Pour qu'on ne puisse pas le rebrancher, j'imagine.

— Oui, évidemment, si le but de l'exercice était d'empêcher la batterie de se charger... (Il ouvrit sa boîte à outils posée dans la neige à côté de lui.) Je peux faire une réparation provisoire pour qu'il charge. Mais il faudra le manipuler avec précaution, et il vaut mieux l'isoler de la neige. Je ne voudrais pas que de l'eau s'infiltre et provoque un court-circuit.

Brodie regarda McLeish dénuder chacune des extrémités sectionnées du câble pour préparer les fils à reconnecter.

— Ça fait longtemps que vous êtes dans l'équipe de secours en montagne ? demanda-t-il.

— Depuis l'adolescence, monsieur Brodie. C'est mon père qui la dirigeait à l'époque. Il m'a appris tout ce qu'il faut savoir sur les montagnes.

— Vous êtes donc du village ?

— J'y suis né et j'y ai grandi. Je ne voudrais pas vivre ailleurs. Surtout par les temps qui courent. Depuis toutes ces années, j'ai vu les choses changer, comme vous j'en suis sûr. Et la plupart en pire.

Brodie hocha la tête.

— Vous faisiez partie de l'équipe qui a récupéré le corps, alors ?

McLeish leva les yeux de sa réparation.

— Exact, monsieur Brodie. J'ai descendu quelques corps des montagnes depuis toutes ces années, mais jamais je n'avais vu un truc pareil. Bon sang, quel boulot pour le dégager de la glace.

— Vous n'aviez aucune idée de ce qu'il faisait là-haut, j'imagine ?

McLeish secoua la tête.

— Pas la moindre. D'après ce que j'ai entendu dire, c'était un parfait novice. Je veux dire que, apparemment, il avait un bon équipement complet, mais d'après ce que j'ai pu voir, tout était flambant neuf. Ses chaussures, par exemple. Aucune trace d'usure.

Brodie s'accroupit à côté de lui et le regarda opérer sur les fils pendant quelques minutes avant de demander :

— Si vous partiez faire l'ascension de cette montagne et que vous vouliez laisser votre voiture le plus près possible de votre point de départ, où la gareriez-vous ?

McLeish releva la tête et réfléchit.

— Tout dépend de la voie que vous choisissez d'emprunter. Il y en a deux, une facile et une difficile. Avec la facile, il faut marcher longtemps ; avec la difficile, on redescend plus vite.

Brodie pensa que c'est ce qu'Addie et lui avaient fait. Une longue montée et une descente rapide. Plus rapide qu'il ne l'aurait voulu.

— Vous avez une carte ?

— Oui, dans le pick-up.

— Vous pourriez me les montrer ?

— Pas de problème.

Ils retournèrent au véhicule. McLeish sortit de la boîte à gants une carte qu'il étala sur le siège passager.

— Ici, dit-il en désignant le chemin qu'Addie et Brodie avaient suivi sous les arbres depuis le parking de Grey Mare. C'est la montée facile.

Puis il glissa un doigt le long de la voie par laquelle ils étaient redescendus.

— Là, la voie difficile. (Il regarda Brodie.) On parle de monsieur Younger, si je comprends bien ?

Brodie acquiesça.

— Eh bien, pour un novice, c'était logique de monter par la voie facile.

— Oui, c'est que m'a dit Archie McKay.

— McKay ? Vous avez parlé à ce fanfaron ?

— Younger aussi, apparemment.

McLeish haussa les sourcils de surprise.

— Ah bon ? Archie ne s'en est pas vanté. Et quel conseil lui a donné ce vieux schnock ?

— Le même que vous, McLeish. Mais Younger aurait déclaré qu'il n'avait pas le temps d'emprunter la voie la plus longue. Étant novice, il n'a pas dû se rendre compte à quel point la plus courte serait difficile.

McLeish poussa un grognement.

— Eh ben, ce ne serait pas le premier à commettre cette erreur.

De retour à l'hôtel, Brodie se força à manger deux œufs au plat avec une saucisse de Lorne que Brannan avait préparés pour le petit déjeuner, et but pratiquement une brique entière de jus d'orange.

Puis il retourna à sa chambre. En observant son visage ravagé dans le miroir, il décida qu'il se sentirait mieux après un bon rasage. Il venait juste de lacer ses chaussures de montagne et d'enfiler sa parka North Face quand on frappa à la porte. Il pensa que c'était probablement Brannan, avec des nouvelles de Joe Jackson.

— Oui ?

La porte s'ouvrit ; Addie apparut sur le seuil. Pour une jeune femme qui paraissait toujours tellement sûre de tout, elle avait un air très hésitant en cet instant. Il se redressa et la regarda en éprouvant au fond de lui un douloureux regret.

— Robbie m'a mise au courant pour le Dr Roy. Je voulais venir hier soir, mais il a dit que tu ne serais pas très... accessible.

— Il n'avait peut-être pas tort, fit-il avec un sourire contraint. Pourquoi voulais-tu venir, d'ailleurs ?

Il la vit hausser imperceptiblement les épaules.

— Je ne sais pas. J'ai trouvé ça tellement dégueulasse. Juste pour dire que j'étais désolée, je pense.

— Ce n'est pas ta faute.

— Non. Je veux dire... désolée pour tout ce qui est arrivé. Le Dr Roy et tout le reste.

Il détourna le regard.

— C'était une femme bien. Veuve depuis un moment. Avec deux jeunes enfants. (Il sentit sa gorge se nouer.) Elle ne méritait pas ça.

Il ferma sa parka et ajouta :

— J'aurais besoin de ton aide, si tu as le temps.

— Pour quoi faire ?

— Chercher la voiture de Younger.

— Tu sais où elle est ?

— Non. Mais j'imagine qu'il a dû s'approcher le plus possible du point de départ de l'ascension. S'il a pris la même voie que nous, c'est le parking de Grey Mare. Or elle n'y est pas. Alors...

— Il a pu prendre la vieille route militaire s'il a choisi l'autre voie. (Addie marqua une pause.) Mais, pour un débutant, c'était de la folie de monter par là.

— Oui. Exactement le genre de chose que pourrait faire quelqu'un qui n'y connaît rien. Mais soyons justes envers lui, il a réussi à atteindre le sommet.

— S'il avait laissé sa voiture sur la route, on l'aurait vue.

— Peut-être.

Brodie ramassa la carte de McLeish sur le lit et suivit du doigt le tracé de la vieille route militaire.

— On dirait qu'il y a une sorte d'espace découvert à l'écart de la route, dit-il en pointant le doigt dessus.

Bien au-dessus du ruisseau qui descendait entre les arbres et finissait par dévaler par-dessus les rochers de la cascade de Grey Mare.

— Je n'ai pas envie de reprendre le chemin le plus long et de suivre la route jusque-là. Tu pourrais me guider à travers les arbres en partant du bas ?

Elle soupira et pinça les lèvres. Il connaissait bien cette expression de concentration forcée quand elle ne parvenait pas à se décider.

— De toute façon, j'y vais. Mais ce serait peut-être plus facile si...

Il ne termina pas sa phrase. Addie lui lança un regard dur, les yeux de sa mère.

— Puisque tu ne m'as pas répondu la dernière fois, je te repose la question. Pourquoi es-tu là, papa ? Réellement ? Ce n'est pas pour ça, n'est-ce pas ? (Elle eut un geste vague du bras autour d'elle.) Une disparition. Une enquête criminelle. Tes chefs ne savent même pas que je suis ta fille, hein ?

Il secoua la tête de mauvaise grâce.

— Je m'en doutais.

— Je me suis porté volontaire.

Lèvres serrées, elle poussa un soupir de frustration.

— Pourquoi ?

— J'ai des choses à te dire.

Elle secoua vigoureusement la tête.

— Je ne veux pas les entendre.

— Je sais que tu ne le veux pas. Mais tu le dois.

— Je n'ai pas à t'écouter.

— Si ! s'écria-t-il.

Le ton de sa voix la fit sursauter.

— Addie, ça fait dix ans que je garde ces choses pour moi. Principalement par culpabilité.

— Et maintenant, tu veux te décharger sur ta fille.

— Non, dit-il en secouant lentement la tête, intériorisant sa douleur. J'emporterai ma culpabilité avec moi dans la tombe.

Il tourna vers elle ses yeux d'un bleu pénétrant. Des yeux emplis de quelque chose qu'elle n'avait jamais vu. Qu'elle ne pouvait définir. Presque glaçants dans leur façon de violer ses défenses.

— Il y a des choses que je dois te dire maintenant, parce que...

Il ne put se résoudre à aller jusqu'au bout.

Devant le désespoir de son père, Addie sentit son cœur s'emballer.

— Parce que quoi ?

Et peut-être par peur de la réponse, elle en avança une elle-même :

— Parce que tu te sentiras mieux après ?

Toute combativité le quitta. Addie le vit se relâcher, le regard perdu au loin.

— Parce que si je ne te le dis pas maintenant, je ne le ferai jamais, et tu ne sauras jamais la vérité.

À présent, elle redoutait réellement de poser la question. Et c'est d'une toute petite voix qu'elle demanda :

— Pourquoi ?

Quand les yeux de Brodie croisèrent les siens, elle y lut la défaite.

— Je vais mourir, Addie. Avec un peu de chance, il me reste six mois.

Et il ajouta avec un petit rire triste :

— Si on peut parler de chance.

Le silence qui s'établit entre eux était le même que celui qui les séparait depuis dix ans. Addie fixa son père pendant un long moment avant de se pencher en avant pour ramasser la carte.

— Tu me raconteras en chemin.

Chapitre 18

Les bois étaient silencieux sous leur épais manteau de neige. De gros flocons dérivaient entre les arbres quand ils traversèrent le ruisseau pour attaquer la pente abrupte montant vers l'ancienne route militaire.

Cette fois, Addie n'essaya pas de le distancer ; seuls le bruit de leur respiration et celui de l'eau vive se brisant au pied de la cascade de Grey Mare sur un chaos de rochers troublaient la tranquillité de cette matinée.

Au bout d'un moment, ils s'arrêtèrent et regardèrent derrière eux le village et le loch. Les collines disparaissaient sous un nuage qui semblait descendre jusqu'au bord de l'eau où les reflets du ciel se noyaient dans des ombres grises. Brodie s'assit sur un rocher le temps de reprendre son souffle.

— Tu sais, dit-il, je suis ici depuis deux jours, ou presque, et je n'ai quasiment pas croisé âme qui vive.

— L'hiver, le village prend des allures de cimetière. On n'est pas beaucoup plus de cinq cents à l'habiter toute l'année maintenant. On voit les gens à l'église le dimanche, ou à la Co-op quand on va faire ses courses. Si on se rend au pub le soir, on a une chance de rencontrer quelqu'un qu'on connaît. Mais avec un temps pareil, tout le monde reste chez soi. J'imagine que c'était différent quand la fonderie fonctionnait encore, et il paraît qu'on se serait cru en pleine ruée vers l'or quand la centrale nucléaire était en construction. Mais les temps changent.

Comme si en parlant de choses anodines, ils pouvaient éviter d'aborder le sujet qui leur brûlait les lèvres.

Brodie pencha la tête pour observer le ciel entre les grands pins.

— Pas un souffle de vent.

Addie hocha la tête.

— Le calme avant la tempête.

— Une autre ? demanda-t-il en se tournant vers sa fille.

— Du lourd. Qui arrive de l'Atlantique. On prévoit des vents de force d'ouragan. Des pluies verglaçantes. Et enfin de la neige. On sera ensevelis ici. Et le courant sera probablement de nouveau coupé. Idriss, c'est comme ça qu'elle a été baptisée.

— On ferait mieux d'avancer, alors, dit Brodie en se redressant avec raideur.

Ils reprirent leur montée sur le terrain accidenté. La neige s'y était déposée en plaques, les fougères mortes courbaient la tête sous son poids.

— Bon, alors tu me racontes ? lança Addie sans le regarder.

Rassemblant le peu de courage et de force qu'il avait encore en réserve, il commença au bout de quelques pas :

— Tu sais comment ta mère et moi nous nous sommes rencontrés, n'est-ce pas ?

— Tu l'as délivrée d'une relation violente.

Il perçut le sarcasme dans sa réponse et s'en agaça.

— C'était un ivrogne ! Dès qu'il avait bu, il devenait brutal.

— Encore une personnalité addictive, marmonna-t-elle entre ses dents.

— Comment ?

Elle secoua la tête et souffla avec exaspération ; son haleine se condensa comme un nuage de fumée dans l'air froid.

— Rien. Donc tu as mis hors d'état de nuire l'ivrogne qui vivait avec maman.

Stupéfait, il s'immobilisa.

— C'est ce qu'elle t'a raconté ?

Addie haussa les épaules. Ni confirmation ni infirmation.

— Lee Jardine a été condamné à vingt ans pour conduite en état d'ivresse.

Elle lui jeta un coup d'œil en biais.

— Ça paraît un peu excessif.

— Il a percuté un SUV avec sa voiture et tué une mère et ses deux enfants.

L'information la cloua sur place.

— Merde alors, lâcha-t-elle, en oubliant qu'elle était supposée jouer les sceptiques.

Mais elle se reprit vite :

— Ça t'a bien arrangé, non ? Plus de concurrence, donc ma mère tout à toi.

— Estime-toi heureuse, Addie. Mel ne l'aurait jamais quitté. Et elle était déjà enceinte. Il aurait pu devenir ton père. Quand il rentrait bourré le week-end, toi aussi tu lui aurais servi de punching-ball. Ou pire. Ta vie aurait été très différente.

Elle le regarda fixement, horrifiée à cette idée, puis une autre surgit à son esprit. Insupportable.

— Je ne suis pas...

Elle pouvait à peine l'exprimer.

— Je ne suis pas de lui, si ?

— Ta mère m'a juré que non. Je n'ai jamais eu aucune raison de ne pas la croire.

Même si un doute infime ancré au fond de lui ne l'avait jamais tout à fait quitté.

Mais il était manifeste que cette pensée obséderait Addie ; il voyait l'incertitude s'accumuler comme un orage au fond de ses yeux. Brusquement, elle se détourna et se remit en marche entre les arbres, ses longues jambes avalant la pente à une telle allure qu'il dut faire un effort terrible pour la suivre. Puis elle s'arrêta de nouveau, et lorsqu'il finit par la rejoindre, elle lança :

— Pourquoi tu vas mourir ?

Il haussa les épaules.

— Quelle importance ?

Elle réfléchit et secoua la tête.

— Probablement aucune. Cancer, j'imagine ?

— Toujours pareil, non ?

Elle pinça les lèvres.

— Alors que s'est-il passé entre maman et toi ? Je veux la vérité. Je la mérite.

— En effet, Addie. Et c'est ce que j'ai toujours voulu te dire. (Il hésita.) Mais ça ne va pas te plaire.

La tempête en effervescence dans ses yeux était aussi menaçante que les nuages qui s'accumulaient au-dessus de leurs têtes.

— Essaye toujours.

Il inspira profondément et se stabilisa sur la pente à l'aide de son bâton de marche.

— Tu avais dix-sept ans, Addie, quand Jardine est sorti en liberté conditionnelle. Dès que j'ai appris la nouvelle, j'ai su que ça finirait mal. Il avait une telle... (Il chercha les mots justes.) Une telle emprise sur ta mère, comme un gourou...

Chapitre 19

2040

Dès l'instant où Tiny m'a parlé de la libération de Jardine, j'ai senti mon ventre se nouer. Rien que l'idée de le savoir dehors, en train de se balader dans les rues, me glaçait le sang. Impossible de me sortir de la tête le vieil adage écossais : *quand on est mort, c'est pour longtemps.* Cette femme qu'il avait tuée, et ses deux enfants. Ils étaient toujours morts. Jamais plus ils ne se promèneraient. Alors que lui, il le pouvait et il avait encore la moitié de sa vie devant lui.

Je n'aurais pas dû, mais j'ai tout fait pour cacher sa libération à Mel. Je redoutais sa réaction. Même après toutes ces années passées ensemble et la vie que nous avions bâtie, je redoutais toujours l'emprise qu'il avait eue sur elle. L'emprise qu'il pourrait encore avoir sur elle.

On évoluait dans des milieux différents à l'époque. On habitait à Pollokshields. Après avoir accompli toute sa scolarité dans une bonne école, Addie venait juste d'entrer à l'université. Il me paraissait impossible que Mel apprenne par hasard la libération de Jardine. Ou qu'elle tombe sur lui un soir en ville. On avait pris l'habitude d'aller au Theatre Royal et dans les bars et restaurants des alentours, qui n'étaient pas des endroits susceptibles d'être fréquentés par un type comme Jardine.

Je ne sais pas pourquoi je n'y ai pas pensé, mais j'aurais dû me douter, bien sûr, qu'il la chercherait. Et qu'il n'aurait pas trop de mal à la retrouver.

Bref, je n'ai pas parlé de Jardine, et la vie a continué comme avant. D'abord, je me suis persuadé que tout irait bien. Puis, peu à peu, je me suis rendu compte que Mel changeait. D'une façon si subtile que je n'ai rien remarqué au début. Je ne me souviens même pas au bout de combien de temps j'ai fini par m'en apercevoir.

Elle devenait de plus en plus apathique. Tendue. Irritable. J'ai constaté qu'elle buvait davantage le soir, même quand je n'étais pas là. Elle ne riait presque plus, alors que je m'étais habitué au fil des années à entendre ses éclats de rire résonner dans la maison. Mais, même alors, je n'ai pas compris pourquoi. Quel pauvre imbécile ! Peut-être que si j'avais pigé plus tôt...

Finalement, c'est par un pur hasard que j'ai découvert la vérité. Elle avait laissé son téléphone sur la table de la cuisine. Je ne sais pas où elle était. Quelque part dans la maison. L'appareil a fait un petit bruit. Le genre de signal qui annonce l'arrivée d'un texto. Le message est apparu brièvement sur l'écran d'accueil, mais j'ai eu le temps de le lire avant qu'il disparaisse, protégé par un code qu'elle m'avait toujours caché.

Leonardo, vendredi 7h. L.

Je n'ai pas tout de suite percuté. Elle m'avait dit que, le vendredi, elle allait boire un verre avec une amie. Leonardo ? Ce devait être un pub. Puis je me suis souvenu que le prénom de son amie était Sarah. Alors, qui était L ? Et tout d'un

coup un atroce éclair de lucidité m'a frappé. Lee. C'était Lee !
Il lui donnait rendez-vous vendredi à sept heures dans un
lieu baptisé Leonardo. Je me suis connecté à Google. Je n'ai
trouvé qu'un seul endroit, le Leonardo Inn. Je connaissais.
C'était à l'ouest de la ville, sur Great Western Road. Il existait depuis une éternité. Avant, il s'appelait le Pond Hotel.

Je n'arrivais pas à le croire. Et puis j'ai repensé aux
semaines qui avaient précédé. Au nombre de fois où elle
avait eu rendez-vous avec son amie. Soudain, j'ai eu l'impression que ma vie venait de se briser en miettes.

Je n'ai même pas remarqué qu'elle était revenue dans la
cuisine. Je ne l'ai pas entendue me parler. Du moins pas tout
de suite. Seulement quand elle a dit :

— Cam, Cam, tu es là ?

J'ai levé les yeux, elle avait le téléphone à la main.

— Désolé, je rêvassais, ai-je répondu.

Mais c'était elle qui n'écoutait plus maintenant, elle lisait
le texto ; brusquement, elle a glissé le téléphone dans la
poche arrière de son jeans comme s'il lui brûlait les doigts.
Alors, j'ai su que je l'avais perdue.

Elle croyait que le vendredi soir je travaillais. Mais j'avais
permuté avec un collègue, et j'étais déjà assis dans ma voiture au fond du parking du Leonardo Inn une bonne demi-
heure avant leur rendez-vous de sept heures.

J'ai vu Jardine se pointer le premier dans une vieille Tesla
défoncée. On lui avait donc rendu son permis de conduire
malgré tout. Ou alors il conduisait sans permis. Le temps
des luxueuses voitures de sport tape-à-l'œil était cependant
révolu. Il ne pouvait plus se les offrir, sans doute.

Il est sorti de sa bagnole, a posé ses fesses sur le capot
pour allumer une cigarette et attendre. Finalement, elle est
arrivée avec une dizaine de minutes de retard dans un de ces
e-taxis noirs nouvelle génération. Tirée à quatre épingles et

maquillée pour la grande rencontre. Rouge à lèvres, ombre à paupières, la totale. Comme si elle avait besoin de l'impressionner. À trente-six ans, c'était toujours une jolie femme. Mais *moi*, je l'aimais en T-shirt, avec son vieux pantalon de jogging et sans le moindre maquillage.

Mes yeux se sont remplis de larmes. J'éprouvais un sentiment de perte plutôt que de la colère. Je ne pouvais pas me fâcher contre Mel. Elle était si innocente. Même dans sa trahison.

Jardine a jeté sa cigarette. Elle a couru vers lui. Ils se sont embrassés. Pas le genre de baiser « salut, ça va ». Beaucoup plus long, lèvres soudées, à me retourner le couteau dans la plaie. Comme si je n'avais pas déjà assez mal. Puis ils se sont mis à rire et, main dans la main, ils ont monté en courant les marches menant aux portes en verre de la réception.

J'ai dû rester assis encore dix minutes ou davantage, les jointures blanchies à force de serrer le volant devant moi. Qu'est-ce que je devais faire ? Demi-tour et partir ? Accepter que ma vie avec Mel telle que je l'avais connue soit finie ? Il m'aurait été impossible de faire semblant de ne pas être au courant de sa relation avec Jardine. Si je voulais la garder, j'allais devoir me battre pour elle.

La fille de la réception s'est troublée quand j'ai brandi ma carte de police sous son nez et demandé le numéro de la chambre du couple qui venait juste d'arriver. Elle n'avait pas à savoir que je n'en avais aucun droit. Elle n'a pas eu besoin de consulter son ordinateur. Elle s'en souvenait. Chambre 347.

J'ai pris l'ascenseur pour le troisième étage, en essayant de ne pas penser à ce que je faisais et de dominer mes émotions. J'étais comme un bocal sous pression, prêt à exploser. J'ai foulé le tapis du couloir jusqu'à la porte de la chambre 347. J'ai frappé. Il n'y avait pas d'œilleton, Jardine ne pourrait donc pas me voir.

— Qu'est-ce que c'est ? a aboyé sa voix depuis l'intérieur de la pièce.

Une voix rocailleuse de fumeur éraillée par des années d'alcoolisme. Je me suis demandé comment il avait fait en taule, mais la sécurité des prisons est un vrai gruyère.

J'ai répondu en prenant un ton distingué :

— Richard, de la réception, monsieur. On a un problème avec votre installation électrique.

— Qu'est-ce que c'est que cette connerie ?

— La direction vous présente ses excuses, monsieur, mais nous allons devoir vous installer dans une autre chambre.

J'ai entendu du bruit derrière la porte avant qu'elle ne s'ouvre en grand et qu'un Jardine à moitié dévêtu emplisse l'encadrement. Il n'a même pas eu le temps de s'étonner de ma présence avant que mon épaule s'enfonce dans sa poitrine et qu'on parte tous les deux valdinguer à l'intérieur de la chambre.

J'ai entendu Mel crier quand je me suis écrasé sur lui et que son haleine fétide m'a explosé au visage. Tout comme ma fureur refoulée a explosé dans le poing qui a écrasé le sien. Les trois premiers coups lui ont cassé le nez et deux dents. Ensuite, je l'ai frappé à la gorge. Il ne pouvait plus respirer, il ruait sous moi comme un cheval fou ; j'ai continué à le frapper jusqu'à ce que le sang m'empêche de distinguer son visage.

J'étais à peine conscient des cris de Mel, qui essayait de me tirer en arrière ; finalement, le voile de la folie s'est levé et je me suis remis debout, les jointures à vif. Jardine était couché par terre, haletant ; des bulles de sang bouillonnaient entre ses lèvres fendues.

Je me suis dégagé de l'étreinte de Mel. Mes yeux devaient brûler de haine parce qu'elle s'est reculée comme si j'allais la frapper. Comme si j'avais pu faire une chose pareille. Comme si je l'avais déjà fait. Son corsage était ouvert, j'apercevais la dentelle noire de son soutien-gorge sur sa peau blanche. Tout ce que je ne voulais pas voir. J'ai attrapé sa veste sur le lit et lui ai ordonné de la mettre. Elle venait avec moi.

Ce n'est que plus tard, je crois, que je me suis rendu compte que je n'avais pas le droit d'agir ainsi. Qu'en l'empêchant de choisir, je ne la traitais pas mieux que ne le faisait Jardine. Aujourd'hui, j'ai honte. Mais quand j'y repense, je ne suis pas certain que j'aurais été capable d'agir différemment. Si seulement j'avais pu épargner à Mel la douleur et l'humiliation.

Elle a attrapé son sac sur la commode pendant que je la tirais hors de la chambre. Jardine s'était redressé sur un coude. Je ne voyais que l'envie de meurtre dans les yeux qu'il plissait pour en chasser le sang.

— Je te retrouverai, Brodie. Compte là-dessus. Vous le regretterez, putain, tous les deux.

J'ai claqué la porte et entraîné Mel à toute vitesse vers l'ascenseur.

La fille de la réception nous a regardés avec des yeux ronds quand on a traversé le hall en courant. Dehors, le jour déclinait. Je n'avais plus besoin de tirer Mel derrière moi. Elle n'opposait plus aucune résistance. Cette acceptation passive, elle l'avait toujours eue envers tout ce que la vie lui infligeait.

Nous sommes restés un long moment assis dans la voiture sans rien dire. Fixant le pare-brise sans rien voir, respirant fort, remplissant l'habitacle de notre haleine et de tous nos regrets. Finalement, je me suis tourné vers elle, des larmes silencieuses coulaient sur ses joues. D'une petite voix, si fragile qu'elle m'a presque brisé le cœur, elle a dit :

— Je suis désolée, Cam. Il... il a menacé de s'en prendre à Addie si je refusais de le voir.

J'ai aussitôt pensé qu'il ne semblait rien y avoir de menaçant dans le baiser que je les avais vus échanger un quart d'heure plus tôt. Peut-être a-t-elle lu dans mes pensées parce qu'elle a ajouté :

— Ça ne veut rien dire.

J'ai fermé les yeux pour refouler ma douleur parce que je savais que c'était faux.

— Je ne peux même pas l'expliquer... a-t-elle sangloté. Il... Il a toujours cette emprise sur moi.

J'ai laissé tomber ma tête sur mes mains ensanglantées cramponnées au volant.

— Dis-moi que tu ne le verras plus jamais, ai-je murmuré.

— Je le jure, Cammie. Je te le jure.

Mais je savais qu'elle le reverrait.

Chapitre 20

2051

Addie grimpait en silence, le visage aussi blanc que la neige dans laquelle elle laissait ses empreintes, hormis une petite tache colorée sur chaque pommette. Debout sous les pins, elle avait écouté son père sans rien dire, puis elle s'était détournée sans faire le moindre commentaire pour continuer l'ascension vers la vieille route militaire, quelque part au-dessus d'eux.

Brodie se sentait vidé, comme si lâcher tout ce qu'il avait renfermé depuis des années laissait en lui un trou béant. Rien ne venait combler ce vide. Pas même des regrets. Il se demandait comment un tel néant plein de rien pouvait peser si lourd.

Il se remit péniblement en route derrière elle. Ils grimpèrent en silence pendant quinze minutes ou plus avant d'émerger des arbres pour déboucher sur la route militaire recouverte d'une neige immaculée, à flanc de colline. De cet endroit dégagé, on voyait la vallée. Les montagnes qui se dressaient abruptement depuis les rives du loch trouaient un ciel troublé ; les nuages qui l'avaient obscurci un peu plus tôt semblaient maintenant pressés de les dépasser, poussés vers l'est par le premier souffle de la tempête imminente. Brodie le sentait sur son visage. Comme une main glacée effleurant sa peau glacée.

— On y est presque !

En entendant la voix d'Addie, il se retourna et la vit s'éloigner à longues enjambées sur la route en direction du cirque qu'ils avaient traversé la veille en redescendant du Binnein Mòr. Il ne savait pas à quoi il devait s'attendre de sa part. Mais certainement pas à ce silence. On aurait dit que ses paroles avaient glissé sur elle comme de l'eau sur une toile cirée. Il ignorait si elle était en plein déni ou simplement en train d'assimiler l'information. Néanmoins, son absence de réaction lui donnait l'impression d'être encore plus vide qu'avant, si c'était possible.

Ils progressèrent pendant une bonne dizaine de minutes sans ouvrir la bouche, Brodie traînant vingt mètres derrière sa fille. Jusqu'à ce qu'ils atteignent une zone dégagée sur leur droite. Une aire de virage ou de dépassement, peut-être, sur cette route à voie unique. Addie s'arrêta et attendit qu'il la rattrape.

— C'est le dernier endroit où il aurait pu laisser sa voiture sans bloquer le passage, dit-elle.

Devant lui, Brodie voyait la route monter en serpentant vers un virage en épingle à cheveux qui traversait l'Allt Coire na Bà, ou l'un des cours d'eau qui alimentaient la rivière. Au-delà de cette zone dégagée, la pente couverte d'arbres tombait à pic ; de tout en bas provenait un bruit de torrent. La neige mouillée craqua sous ses pieds quand il s'avança au bord du ravin ; surpris, un couple de lagopèdes au plumage d'hiver d'un blanc pur s'enfonça à grand bruit dans la forêt.

Addie le rejoignit pendant qu'il observait les arbres clair-semés poussant sur la partie supérieure de la pente.

— S'il l'avait laissée ici, on l'aurait vite trouvée, observa-t-elle.

Il lui tendit une main :

— Aide-moi à descendre.

Elle la prit sans réfléchir et se cala sur ses jambes ; Brodie descendit avec précaution puis la lâcha pour se retenir à un pin tordu autour duquel il passa un bras afin d'éviter de déraper jusqu'à l'eau.

— Qu'est-ce que tu fais ? cria-t-elle en le voyant ensuite glisser de tronc en tronc.

— Je cherche la voiture de Younger.

Il s'arrêta, s'accroupit et passa la main sur l'écorce du pin le plus proche, là où les racines s'étalaient pour s'accrocher au flanc de la montagne. Puis il tourna la tête vers Addie et cria :

— De la peinture blanche !

Il entendit l'écho de sa propre voix résonner dans le ravin. Il se releva en se cramponnant au tronc et scruta la pénombre.

— J'ai l'impression que quelqu'un l'a poussée dans le vide.

Il s'assit brusquement dans la neige puis raidit et fléchit tour à tour les jambes pour dévaler la pente sur le dos.

Le bruit augmentait au fur et à mesure qu'il s'approchait du fond ; bientôt, il aperçut la carcasse d'un véhicule blanc à moitié enfouie sous la neige. L'avant enfoncé dans le lit du ruisseau rompait l'écoulement de l'eau qui jaillissait de chaque côté en vagues blanches.

Il se tourna en entendant Addie arriver derrière lui. Elle avait négocié la descente beaucoup plus rapidement que lui et se retenait, haletante, à un tronc d'arbre. Elle fixait d'un air abasourdi la voiture de Younger plantée bizarrement à l'oblique, les roues et l'essieu arrière en l'air bien au-dessus du sol et tapissés par la neige qui virevoltait autour.

— Personne ne risquait de la trouver ici, même en août. Et maintenant, la neige la camoufle parfaitement.

Il descendit un peu plus et posa un pied dans le ruisseau.

— Aide-moi à retirer la neige pour voir si on peut pénétrer à l'intérieur.

Ils travaillèrent lentement, en prenant garde de ne pas déloger le véhicule de sa dernière demeure afin qu'il ne retombe pas sur eux. Enfin, Brodie estima que la portière était assez dégagée pour pouvoir s'ouvrir. Il sortit de la poche de poitrine de sa North Face la carte-clé qu'il avait réussi à extraire de la glace.

— La batterie est sûrement à plat, dit Addie.

— Avec un peu de chance, il lui reste assez de jus pour lire la carte. Sinon, on cassera la vitre.

Il plaqua la carte contre le capteur du montant, entre les portières avant et arrière, et entendit un léger clic par-dessus le bruit de l'eau. Quand il tira la poignée, la portière s'ouvrit brusquement en grand et faillit le renverser. Reprenant très vite son équilibre, il se dépêcha de s'éloigner au cas où la voiture aurait été déséquilibrée par la secousse. Mais elle ne bougea pas. Il poussa un soupir de soulagement :

— Elle doit être solidement calée.

Une main sur le toit de la voiture, il se contorsionna pour pouvoir s'introduire sur le siège du conducteur basculé en avant contre le volant. Addie se laissa glisser vers lui pour regarder à l'intérieur. L'habitacle était sombre et glacé. Mais il y avait assez de clarté pour distinguer un blouson qui, jeté négligemment sur le siège arrière, était tombé par terre. À l'avant, les tapis de sol étaient jonchés d'emballages de chewing-gum. Un diffuseur de parfum vert en forme de sapin de Noël pendait en biais du rétroviseur ; il avait depuis longtemps perdu sa fragrance. Étrangement, une odeur très humaine planait encore dans la voiture. Un léger effluve d'odeur corporelle et de lotion après-rasage. Les dernières traces laissées par Charles Younger sur cette terre.

Brodie essaya d'ouvrir la boîte à gants, mais elle était verrouillée électroniquement et il ne restait probablement pas assez d'énergie dans la batterie pour démarrer l'ordinateur de bord.

— Tiens, dit Addie en lui tendant un grand couteau de chasse qu'elle venait de sortir de son sac.

Le regard que Brodie lui lança la fit sourire :

— J'aurais dû entrer chez les scouts.

Mais il ne réussit pas à lui rendre son sourire. Il prit le couteau, le dégaina et força la boîte à gants en faisant éclater le plastique moulé. Elle contenait des cartes et quelques carnets aux pages couvertes de notes prises en sténo. Brodie en feuilleta quelques-uns, mais ces étranges griffonnages n'avaient aucun sens pour lui. Puis, sous le manuel d'instruction relié en cuir, il trouva un objet qui ressemblait au genre de téléphone mobile que les gens utilisaient au début du siècle. Épais, jaune, avec un écran d'affichage gris à cristaux liquides. Il retira ses gants pour l'examiner, en le retournant dans tous les sens :

— Qu'est-ce que c'est que ça ?

Il se tourna vers sa fille :

— Tu as une idée ?

— C'est un compteur Geiger, répondit-elle en hochant la tête.

Il fronça les sourcils.

— Pour mesurer la radioactivité ?

— Oui. (Elle se tut un instant.) Pourquoi aurait-il eu besoin d'un compteur Geiger, papa ?

Qu'elle l'appelle à nouveau *Papa* sans réfléchir lui serra le cœur. Incapable de croiser son regard, il se contenta de hausser les épaules :

— Aucune idée, Addie.

Il ouvrit sa parka pour accéder à une poche intérieure où il enferma en sécurité le compteur Geiger et les carnets, puis il s'extirpa du véhicule.

— Essayons le coffre.

Il leur fallut plusieurs minutes pour forcer la serrure ; quand ils finirent par l'ouvrir, ils n'y trouvèrent qu'une roue de secours et une trousse à outils.

— Il y a sûrement un espace de rangement sous le capot. Mais on ne pourra pas y accéder tant qu'on n'aura pas sorti cette épave de là avec un treuil.

Il s'assit dans la neige et se frotta le visage, en soufflant de frustration dans ses mains.

Addie s'accroupit à côté de lui :

— Alors, qu'est-ce que tu dis de tout ça ?

— Je dis que celui qui l'a tué sur la montagne est descendu se débarrasser de sa voiture avant que quelqu'un ait le temps de la repérer.

— Mais comment ? Je veux dire qu'il ne pouvait pas avoir la clé puisque tu l'as retrouvée là-haut, dans la glace. Et si la boîte de vitesses était sur position parking, il ne pouvait pas la pousser par-dessus bord.

Brodie se leva soudain.

— Je me demande si Younger avait activé le mode sentinelle.

— Le quoi ?

— Certaines voitures possèdent un système de sécurité qui utilise les caméras de conduite autonome, Addie. Il y en a généralement huit. Si on active le mode sentinelle, elles enregistrent tout ce qui bouge autour du véhicule.

— Et il y en aurait encore un enregistrement ?

— Essayons de le trouver.

Brodie s'introduisit à nouveau dans l'habitacle et se pencha sur le siège du passager afin de pouvoir atteindre le fond de la boîte à gants. Utilisant ses doigts comme des yeux, il tâta les parois jusqu'à sentir une protubérance rigide dans le coin gauche. Il l'agrippa entre le pouce et l'index et l'arracha d'un coup sec. Quand il ressortit sa main, il tenait l'objet qu'il venait de retirer.

— Qu'est-ce que c'est ? demanda Addie en scrutant la pénombre.

— Une carte SD. Si la voiture de Younger était équipée du mode sentinelle, et s'il a été activé, quiconque l'a poussée par-dessus bord a été filmé. Et apparaîtra sur cette carte.

Ce n'était qu'une hypothèse ; il ne saurait pas s'il y avait quelque chose dessus avant de rentrer à l'hôtel et de l'insérer dans son ordinateur, mais il était temps qu'il fasse une pause. Jusque-là, rien ne s'était déroulé comme prévu. Il rangea la carte dans une autre poche et décréta :

— On s'en va.

Remonter du ravin se révéla plus compliqué que d'y descendre ; il leur fallut au moins dix minutes pour regagner le parking de la vieille route militaire, hors d'haleine et en sueur dans l'air froid. Le vent s'était levé ; Brodie le sentit s'engouffrer dans sa bouche alors qu'il s'efforçait de retrouver son souffle.

— On ferait mieux de retourner au village, dit-il.

Ils rebroussèrent chemin jusqu'à l'endroit où ils avaient rejoint la route en grimpant à travers bois. Au-dessus de leurs têtes, les nuages devenaient de plus en plus menaçants, on sentait l'odeur de la tempête imminente sur la pointe des rafales.

Ce n'est que lorsqu'ils furent sortis du couvert des arbres, là où le terrain s'aplanissait, et où la marche devenait plus facile, qu'Addie formula les pensées qui la dévoraient.

— C'est donc maman qui avait une liaison. Pas toi.

Puisque ce n'était pas une question, il supposa qu'elle avait fini par l'accepter et l'exprimait maintenant comme un état de fait.

— Oui.

— Et c'est ce que tu voulais me dire ? C'est ce qui était si important que tu as berné tes patrons pour te faire envoyer ici ?

Brodie prit une profonde inspiration.

— C'est certes important, Addie. Mais ce n'est pas tout.

Elle le regarda :

— Je m'en doutais. Maman ne s'est pas tuée juste parce qu'elle avait une liaison, n'est-ce pas ?

Il secoua la tête :

— Non.

— Alors, tu me racontes ?

— Je te le raconterai, Addie. (Il hésita.) Mais je dois d'abord faire certaines choses. J'ai besoin de plus de temps avec toi que nous n'en disposons pour l'instant.

— Du temps pour quoi ?

— Pour expliquer.

— Tu veux dire, comment tu as poussé maman au suicide ?

Il lui jeta un coup d'œil, s'attendant à voir se refléter sur son visage la haine qu'elle lui vouait depuis tout ce temps. Mais il était inexpressif. Ses yeux froids, dépourvus d'émotion, évitaient soigneusement les siens.

— Oui.

Immobiles, ils restèrent un long moment à écouter le vent, et Brodie pensa que son histoire ressemblait à celui-ci. Froide, implacable, passée en un clin d'œil. Comme sa vie. Ils parcoururent le reste du chemin en silence jusqu'au parking de Grey Mare. Et s'arrêtèrent à la croisée des chemins.

— Bon, et maintenant ? demanda-t-elle.

— J'ai besoin de mon ordinateur pour regarder ce qu'il y a sur cette carte, en admettant qu'il y ait quelque chose. Et à condition que le téléphone ou Internet soit rétabli. Ensuite, il faut que je fasse le point avec le QG de Glasgow.

On a besoin d'une équipe de renfort. Il y a ici deux morts et un tueur toujours en liberté.

Il ferma les yeux comme s'il sentait combien la pression de tout cela pesait sur lui.

— Il va falloir que je retourne au poste de police dans l'après-midi. J'ai besoin de jeter un coup d'œil aux images de vidéosurveillance de Younger et de l'individu non identifié qu'il a rencontré au village le jour de sa disparition. (Il s'interrompit un instant.) On pourra peut-être se parler, alors.

— Je ne suis pas certaine d'avoir envie d'entendre ce que tu as à dire. Quoi que ce soit, il est peut-être préférable que ça disparaisse avec toi.

Elle se retourna brusquement et partit en direction du commissariat.

Chapitre 21

En remontant du terrain de football, il sentit une odeur de feu de bois. Des volutes de fumée bleue fouettées par le vent tempétueux s'échappaient de la cheminée située au-dessus du bar. Le SUV de Brannan était garé au pied des marches. Pour une fois, il y avait quelqu'un à l'hôtel, pensa Brodie.

Il tapa des pieds sur la dernière marche pour faire tomber la neige de ses chaussures avant d'ouvrir la porte du hall d'entrée. L'hôtelier apparut aussitôt. Il l'avait sans doute regardé approcher, invisible derrière les reflets des vitres.

— Internet est rétabli. Et les téléphones mobiles fonctionnent aussi, annonça-t-il avec un sourire forcé.

— Parfait, dit Brodie.

Mais Brannan fit la grimace :

— Ça ne va sûrement pas durer très longtemps. Il est prévu que la tempête Idriss arrive sur nous dans deux heures ; tout sera probablement à nouveau déconnecté. (Il fit un mouvement rapide de la tête par-dessus son épaule.) J'essayais justement d'accumuler un peu de chaleur dans le bar. Au cas où on aurait une nouvelle coupure de courant.

Son propre optimisme le fit rire :

— Au cas où on aurait ? Je devrais plutôt dire « quand on aura ».

— Alors, vous avez parlé à Jackson ? demanda Brodie.

Le visage de Brannan s'assombrit :

— Je n'en ai pas eu l'occasion.

Brodie lui lança un regard noir :

— Oh, bien sûr, vous avez tellement de choses à faire dans votre hôtel.

— Non, ce que je veux dire, c'est que je n'ai pas réussi à le joindre, monsieur Brodie. Il est à l'usine. Il ne finit pas avant six heures. Et il n'y avait pas de téléphone ce matin. De toute façon, c'est compliqué de le joindre par téléphone.

— Eh bien essayez encore.

— Oui, oui, je vais le faire. Mais, vous savez, j'ai promis à Joe la confidentialité.

Brodie avança d'un pas :

— Si aucun rendez-vous n'est arrangé d'ici la fin de l'après-midi, je vous arrête pour entrave à la justice, Brannan. (Il scruta le visage effrayé de l'hôtelier.) Compris ?

Brannan hocha la tête.

— Bien.

Brodie s'éloigna vers l'escalier, puis se ravisa :

— Une dernière chose.

Brannan lui lança un regard inquiet.

— À quoi il ressemble, ce Joe Jackson ?

Brannan fronça les sourcils :

— Je ne...

— Contentez-vous de me le décrire.

Brannan eut d'abord l'air perplexe, puis presque affligé en essayant de retrouver l'image de l'homme avec lequel il avait passé, la veille, la moitié de la journée. Au fil des années, Brodie avait vu tellement de témoins avoir un mal fou à se rappeler les détails d'événements qui s'étaient déroulés sous leurs yeux, que la mémoire défaillante des gens ne le surprenait plus.

— Il... Il est grand. Probablement un mètre quatre-vingts. Peut-être un peu plus. (Il porta la main à son crâne chauve.) Il perd ses cheveux. Roux, qui blanchissent. (Ses souvenirs se précisaient.) Un type maigre, la peau sur les os.

Brodie hocha la tête. Il ne s'attendait pas à autant de détails.

— Parlez-lui, dit-il en se détournant pour monter l'escalier.

Dans sa chambre, Brodie installa son ordinateur portable sur la commode et le démarra. Puis il sortit de sa North Face la carte SD qu'il examina à la lumière. Capacité étendue. Dix térabits. Assez pour des heures de vidéo 6K. Il la glissa dans la fente, sur le côté, et l'ouvrit sur l'écran.

Younger ne faisait pas souvent le ménage. La carte contenait des heures d'enregistrement qu'il ne s'était pas donné la peine d'effacer. Heureusement, la date qui s'affichait lui permit d'accélérer le défilement des images jusqu'au jour de la disparition du journaliste. Il était 9 heures du soir au moment où les caméras de la voiture de Younger s'étaient déclenchées : Brodie vit une silhouette s'approcher depuis l'arrière. Un homme portant un sweat à capuche, un jeans et, à sa grande déception, une cagoule – il savait donc qu'il risquait d'être filmé. Il contournait la voiture, son image enchaînée d'une caméra à l'autre. Il essayait chaque portière mais il lui était impossible d'entrer dans la voiture sans briser une vitre.

Une main apparaissait en gros plan au moment où il s'éloignait de la portière du conducteur ; Brodie se raidit. Il figea l'image, zooma, et reconnut un gant de travail. *M-Pact Mechanix*. Marron et beige, renforcé aux jointures et au dos de chaque doigt. Avec quatre fentes horizontales caractéristiques sur chaque articulation afin de faciliter la flexion. Le même modèle qui, à force de coups sur la tête de Younger, avait laissé des marques très nettes dans la chair de son visage.

Brodie changea d'application et chercha *M-Pact* sur Google. En quelques secondes, il trouva le gant. *Impact Guard™ pour la protection contre les chocs. TrekDry® pour des mains au sec.* Renforcement assuré par une coque en caoutchouc thermoplastique, toutes les articulations protégées par une mousse EVA. Idéal pour les travaux de mécanique lourde. Ou l'alpinisme.

Il revint à la vidéo. Le porteur des gants s'en allait simplement, disparaissant rapidement du plan. La caméra enregistrait encore pendant trente secondes, puis s'arrêtait. L'image devenait noire. Mais il devait y avoir autre chose. Brodie attendit.

Lorsque l'enregistrement redémarra, une heure s'était écoulée, la lumière avait baissé. L'image était désormais granuleuse. Le mouvement déclencheur de l'enregistrement provenait d'un autre véhicule qui s'approchait, éteignait aussitôt ses phares et se positionnait juste derrière la voiture de Younger, de sorte qu'on ne pouvait pas voir s'il s'agissait d'un SUV ou d'un pick-up. Même la couleur était difficile à discerner. Foncée, bleue ou verte. Peut-être même grise. Son conducteur avait pris la précaution de masquer la plaque d'immatriculation, mais un pare-buffle était visible à l'avant.

La voiture de Younger se mettait soudain à vibrer. Le conducteur de l'autre véhicule, beaucoup plus puissant, commençait à avancer et la poussait. Les roues avaient beau être bloquées, elles glissaient sur le gravier.

Soudain, les caméras arrière filmaient le ciel et toutes les images enregistrées sur la carte SD devenaient floues tandis que la voiture plongeait dans la pente, prenait de la vitesse, encaissait des embardées, heurtait plusieurs arbres sur son passage. Elle semblait mettre une éternité à atteindre le fond, mais l'enregistrement ne durait même pas cinq secondes. La descente se terminait brusquement par le piqué du nez de la voiture dans l'eau. Les caméras avant filmaient les galets du lit du ruisseau lissés par les ans et les remous de l'impact balayés par le courant. Les images des caméras de l'arrière révélaient la silhouette lointaine d'un homme debout sur un fond de ciel étoilé. Il attendait un bref instant avant de se détourner et disparaître du champ ; moins d'une demi-minute plus tard, l'enregistrement s'arrêtait et l'image redevenait noire. Il n'y avait rien d'autre sur la carte.

Un coup frappé à la porte fit sursauter Brodie :

— Oui ?

Elle s'ouvrit, et un Brannan hésitant avança d'un pas dans la chambre.

— Désolé de vous déranger, monsieur Brodie.

Pour la première fois, Brodie se rendit compte que le jour tombait à toute vitesse. Dehors, les nuages étaient presque noirs, la lumière de l'après-midi sulfureuse, le vent secouait la fenêtre.

— Vous avez eu Jackson ?

— Il est d'accord pour vous rencontrer à condition que son nom ne soit pas mentionné.

— Je n'ai aucun moyen de garantir ça, Brannan.

Ce dernier fit la grimace.

— C'est bien ce que je pensais. Mais je vous laisse le lui dire vous-même.

— Il va venir ici ?

L'hôtelier secoua vigoureusement la tête.

— Non. Il vous donne rendez-vous ce soir à 8 heures. Sur la rive nord du loch. À trois kilomètres de la centrale. En contrebas de la route, il y a un bunker en béton ; c'est une sortie de secours des tunnels de stockage. Je vous montre-rai sur la carte.

— Je préférerais qu'il vienne ici, soupira Brodie.

— Il ne le fera pas, monsieur Brodie. Quoi qu'il sache, quoi qu'il ait raconté à Younger, il a peur. Réellement peur.

— Et comment suis-je supposé m'y rendre ?

— Je vous prêterai mon SUV.

— Si vous pouviez m'y conduire.

Brannan secoua la tête :

— Tout un groupe a réservé pour Noël cette année, monsieur Brodie. L'organisateur doit me donner tous les détails par téléphone ce soir. Je suis obligé de rester ici pour prendre son appel.

Puis il ajouta très vite :

— Ce n'est qu'à dix minutes, un quart d'heure d'ici en voiture.

Une fois seul, Brodie resta pendant plusieurs minutes assis dans la pénombre de sa chambre, à tout ressasser dans sa tête. L'autopsie, les gants, la voiture dans le ravin. Le meurtre de Sita. Chaque fois que lui revenait à l'esprit l'image de la médecin légiste recroquevillée dans l'armoire réfrigérée, il avait mal. Ce qu'elle avait découvert au cours de l'examen post mortem en avait fait la cible du tueur. Quelque chose qui risquait de révéler l'identité de celui-ci ou le mobile de l'assassinat de Younger. Quoi que ce soit, c'était perdu à jamais. Tous ses échantillons avaient disparu en même temps que le corps de Younger.

Il vérifia sa connexion à Internet et chaussa ses lunettes iCom. Il enregistrerait son rapport et l'enverrait à Pacific Quay pour éviter d'avoir à parler à quelqu'un. De cette façon, il pouvait consigner chaque détail sans interruption jusqu'à, et y compris, son rendez-vous de la soirée avec Joe Jackson. Si la tempête Idriss provoquait une nouvelle coupure de courant, comme le prédisait Brannan, c'était peut-être sa dernière chance de l'envoyer avant le lendemain, ou plus tard.

Chapitre 22

Presque toutes les fenêtres de la maison du policier étaient éclairées et brillaient dans la grisaille de l'après-midi déclinante. En dehors de quelques rares véhicules passant sur la route, Brodie n'avait croisé personne pendant qu'il effectuait péniblement le trajet depuis l'hôtel jusqu'au village. Sous l'effet de la chute brutale de la température, la neige mouillée avait gelé et de véritables chausse-trapes s'étaient formées aux endroits creusés par les voitures ou les piétons.

En proie à une vive appréhension, il poussa la grille et se dirigea vers la porte de l'annexe. Si Addie avait décidé de ne pas l'écouter, comment pourrait-il lui dire quoi que ce soit ? Surtout en présence de son mari ou de son fils. Il ferma les yeux et respira à fond. D'autres choses primaient tout le reste. Il avait besoin de se concentrer.

La porte s'ouvrit sur la chaleur du petit poste de police. Il était vide. L'écran de veille de l'ordinateur était allumé et une lampe d'architecte projetait un rond de lumière sur le bureau. En refermant derrière lui, Brodie étouffa le hurlement du vent et entendit aussitôt des éclats de voix provenant de la maison.

Une voix d'homme, qui devait être celle de Robbie. Puis celle d'Addie. Aiguë, accusatrice. Il ne comprenait pas ce qu'ils disaient, ni le motif de la dispute. Le gémissement plaintif du jeune Cameron, bouleversé par les cris de ses parents, l'empêchait de saisir clairement leurs paroles.

Il attendit un petit moment, en se demandant quoi faire, avant d'ouvrir la porte de communication et appeler :

— Hello ?

Aussitôt les voix des adultes se calmèrent, mais les pleurs de Cameron se prolongèrent dans le sillage de la dispute. Après un échange furieux d'apartés, Robbie émergea d'une pièce éclairée dans l'obscurité du couloir et fit irruption à l'intérieur du poste de police. Rouge de confusion, il s'empressa de refermer la porte derrière lui, réduisant à un murmure lointain la voix d'Addie en train de consoler son fils.

— Désolé, monsieur Brodie, dit-il en essayant de sourire mais sans vraiment réussir. Les joies du mariage.

Il ne pouvait qu'être pleinement conscient de l'ironie qu'il y avait à s'adresser en ces termes au père de la femme avec laquelle il se disputait.

— Ne m'en parlez pas. Dites, Robbie, je voudrais jeter un coup d'œil à ces images de vidéosurveillance.

— Oh, oui, bien sûr.

Robbie contourna le comptoir et alla s'asseoir devant l'ordinateur. D'un glissement de souris, il réveilla l'écran et accéda au disque dur pour rechercher les images d'archive.

Brodie vint se planter derrière lui.

— Ce soir, j'ai rendez-vous avec quelqu'un de Ballachulish A. Qui semble avoir joué un rôle de contact pour Younger.

Robbie pivota sur son siège :

— De contact ?

Brodie haussa les épaules.

— Brannan a l'air de penser que ce type pourrait avoir été un genre de lanceur d'alerte.

— Lanceur d'alerte sur quoi ? demanda Robbie, perplexe.

— J'espère le découvrir ce soir. (Il marqua une pause.) Mais ça pourrait expliquer la présence du compteur Geiger dans sa voiture.

— Oui, Addie m'a dit que vous aviez trouvé la voiture. Comment a-t-elle pu atterrir là ?

— Quelqu'un l'a poussée par-dessus bord. Tout a été filmé grâce à la fonction sentinelle de la voiture.

— Vous avez donc vu qui a fait ça ?

Brodie secoua la tête.

— Il portait une cagoule la première fois qu'il est venu pour examiner la voiture. Ensuite, quand il est revenu avec un SUV ou un pick-up pour la balancer dans le ravin, il faisait trop sombre pour y voir grand-chose.

— Merde ! Euh, pardon.

— Je crois que j'ai déjà entendu des adultes jurer, fit Brodie avec un petit sourire. (Il désigna l'écran d'un mouvement de la tête.) Alors, qu'est-ce qu'on a là ?

Robbie se retourna vers l'ordinateur.

— Ça ne dure qu'une trentaine de secondes.

Il fit apparaître la vidéo à l'écran et cliqua sur la flèche pour la lancer. L'image tremblota, devint plus nette, puis révéla avec toute la précision du format 6K Younger debout dans la rue, du côté de la Co-op, en train de parler à un homme. C'était une belle journée d'été, avec une bonne lumière. La conversation animée s'achevait par un rire et un signe de la main avant que les deux hommes ne s'éloignent dans des directions différentes.

— Vous avez une idée de l'identité de l'autre ?

Robbie secoua la tête.

— Jamais vu.

Pour Brodie, une chose était claire : s'il se fiait à la description de Brannan, ce n'était pas Jackson. Cet individu était plus petit que Younger et avait une masse de cheveux châtain. À côté, ceux de Younger paraissaient presque gris, et son teint blafard. De toute évidence, son rire de circonstance semblait forcé. Il avait l'air d'un homme très préoccupé.

L'idée d'envoyer la vidéo à un expert de la lecture sur les lèvres lui vint à l'esprit, mais une autre l'évinça très vite.

— Repassez-la quand je vous le demanderai, dit-il en chaussant ses lunettes iCom.

Robbie lui lança un regard plein de curiosité :

— Qu'est-ce que c'est ? Une nouvelle technologie ?

Brodie hocha la tête :

— Allez-y. iCom, scanne la vidéo.

Il se concentra sur l'écran de l'ordinateur, sans prêter attention à l'affichage frontal vert qui se déroulait devant ses yeux. Trente secondes plus tard, l'affichage passa au rouge : la vidéo était truquée.

Robbie l'observait :

— Qu'est-ce que ça vous dit ?

— Que cette vidéo n'est pas authentique.

Robbie se renfrogna :

— Je ne vois pas comment ça pourrait être possible. C'est ce qui a été enregistré par la caméra de vidéosurveillance.

Sans tenir compte de son interruption, Brodie commanda :

— iCom, connecte-toi au serveur local et charge la vidéo.

iCom l'informa, via ses écouteurs, que la recherche était en cours, puis le chargement. Le tout prit moins d'une minute.

Cette fois, Brodie lui ordonna de couper le générateur d'image par IA pour révéler le scan original effectué par le discriminateur. Le processus fut presque instantané et la vidéo se relança elle-même, uniquement visible dans les lunettes de Brodie.

— Bon Dieu !

Le juron s'échappa de ses lèvres en un murmure.

— Qu'est-ce qu'il y a ? demanda Robbie tout en cherchant à distinguer quelque chose sur les reflets des verres, comme s'il pouvait y voir la vidéo.

— Je vais vous montrer.

Brodie ordonna à son iCom de charger la vidéo non maquillée sur l'ordinateur.

Le fichier apparut sur l'écran, Robbie l'ouvrit. La vidéo semblait identique, sauf que Younger ne parlait plus avec un individu aux épais cheveux châtains. Il était en grande conversation avec l'homme qui, le matin même, avait réparé le câble de chargement de l'eVTOL sur le terrain de football. Calum McLeish.

Robbie était médusé. Il murmura un *Putain !* à peine audible au-dessus du bruit du vent qui soufflait à l'extérieur.

— Je ne comprends pas, monsieur. Comment est-ce seulement possible ?

— Logiciel de pointe. Qui permet de remplacer facilement un visage par un autre. Il est probable qu'il ne s'agit même pas d'une personne réelle. Mais plus vraisemblablement d'un visage généré artificiellement.

Robbie n'en revenait pas.

— Mais qui peut bien avoir fait ça ?

— Est-ce que McLeish a eu accès à cette vidéo ?

— Non. (Il réfléchit.) Mais il a accès au système. Il a un contrat avec la police écossaise pour assurer l'entretien de la vidéosurveillance du village. Caméras et ordinateur. Donc, je suppose que c'est possible.

Brodie se souvint du pick-up bleu foncé avec lequel McLeish était venu à l'hôtel.

— Dites-moi où il habite. Je crois qu'il est temps que nous ayons une petite conversation, lui et moi.

Brodie avait parcouru environ deux cents mètres sur Riverside Road en direction du sud, sa parka fermée jusqu'au menton, la capuche rabattue sur sa casquette de baseball. N'entendant rien hormis le rugissement du vent à ses oreilles, il fut surpris de voir soudain Addie à côté de lui. Il s'arrêta, se tourna et remarqua son visage pâle et troublé. Elle avait manifestement enfilé son anorak en quatrième vitesse, sans prendre le temps de remonter la fermeture à glissière. Ses cheveux voltigeaient dans tous les sens autour de sa tête.

— Je suis désolée que tu aies assisté à ça, dit-elle en élevant la voix pour se faire entendre malgré le vent. Je ne sais pas exactement ce que tu as entendu, mais...

— Juste des éclats de voix, ma chérie. Une dispute entre époux. Ça paraissait assez chaud, mais je ne sais pas du tout à propos de quoi.

Elle parut presque soulagée.

— Cependant, j'imagine que ça pourrait avoir un rapport avec ce que tu as dit tout à l'heure.

Elle fronça les sourcils.

— Quoi ? Qu'est-ce que j'ai dit ?

— Quelque chose à propos d'une autre personnalité addictive ?

Sa bouche s'ouvrit légèrement.

— Si tu n'as pas entendu ce que nous disions, comment peux-tu le savoir ?

Il soupira.

— Des années d'étude de la condition humaine. (Il hésita.) Ce n'est pas la boisson, n'est-ce pas ?

L'idée que l'histoire puisse se répéter ainsi l'affectait profondément.

Elle secoua la tête et évita son regard.

— Il joue.

Brodie sentit son cœur se serrer. Il avait trop souvent vu à quel point l'addiction au jeu pouvait détruire une vie au fil des ans, ruiner un mariage. Il la prit par les épaules.

— Il ne... il n'est pas violent, au moins ?

— Non. Non, jamais. Robbie n'est pas comme ça.

Brodie poussa un soupir de soulagement. Cela aurait été d'une ironie trop cruelle.

— Il est juste... enfin, complètement accro. Il a presque tout mis au clou pour assouvir sa dépendance. En ligne. Toujours en ligne. C'est tellement facile, putain. Je crois que c'est truqué. Un petit gain par ci, un petit gain par-là, juste pour te retenir. Et puis on te pique tout ton fric.

Elle se tut le temps de reprendre sa respiration, avant de poursuivre :

— C'est un cauchemar pour moi et pour Robbie. Il est totalement ingérable. On est en retard pour payer presque toutes nos factures. Si la maison n'était pas fournie avec le boulot, il l'aurait hypothéquée aussi, juste pour pouvoir financer son addiction.

— Tu sais qu'il existe des services d'aide psychologique.

L'air abattu, elle secoua la tête.

— On ne peut pas se faire aider tant qu'on ne reconnaît pas qu'on a un problème. J'ai essayé, papa, crois-moi. Mais il n'écoute pas. Pas moi, en tout cas. Il refuse d'admettre qu'il souffre d'une dépendance. Mais au fond de lui, il doit bien le savoir. Je pense qu'il est désespéré.

Une rafale de vent faillit la déséquilibrer, Brodie la tira à l'abri d'un bâtiment.

Alors, elle déballa tout. Tout ce qu'elle refoulait depuis des semaines, des mois. Sans pouvoir en parler à personne. Trop humiliant peut-être pour l'avouer à des amis. Peut-être encore plus humiliant pour l'avouer au père à qui elle n'avait plus adressé la parole depuis dix ans. Maintenant, elle mettait son âme à nu. Voyant peut-être en lui sa seule et dernière planche de salut.

— J'ai fait des tas de recherches sur Internet, pour trouver des solutions. Mais ça me paraît sans espoir. Depuis que le gouvernement britannique a légalisé les jeux d'argent en ligne en 2005, avec son Gambling Act, c'est devenu totalement incontrôlable. Ouais, bien sûr, ça rapporte des milliards à l'État, et autant à l'industrie du jeu. Mais ça crée des millions de dépendants. Le taux de suicide se monte à plusieurs centaines par an. Des milliers de personnes se sont tuées depuis, juste pour permettre au Trésor de collecter de l'argent facilement. Une législation introduite par des soi-disant chrétiens. (Elle s'interrompit et cracha son mépris dans le vent.) Les enfoirés ! Et quelle est la formule qu'ils utilisent dans la pub télé ? *N'oubliez pas de jouer de manière responsable.* Putain ! Papa ! C'est comme si on disait à un alcoolique de boire de manière responsable. Les salauds, salauds d'hypocrites.

Les larmes jaillirent de ses yeux quand il la serra contre lui. En sentant les sanglots qui parcouraient son corps, il se souvint d'une Mel en pleurs qu'il avait ainsi tenue entre ses bras.

Ils restèrent un long moment enlacés, battus par le vent, les larmes de sa fille détrempant sa parka, jusqu'à ce que, finalement, Addie s'écarte et lui lance un regard désespéré.

— Ce n'est pas vraiment la faute de Robbie. Il n'est qu'une victime. C'est une maladie.

Elle hésita un instant, mais pas trop longtemps, avant de demander :

— Tu veux bien lui parler ?

Brodie eut l'impression de se renfermer en lui-même. Il aurait tout fait pour l'aider. Mais, d'après son expérience, l'intervention d'une tierce personne entre deux époux n'aboutissait jamais à rien de bon.

— Ce n'est pas mon rôle, ma chérie.

Il vit son visage se durcir.

— Tu es officier de police.

— Je n'ai aucune autorité sur Robbie.

— Alors en tant que père de sa femme.

Cela l'atteignit comme un coup en plein plexus solaire.

— Addie...

Il n'avait pas besoin de formuler ses doutes. Ils se lisaient dans son regard, dans son attitude.

Addie recula d'un pas en le fixant avec toute la haine accumulée en elle depuis si longtemps. Les yeux remplis d'hostilité, de larmes et d'humiliation. Elle n'attendit même pas qu'il essaye de lui faire entendre raison.

— Eh bien va te faire foutre, alors.

Elle fit demi-tour et s'éloigna à grands pas sur Riverside Road, ses cheveux et son anorak ouvert tourbillonnant dans son dos. Il l'avait laissée tomber. Une fois de plus. Il poussa un profond soupir et ferma les yeux, sachant que toute intervention de sa part, professionnelle ou personnelle, ne résoudrait pas le problème. Ne ferait sans doute même que l'empirer. Et pourtant, son appel au secours venait du fond du cœur. Comment pouvait-il lui refuser son aide ? Il rouvrit les yeux, les leva vers le ciel, et sut qu'il allait devoir parler à Robbie.

Chapitre 23

La maison de McLeish, un pavillon avec double garage attenant, était adossée à la caserne des pompiers. Un chemin couvert de gravier avait été soigneusement déneigé entre le portail et la porte d'entrée. Sur la droite, une fenêtre éclairée brillait dans l'obscurité croissante de cette fin d'après-midi. Brodie allait frapper quand il remarqua, sur sa gauche, une autre lumière qui s'échappait par les portes ouvertes du garage ; il longea la maison pour aller jeter un coup d'œil à l'intérieur.

Une vieille Porsche à essence, une voiture de collection des années 1970 ou 1980, avait été démontée, sa carrosserie installée à une certaine hauteur de façon à pouvoir bricoler dessous. Un établi en bois balafré, jonché de matériel, de bidons d'huile et de chiffons sales occupait tout le fond du garage. Derrière étaient accrochés au mur des outils électriques, des câbles et des scies. À gauche de la Porsche, l'espace vide équipé d'une borne de recharge et d'un câble devait être l'emplacement où McLeish garait son pick-up. Qui brillait par son absence.

Brodie enjamba une boîte à outils ouverte, en prenant garde de ne pas piétiner son contenu éparpillé sur le sol – clés et tournevis divers. Il s'approcha de l'établi. Son œil avait été attiré par une paire de gants de travail marron et beige usés posés à côté de l'étau. Les doigts de chaque gant étaient recourbés vers la paume, comme s'ils renfermaient encore des mains essayant d'attraper un objet invisible. Il saisit le droit pour lire le nom du fabricant sur le dos. *M-Pact Mechanix*. Et il vit sur chaque jointure renforcée les quatre fentes facilitant la flexion. Formant un motif semblable à celui que Sita avait découvert imprimé par son agresseur sur le visage de Younger.

— Je peux vous aider ?

La voix acerbe mais méfiante le fit sursauter.

Il se retourna. Une femme d'âge mûr en jeans et sweat-shirt se tenait dans l'encadrement de la porte du garage. Ses cheveux foncés striés de gris étaient tirés en arrière et noués sur la nuque. Il lui donnait dans les cinquante-cinq ans.

— Je cherchais Calum McLeish, dit-il en reposant le gant sur l'établi.

Elle lui jeta un regard soupçonneux :

— Et qu'est-ce que vous lui voulez au juste ?

Brodie s'avança vers elle :

— Désolé. Madame McLeish, n'est-ce pas ?

— Exact.

Il fouilla dans une poche intérieure, en sortit sa carte de police et la lui tendit.

— Inspecteur Brodie. Votre mari m'a aidé à réparer un câble de chargement ce matin.

Elle parut soulagée.

— Oh. Oui. Il m'a raconté. Il est monté à l'usine hydroé-lectrique, monsieur Brodie. Il a d'autres outils dans son atelier, là-haut. Il lui fallait quelque chose pour remettre tout ce bazar en place. (Elle fit un geste vers la Porsche démontée.) Il voulait y aller et en revenir avant que la tempête n'éclate.

Brodie repartit à pied vers Lochaber Road, prit le pont pour traverser le Leven et se dirigea vers le sud du village. La plupart des services se trouvaient de ce côté-là de la rivière. La poste, la Co-op, le club nautique, plusieurs hôtels et chambres d'hôtes, les logements sociaux. Mais personne ne s'aventurait dans les rues avec cette tempête qui arrivait. La plupart des gens se terraient chez eux, en se préparant à subir Idriss. Il n'y avait que les fous dans son genre à rester dehors par un temps pareil.

Il tourna à gauche sur l'une des nombreuses anciennes routes militaires qui encerclaient le village, dépassa le Centre national d'escalade sur glace, installé dans les vestiges de ce qui avait été une fonderie, une brasserie, l'église de l'Armée du Salut. Il s'arrêta sur le pont enjambant le canal de fuite. D'une longueur de trois cents mètres, celui-ci s'incurvait en direction de l'usine hydroélectrique. Le rugissement de l'eau jaillissant des turbines qu'elle venait de faire tourner pour produire de l'énergie avant de s'engouffrer dans cet étroit boyau était assourdissant. Derrière lui, l'eau blanchissait en se déversant dans le Leven. Trois mètres au moins séparaient le pont de ce flot en crue qui dévalait avec force, zébré de noir, impitoyable, entre des murs de pierre. De l'eau entraînée par gravité dans des conduites, depuis le barrage de Blackwater construit sur les hauteurs.

Brodie suivit les traces de pneus sur la route qui longeait le canal de fuite et vit un vieil hôtel bâti en pierre ainsi qu'une rangée de chalets multicolores. Au-delà de la barrière surmontant les murs du canal, une neige immaculée recouvrait un vaste terrain sur lequel se trouvait autrefois l'essentiel de l'usine d'aluminium. Un peu plus haut sur la colline, au milieu des arbres dénudés, étaient alignés dans un abandon extrême les cubes blancs où avaient été logés les ouvriers de la fonderie. Sa brève réincarnation en centre d'entraînement militaire avait été écourtée par le gouvernement écossais après l'indépendance. Vide et délabré, c'était désormais un monument à un âge d'or industriel depuis longtemps révolu.

L'usine hydroélectrique, long bâtiment étroit en pierre avec de hautes fenêtres et un toit en ardoise, se dressait fièrement en bordure du canal. À gauche des fenêtres, une grande porte coulissante bleu vif permettait d'y faire passer des grosses machines. Elle était fermée. Mais d'une petite porte entrebâillée sous les fenêtres se répandait une lumière en rectangles allongés sur la neige.

Le pick-up bleu foncé de McLeish était garé devant. Brodie en fit le tour et vit ce à quoi il n'avait pas fait attention le matin : le pare-buffle avant peint en noir. En s'accroupissant, il remarqua qu'il était éraflé, avec de petites traces de peinture blanche encore incrustées sur les barres supérieure et inférieure.

Il se releva avec un sombre pressentiment. C'était lui, sans le moindre doute, qui avait tué deux fois. Il avait tout à gagner et rien à perdre à tuer de nouveau. Brodie s'approcha avec précaution de la porte entrebâillée. C'était une issue de secours munie d'une barre de poussée qu'on manipulait de l'intérieur. Il l'ouvrit en grand et entra. L'usine se perdait dans une pénombre où trois générateurs de dix mégawatts alimentés par l'eau du barrage généraient autant de bruit que d'électricité. Près de lui, dans la partie éclairée, il vit un pick-up et une Land Rover garés sur un carrelage marron et, au-delà, une passerelle verte menant aux générateurs d'origine, un et deux mégawatts, conservés pour la postérité. Au plafond, une grande grue jaune attendait en silence de glisser sur les poutres en acier encastrées dans les murs.

À droite des véhicules, de la lumière brillait dans ce que Brodie supposa être un bureau ou un atelier modulaire. Il passa la tête par la porte :

— Monsieur McLeish ?

Sa voix fut accueillie par le silence. Il n'y avait personne. Il recula et scruta l'obscurité à l'autre bout de l'usine. McLeish se trouvait forcément quelque part.

Il haussa le ton pour appeler par-dessus le rugissement des générateurs :

— Monsieur McLeish !

Mais il se rendit compte que, même s'il était là, McLeish ne pouvait pas l'entendre avec ce bruit de tonnerre. Il commença alors à avancer prudemment dans le bâtiment. Les vieilles turbines Pelton obsolètes et muettes semblaient presque se moquer de lui. Plus loin, tels des vers géants, d'énormes tuyaux bleus sortaient des générateurs en marche pour s'enfoncer sous l'usine et recracher l'eau dans le canal de fuite.

Brodie était presque arrivé à l'autre bout lorsque tout s'éteignit. Il se figea sur place, cerné par une obscurité soudaine et totale, avant que le peu de lumière du jour subsistant à l'extérieur et s'infiltrant à travers les lucarnes du toit précise le contour des formes qui l'entouraient. Il eut soudain le sentiment d'une présence derrière lui, de quelqu'un qu'il ne pouvait pas entendre au milieu du vacarme des générateurs. Il pivota, il n'y avait personne. Juste le fantôme de sa propre insécurité, immatériel, perdu au sein des ténèbres. Il rebroussa chemin vers la porte, en se déplaçant aussi vite qu'il le pouvait dans le noir.

Il sentit plus qu'il ne vit l'ombre d'un homme émerger entre les anciennes turbines, et se tourna juste à temps pour lever un bras et empêcher une clé à molette de lui fendre le crâne. Une vive douleur, aussi vive que des aiguilles chauffées à blanc, envahit son bras gauche ; il recula en titubant et s'écrasa contre une pièce métallique qui ébranla tout son corps. Son agresseur revint à l'attaque, la clé à molette fit jaillir des étincelles sur le mur derrière sa tête juste au moment où il se penchait sur le côté ; elle l'avait raté d'un cheveu. Sans certitude mais plein d'espoir, il balança son poing en avant et reconnut le contact avec de la chair et des os. Comme son adversaire grognait de douleur, il en profita pour plonger et le frapper à la poitrine avec son épaule. L'élan les déséquilibrant tous les deux, ils s'écroulèrent ensemble au sol.

Quand la clé rebondit bruyamment sur le carrelage, Brodie chercha à voir les yeux de l'homme. Il n'aperçut que la laine lisse d'une cagoule. Un coup de genou dans le diaphragme lui coupa alors le souffle ; il roula sur le côté, haletant et ravalant la bile qui remontait dans sa gorge. Mais quand il entendit l'autre se précipiter à la recherche de sa clé, il se releva au prix d'un énorme effort de volonté et repartit en courant vers la porte par laquelle il était entré.

Au bout de quelques pas, il perçut par-dessus le grondement des turbines la respiration rauque de son agresseur qui le rattrapait. Il ne pouvait plus lui échapper ; il franchit le seuil en titubant et, une fois dehors dans l'air froid, se retourna pour lui faire face. L'espace d'un instant, à la lueur mourante du jour, il vit la mort dans ses yeux. Cette fois, c'était son assaillant qui avait pris son élan. Son épaule percuta la poitrine de Brodie et les deux hommes tombèrent enlacés dans une étreinte mortelle.

Ils s'écrasèrent contre la barrière, basculèrent par-dessus et chutèrent ensemble, entre les traverses métalliques, dans les eaux furieuses qui se déversaient de l'usine dans le canal. Le froid les frappa comme un coup de massue. Chacun lâcha immédiatement l'autre.

Désormais, c'était l'eau qui étreignait Brodie et l'entraînait dans son élan. Il n'avait pas la force de résister, écrasé tour à tour contre un mur puis contre l'autre, avalant des quantités d'eau énormes, étouffant, suffoquant. La vitesse avec laquelle il était emporté vers la rivière était effarante. Son instinct, comme lorsqu'il avait été pris dans l'avalanche, le poussait à essayer de nager, même si les faibles battements de ses bras et de ses jambes n'étaient d'aucune utilité contre la puissance du courant dans le canal de fuite.

Son front heurta un mur, sa tête s'emplit de lumière. Il avait perdu son homme et il savait qu'il était en train de perdre son combat contre l'eau. Mais sa vie ne pouvait pas s'achever ainsi, alors qu'il lui restait tant à faire, tant à dire. Pourtant la tentation de fermer les yeux et laisser le froid et l'eau s'emparer de lui était presque irrésistible.

Il vit le pont où il s'était tenu quelques minutes plus tôt filer en un clin d'œil au-dessus de sa tête ; l'eau devint blanche, son lit s'élargit en une chute sur la berge bordée d'arbres, elle le jeta dans les flots turbulents du Leven qui, gonflé par la neige fondue, déferlait vers la tête du loch.

Soudain, il sentit sous lui la profondeur de la rivière et la nature impitoyable de sa puissance tandis qu'elle l'entraînait irrémédiablement vers la mort. Il continuait cependant à lutter pour sa vie, sans comprendre pourquoi, fouettant l'eau comme si ses forces faiblissantes pouvaient faire le poids. Il était anesthésié. Toute douleur vaincue. Boursouflé et alourdi par ses vêtements, il se savait totalement à la merci des courants et des tourbillons qui le ballottaient dans tous les sens. Soudain l'eau l'aspira ; l'espace d'un bref instant, il crut avoir rendu son dernier soupir, même si le rugissement furieux de la rivière grondait encore à ses oreilles. Puis il refit surface, sa poitrine se souleva quand il essaya de gonfler d'air ses poumons, et il vit que la rivière l'avait poussé vers la rive opposée, où les branches dénudées des arbres touchaient presque l'eau.

Il se jeta vers elles, le bras droit dressé au-dessus de la tête, sa main se refermant sur l'air frais dans une tentative désespérée de saisir quelque chose. N'importe quoi. Enfin il sentit l'écorce rude d'une branche courbée lui déchirer la paume. Il serra ses doigts gourds, sans savoir s'il l'avait réellement agrippée avant que son épaule manque de se déboîter. Incapable de freiner sa vitesse vers l'aval, la branche plongea et se plia comme si elle aussi luttait contre le courant de la rivière, puis elle le projeta de côté sur la berge en pente où il s'écrasa durement. Il la lâcha pour se retenir à des touffes d'herbe et des pierres enfoncées dans la terre. Il était sorti de l'eau et tentait désespérément de ne pas glisser en arrière. Ses jambes lui semblaient lourdes comme du plomb alors qu'il s'efforçait de s'éloigner du torrent qui lui mordait les talons. Enfin il se sentit suffisamment en sécurité pour rouler sur le dos et pousser des cris rauques tandis que ses poumons cherchaient désespérément à se gonfler et à se remplir pour alimenter son corps en oxygène. Quand il eut la force de se soulever sur un coude, il observa la rivière. Aucun signe de l'homme cagoulé. Il avait presque certainement été emporté dans le loch.

Alors, Brodie se mit à trembler. De façon incontrôlable, comme si son corps essayait de générer de la chaleur. Mais c'était une bataille perdue d'avance, il savait qu'il ne réussirait jamais à rentrer à l'hôtel. Finalement, centimètre par centimètre, il escalada la berge et gravit sur les genoux le dernier mètre et demi qui le séparait de Lochaber Road.

Presque aussitôt, il fut aveuglé par les phares d'un gros véhicule qui, venant du pont, se dirigeait droit sur lui. Au moment où il levait une main affaiblie pour se protéger les yeux, il entendit un crissement de freins. Puis il vit une silhouette s'accroupir à côté de lui et des mains puissantes le remirent sur ses pieds. Ensuite, par-dessus le hurlement du vent, une voix lança :

— Bon Dieu, qu'est-ce qui vous est arrivé, mon vieux ?
Vous êtes trempé jusqu'aux os. Vous allez mourir de froid
dehors.

L'homme lui passa un bras autour des épaules pour l'aider à s'approcher de la portière d'un camion. Brodie comprit qu'il s'agissait d'un chasse-neige. À moitié conscient, il se sentit propulsé sur le siège passager, dans la cabine bien chaude. Le chauffeur, un homme corpulent aux moustaches gris argenté qui accrochaient la lumière du plafonnier, casquette en tissu sur la tête, s'installa à côté de lui au volant.

— Vous avez besoin d'un docteur, mon vieux.

Brodie secoua la tête. Tout en claquant des dents sans pouvoir s'arrêter, il répondit qu'il avait seulement besoin de retourner à l'International Hotel. Qui ne devait se trouver qu'à quelques centaines de mètres de là.

L'homme poussa un soupir exaspéré.

— Vous êtes complètement dingue, mec. Moi, je vais à la centrale Ballachulish A. La neige va se remettre à tomber et on doit garder la route dégagée. Il y a un docteur de service là-bas.

Les mots tombèrent de la bouche de Brodie comme des billes d'un bocal :

— Juste... juste à l'... hôtel.

Le chasse-neige roula jusqu'à la porte d'entrée de l'International et s'arrêta derrière le SUV de Brannan. Claquant toujours des dents, Brodie en descendit et tomba dans la neige. Se rendant à peine compte que l'engin repartait en marche arrière, il monta les marches d'un pas chancelant et manqua de s'évanouir dans le hall.

La nuit était complètement tombée. Dans l'hôtel, les lampes étaient allumées et il faisait chaud. Brodie resta une minute sans bouger, en s'appuyant d'une main au mur, le temps de reprendre son souffle.

— Brannan !

Sa voix lui parut incroyablement faible dans le vaste silence.

— Bon Dieu, Brannan !

Toujours rien. Inutile d'attendre une réponse. Au prix d'un effort immense, il s'écarta du mur et atteignit en titubant l'escalier où, cramponné à la rampe, il se hissa marche après marche.

Une fois dans sa chambre, il était si épuisé que ses doigts tremblants purent à peine arracher ses vêtements mouillés. Sa peau virait au bleu. Il entra tout nu dans la salle de bains et faillit tomber dans la douche. Tourner les robinets lui parut d'abord impossible puis, finalement, il réussit à faire jaillir un jet chaud de la pomme ; alors, il glissa au sol et s'assit pour laisser l'eau cascader sur sa tête et ses épaules.

Il ne savait pas depuis combien de temps il était sous ce torrent d'eau chaude mais, très progressivement, il recommençait à éprouver des sensations physiques, ainsi qu'une vive douleur. Une douleur qui semblait s'infiltrer dans chaque muscle, chaque articulation. Il songea alors à quel point il était extraordinaire que les eaux glacées du canal de fuite et de la rivière aient failli lui faire perdre la vie tandis que l'eau chaude la lui rendait maintenant en coulant sur lui.

Enfin il trouva la force de se relever et de sortir de la douche pour se sécher énergiquement avec une serviette. Il essuya la buée sur le miroir : le visage qui s'y reflétait était contusionné, meurtri par l'impact sur le mur du canal. Ses membres commençaient à se raidir, il savait qu'il devait les faire bouger. D'un pas chancelant, il retourna péniblement dans sa chambre et enfila les seuls vêtements secs qui lui restaient. Des vêtements inadaptés à la tempête qui remontait inexorablement le loch en direction du village. Il entendit les premiers grêlons crépiter contre la fenêtre et vit son propre reflet se déformer sous la force du vent. Avec des doigts aussi agiles que des bananes, il enfila une paire de chaussures et chercha dans sa North Face trempée le compteur Geiger enfermé dans une poche intérieure. Il ignorait totalement s'il fonctionnerait encore, mais il voulait l'emporter pour son rendez-vous avec Jackson ; peut-être ce dernier savait-il pourquoi Younger l'avait dans sa voiture.

Ensuite, il ramassa les écouteurs iCom qu'il avait jetés par terre et se demanda s'ils avaient survécu à l'épreuve de l'eau. Il les replaça dans ses oreilles et ordonna à iCom de le connecter avec le responsable de service à Pacific Quay. Rien. Ou ils avaient succombé à l'immersion dans les eaux du canal ou les batteries étaient à plat. Il sortit le câble de recharge de l'étui contenant les lunettes, brancha les écouteurs et les posa sur la commode. Un voyant vert clignotant lui offrant l'espoir qu'ils fonctionnaient toujours, il descendit au rez-de-chaussée en quête de quelque chose à manger et, plus important, de quelque chose de chaud à boire. Il avait besoin de se réchauffer aussi l'intérieur du corps.

Dans la cuisine, il se prépara une grande tasse de café brûlant au percolateur, et y ajouta plusieurs cuillerées de sucre pour tenter de se redonner un peu d'énergie. Puis il cassa dans une poêle des œufs trouvés dans le réfrigérateur, les fit frire avec du beurre, et s'assit à la table pour les dévorer. Grâce au café et aux œufs, il commençait à se sentir de nouveau vaguement humain. Ses pensées le ramenèrent à McLeish. Il lui semblait à présent évident que c'était lui qui avait tué Younger et Sita. Même s'il ne comprenait pas pourquoi. Or le fait que McLeish soit probablement mort après avoir été emporté dans le loch signifiait qu'une seule personne serait désormais susceptible de jeter quelque lumière sur l'affaire : Jackson.

Il regarda sa montre. Au moins, elle marchait toujours. Il était presque l'heure de partir à son rendez-vous avec **le contact de Younger. Au moment où il se levait, la porte** de la cuisine s'ouvrit et un Brannan à l'air harassé entra précipitamment.

— Où étiez-vous passé, monsieur Brodie ?

Soudain, sa voix faiblit et ses yeux s'écarquillèrent :

— Qu'est-ce qu'il vous est arrivé ?

Brodie se rendit compte qu'il devait renvoyer une image encore pire que celle qu'il avait aperçue dans le miroir de la salle de bains.

— Je prenais une leçon de natation.

Voyant le visage de Brannan se crisper de consternation, il ajouta :

— Mais dites-moi plutôt où vous étiez passé, bordel ?

— J'essayais de vous trouver.

— Pourquoi ?

— Elle n'est plus là.

— Qui n'est plus là ?

— Le Dr Roy.

Il pointa un doigt vers la porte de l'antichambre. Entrouverte sur l'obscurité.

— Ce matin, je l'ai fermée à clé après votre départ. Juste par sécurité parce que je devais me rendre au village pour faire des provisions. Puis, cet après-midi, quand vous êtes reparti, je me suis dit que je ferais bien de vérifier. (Il s'interrompit, à bout de souffle.) La porte n'était plus verrouillée. Quelqu'un l'avait forcée. Et... elle n'était plus là.

Brodie passa devant lui pour pénétrer dans l'antichambre, où il alluma la lumière. Le couvercle de l'armoire réfrigérée avait été soulevé et appuyé contre le mur. L'armoire était vide.

— Qu'est-ce que vous en pensez ? demanda Brannan.

Brodie se retourna :

— Je pense que quelqu'un se fout de notre gueule. (Il tendit la main.) Donnez-moi les clés de votre voiture. Et je vais aussi avoir besoin de vous emprunter une veste imperméable.

Chapitre 24

Il avait l'impression de foncer tout droit dans la tempête. Les grêlons surgissaient des ténèbres comme des étincelles et rebondissaient sur le pare-brise. La température extérieure affichée sur le tableau de bord du SUV de Brannan indiquait -2 °C. Avec cette grêle qui tourbillonnait comme de la neige sur le macadam récemment dégagé, il voyait à peine la route devant lui.

Il lui fallut plus que les dix à quinze minutes prévues. Plusieurs fois il s'arrêta pour consulter la carte ouverte sur le siège passager, et tenter d'identifier les points de repère à la lumière des phares. Finalement, il aperçut l'aire de repos, marquée d'une croix rouge sur la carte par Brannan, et s'y gara.

Il resta un moment assis dans le véhicule ébranlé par les rafales, le temps de se préparer à affronter la tourmente en puisant des forces dans ses dernières réserves. La portière s'arracha presque de ses mains quand il l'ouvrit, et il dut se battre contre le vent pour la refermer.

Il releva la capuche de l'anorak de Brannan et glissa autour de sa tête l'élastique de sa lampe frontale. Maintenant, il pouvait au moins voir où il allait malgré la grêle qui fendait presque horizontalement le faisceau lumineux. Il quitta la route pour descendre, non sans mal, entre les arbres et les enchevêtrements de fougères mortes, en direction du loch qui, bien qu'invisible, se trouvait un peu plus bas.

Il faillit heurter de plein fouet le bunker qui se profila soudain dans l'obscurité – une casemate en béton d'environ trois mètres de haut, juste derrière la ligne des arbres et à proximité de l'eau. Difficile d'imaginer un endroit et un moment plus inhospitaliers pour un rendez-vous. Il le contourna à tâtons jusqu'au mur faisant face au loch. Une lourde porte en acier était entrouverte.

Brodie plongea à l'intérieur, heureux d'échapper au vent chargé de grêle cinglante. Une simple lampe LED ronde encastrée dans le plafond jetait une lumière jaune et crue sur les parois en béton et une double porte fermée qui semblait être celle d'un ascenseur.

Il reconnut immédiatement Jackson d'après la description de Brannan. Grand, dégingandé, cheveux roux frisottants s'échappant de la capuche de sa parka. Son visage avait une couleur de cendre et ses yeux verts oscillaient nerveusement de Brodie à l'obscurité du dehors.

— Jackson ? demanda Brodie inutilement.

L'homme opina :

— Je ne veux pas être mêlé à ça.

— Monsieur Jackson, que cela vous plaise ou non, vous êtes impliqué. (Il inclina la tête vers la porte fermée.) Où va cet ascenseur ?

— À plus de cinq cents mètres sous terre dans un puits doublé de plomb, jusqu'au niveau le plus profond des tunnels de stockage. Il est conçu pour s'en échapper plutôt que pour y descendre. Mais ceux d'entre nous qui disposent d'une autorisation ont un badge d'accès sur leur porte-clés.

— Vous n'êtes pas monté par-là, alors ?

— Bon Dieu non. C'est trop dangereux en bas.

— Pourquoi ?

Jackson se frotta le visage de ses frêles doigts blancs.

— Écoutez, je n'ai parlé à M. Younger que sous couvert d'anonymat.

— Younger était journaliste, monsieur Jackson, pas moi. Et si vous ne voulez pas que je vous arrête pour meurtre, je vous conseille de parler. Et vite.

L'indignation explosa de ses lèvres violettes et humides :

— Je ne l'ai pas tué ! Pourquoi l'aurais-je tué ? Seigneur, vous ne parlez pas sérieusement.

— Alors qui l'a fait, et pourquoi ?

— Aucune idée. (Il hésita.) Quelqu'un qui ne voulait pas qu'il publie son histoire.

— Et que raconte cette histoire ?

Jackson secoua la tête de désespoir.

— Je ne peux pas.

Brodie le plaqua contre le mur avec une force à laquelle il ne s'attendait pas.

— Écoutez, monsieur Jackson, ma médecin légiste a été assassinée hier, lui souffla-t-il au visage. Et aujourd'hui quelqu'un a essayé de me tuer. Alors si vous ne me dites pas ce qui se passe ici...

Il n'avait pas besoin de formuler sa menace en mots. Le sous-entendu était assez clair.

Jackson se libéra de la poigne du policier et cria presque :

— D'accord !

Tout en cherchant par où commencer, il rajusta sa parka et respira à fond. Enfin, il se lança :

— Vous vous souvenez de cette histoire rapportée par les médias il y a environ six mois ? La radio et la télé en ont parlé. Un tremblement de terre dans les West Highlands.

Brodie haussa les épaules.

— Vaguement. (Il réfléchit.) Mais si c'est passé aux infos, c'est parce qu'il n'y a pratiquement jamais de tremblements de terre en Écosse. Et, si je me souviens bien, celui-ci n'aurait même pas fait de vagues dans une tasse de thé. Donc personne n'y a accordé beaucoup d'importance.

— Non. Mais on aurait dû.

Brodie fronça les sourcils.

— Que voulez-vous dire ?

— C'était un glissement de plaques tectoniques de chaque côté de la faille du Great Glen. Pas très loin, au nord de l'endroit où nous sommes.

Brodie fit la moue.

— La faille du Great Glen ? Connais pas.

— En gros, elle forme une ligne de Fort William à Inverness, monsieur Brodie. Le long du canal calédonien. Si vous regardez l'Écosse depuis l'espace, elle donne l'impression d'être divisée en deux par cette ligne. (Il marqua une pause.) Eh bien, en fait, c'est le cas. Plus ou moins. Et il y a six mois, les plaques situées de chaque côté de cette faille se sont déplacées latéralement. Le mouvement n'a pas été énorme et on ne l'a pas beaucoup ressenti à la surface. Mais... (Il secoua la tête d'un air désespéré.) Des deux côtés il y a eu des fractures dans la roche-mère. En profondeur.

Une idée impensable traversa l'esprit de Brodie, qui pointa un doigt vers le sol.

— Vous voulez dire : là-dessous ?

Jackson hocha la tête. Son teint blême prenait maintenant une nuance verte presque assortie à ses yeux. Plus éloquente que tout ce qu'il aurait pu exprimer par des mots.

— Savez-vous comment les déchets de Ballachulish A sont éliminés ?

— Pas en détail. Je sais seulement que des tunnels ont été creusés à cinq, six, sept cents mètres sous terre pour les y stocker.

Jackson ferma les yeux un moment puis les rouvrit et regarda Brodie fixement :

— On a emprunté l'idée aux Finlandais. On perce la roche-mère sur huit cents mètres et on creuse des tunnels qui se déploient en un réseau de galeries. On met les déchets radioactifs des réacteurs dans des conteneurs en acier bore qu'on enferme dans des capsules de cuivre capables de résister à la corrosion. On fore des trous individuels dans les galeries. On place les capsules dans les trous puis on les remplit d'argile bentonite. (Il s'interrompit pour reprendre sa respiration) Une solution définitive. Le truc est enseveli pour toujours. Aucune intervention humaine ou mécanique n'est ensuite nécessaire parce que le déchet est désormais à cent pour cent inaccessible.

Brodie réfléchit.

— Il doit y avoir une limite, pourtant, à la quantité de trucs qu'on peut enfouir là-dessous.

— Bien sûr. Mais la capacité est suffisante pour stocker les déchets de l'usine jusqu'en 2120, quand ils seront tous définitivement scellés et que Ballachulish A sera mise hors service.

— Personne n'a jamais envisagé la possibilité d'un tremblement de terre ?

Accablé de tristesse, Jackson secoua la tête.

— Si. Justement. Au tout début, le gouvernement écossais a commandé une étude de faisabilité du plan de stockage des déchets. La version finale de cette étude incluait un rapport qui soulignait les risques de dommages en cas de mouvements tectoniques dans la faille du Great Glen. Il précisait qu'un tel événement était hautement improbable. Un risque des plus infimes, monsieur Brodie. C'est-à-dire qui ne se produirait certainement jamais. Mais pas aussi impossible que ça, en fin de compte.

— Et le gouvernement l'a ignoré ?

Les lèvres violettes de Jackson blanchirent quand il les serra l'une contre l'autre en un trait sinistre.

— Pas exactement.

— Comment ça, pas exactement ?

— Si vous consultez les dossiers des archives gouvernementales, monsieur Brodie, vous ne trouverez pas ce rapport. Il n'y est pas.

Brodie laissa échapper un soupir d'incrédulité :

— On l'a fait passer à la trappe.

— Une réalité dérangeante. Tout complément d'enquête sur la possibilité des déplacements tectoniques ou des dommages susceptibles d'en résulter aurait pris des années. Le projet Ballachulish A aurait été gelé. Il n'aurait peut-être jamais vu le jour.

Seuls le déchaînement de la tempête, dehors, et le sifflement du vent qui s'engouffrait par l'entrebâillement de la porte et leur fouettait les jambes brisaient le silence qui s'était installé entre les deux hommes. L'énormité de ce que Jackson venait de révéler faisait lentement son chemin dans l'esprit de Brodie. Mais l'opérateur n'avait pas terminé :

— La ministre responsable de l'ensemble du projet nucléaire au parlement d'Édimbourg dans les années 2030 misait tout sur Ballachulish A. Ce devait être l'énergie de l'avenir de l'Écosse. Et c'est le socle sur lequel elle a bâti toute sa carrière.

— Elle ?

— La Première ministre. Sally Mack. Qui espère aujourd'hui être réélue par les grands électeurs écossais, éternellement reconnaissants envers elle que l'Écosse ne soit pas obligée de rationner l'énergie comme cela arrive dans tant d'autres régions du monde.

— Donc, elle ne veut pas que cela sorte avant les élections. Dans, quoi... (il vérifia la date sur sa montre) moins d'une semaine.

— Et pour cause. Si on révélait qu'elle a délibérément caché un rapport alertant sur ce qui a fini par se produire, cela les coulerait, elle et son gouvernement.

— Et que s'est-il passé, exactement ?

Le souffle court, dévoré par la peur qui le privait d'oxygène et de courage, Jackson répondit :

— Personne n'en est certain, monsieur Brodie. (Il se crispa.) Mais une fuite radioactive s'échappe en ce moment des tunnels. Une grosse fuite. (Il leva les yeux vers le plafond comme en une prière muette pour que tout s'efface, puis les fixa de nouveau sur Brodie.) Nous pensons qu'une fracture dans la roche-mère, quelque part en dessous, a endommagé certains conteneurs en acier bore.

Brodie fronça les sourcils.

— Une fuite radioactive devrait déclencher un système d'alarme, non ?

— Oh, oui. Il a bien fonctionné. Une équipe d'experts en combinaisons antiradiation ratisse les tunnels pour essayer de localiser la source. Une investigation approfondie. Mais archi confidentielle. Tenue secrète pour raisons de « sécurité nationale ».

Le ton sarcastique avec lequel il prononça les mots *sécurité nationale* n'échappa pas à Brodie, qui prolongea sa pensée :

— Sécurité nationale étant une autre manière de désigner les intérêts politiques.

Jackson poussa un profond soupir.

— Je ne veux pas me mêler de politique, monsieur Brodie. Mais, bon, vous pouvez toujours me traiter de cynique. À mon avis, ce fiasco restera déguisé en *sécurité nationale* au moins jusqu'après les élections.

— À quel point est-ce grave, là-dessous ? demanda Brodie.

— Très grave. Une grande partie du réseau de tunnels a été scellée pour tenter de contenir les radiations.

Il s'enfouit le visage dans les mains comme pour s'y cacher, et lâcha d'une voix étouffée :

— Oh, mon Dieu.

Quand il écarta ses mains, Brodie vit des larmes dans ses yeux verts.

— Ça commence à fuir dans l'environnement. Toute la région montre des relevés très supérieurs aux niveaux de sécurité tolérés.

Brodie pensa immédiatement à Addie et Cameron et se sentit mal. Son enquête s'était transformée en un cauchemar des pires qui soient. Comme un rêve qui vous hante pendant des nuits sombres, agitées, et se prolonge bien après le lever du soleil.

— Comment Younger allait-il prouver tout cela ? demanda-t-il.

— Je ne sais pas comment il s'est débrouillé, mais il a mis la main sur une copie du rapport disparu. Approuvé par Mack elle-même. Et il voulait effectuer des relevés. Dieu me pardonne, mais il m'a persuadé de le laisser descendre dans les tunnels. Bien que je l'aie prévenu que les niveaux de radioactivité y étaient probablement mortels, il a tenu à descendre malgré tout. Il a dit qu'il ne serait pas exposé pendant longtemps. Il avait besoin d'une preuve.

Soudain, Brodie comprit ce que Younger faisait en haut du Binnein Mòr. Il revoyait le détecteur de rayonnement sur la crête, juste après la station météo d'Addie. Younger avait voulu y prendre un relevé. Pour peaufiner son histoire. Et si lui-même avait été fatalement exposé à de hauts niveaux de radiation, cela expliquait pourquoi il ne voulait pas gaspiller une demi-journée ou davantage en empruntant la voie la plus longue jusqu'au sommet. Chaque minute comptait.

— Son article dans le journal et sur Internet allait faire sauter le gouvernement, monsieur Brodie.

À peine ces mots étaient-ils sortis de la bouche de Jackson que Brodie vit la tête de ce dernier se dissoudre dans une explosion de sang, d'os et de matière grise qui projeta son corps contre le mur du fond. Le fracas du coup de feu dans cet espace confiné suffisait à faire éclater les tympans ; Brodie eut les oreilles saturées par une sonnerie tonitruante et insistante tandis que Jackson glissait au sol en laissant une traînée sanglante sur le béton. Il se retourna aussitôt et aperçut brièvement une ombre cagoulée sur le seuil. Au même moment son crâne s'emplit de douleur et de lumière, sa conscience fut aspirée dans un trou noir, puis plus rien, seulement les ténèbres.

Lorsqu'il reprit connaissance, il éprouva d'abord la sensation de sombrer lentement. Puis la douleur envahit de nouveau sa tête et quand, finalement, il ouvrit les yeux, il fut aveuglé par une lumière dont il ne réussit pas tout de suite à identifier la source. Il lui semblait qu'elle était au-dessus de lui, cachée sous un carré dont elle échappait par les quatre côtés. Il se trouvait à moitié allongé sur un sol caoutchouté et à moitié adossé à une paroi en acier inoxydable. En fait, il était entouré d'acier inoxydable réfléchissant. En face de lui, environ à hauteur de poitrine, il y avait deux boutons lumineux sur un panneau lui aussi en acier. Le numéro « un » au-dessus du numéro « zéro ». Un cercle de lumière verte entourait le bouton « zéro ».

À travers le brouillard de confusion associé à la douleur de son crâne, il commença peu à peu à comprendre qu'il était dans l'ascenseur de secours, en train de s'enfoncer vers les tunnels de stockage depuis la casemate où il avait rencontré Jackson. La sensation de chute venait du lent mouvement descendant de l'ascenseur. Et par-dessus la sonnerie qui tintait dans ses oreilles, il entendait la voix de Jackson disant : *Je l'ai prévenu que les niveaux de radioactivité étaient probablement mortels.*

Il se releva d'abord lentement sur les genoux, puis, avec beaucoup d'effort, sur ses pieds, en s'appuyant d'une main à la paroi de la cabine. *Doublé de plomb*, avait précisé Jackson. Le puits de l'ascenseur était doublé de plomb. Donc, pour le moment, il n'avait pas à craindre les radiations du sous-sol. Il tituba jusqu'aux boutons lumineux et pressa du pouce le numéro « un ». L'ascenseur continua sa descente, lente, ininterrompue. Il le pressa plusieurs fois. Et, juste pour être sûr, il essaya aussi le « zéro ». Aucun résultat. La panique commençait à lui serrer la poitrine ; il se plaqua contre la paroi du fond en priant pour que l'ascenseur s'arrête. Mais celui-ci persistait à s'enfoncer inexorablement dans les profondeurs. Brodie ferma les yeux. Quand le médecin lui avait donné de six à neuf mois, ça lui avait semblé trois fois rien. À présent, ça lui paraissait une éternité, la vie elle-même. Précieuse.

Il entendait sa propre respiration dans l'espace confiné. Il imaginait même entendre les battements rapides de son cœur, alors qu'en réalité ce n'était que la pulsation du sang dans son cou.

Lorsque l'ascenseur s'arrêta soudain avec une légère vibration, il retint son souffle, conscient du silence qui régnait. Puis au bout de ce qui lui sembla une éternité, un bruit sourd précéda l'ouverture de la porte.

Il ne savait pas trop à quoi il devait s'attendre. En tout cas, la mort ne se précipita pas à sa rencontre. Du moins, pas à première vue. Juste de la chaleur et de la lumière. Au-delà des portes s'ouvrait devant lui une cathédrale caverneuse grossièrement taillée dans la roche, aux murs couverts de tuyaux et de gaines. Elle était très éclairée par des lampes vives qui se reflétaient sur un sol en béton poli. De l'air y était diffusé avec un doux bourdonnement électrique, dont la source n'était pas immédiatement apparente.

Brodie resta plusieurs minutes sans bouger, imaginant que cet ennemi invisible était en train de le tuer pendant qu'il le respirait, que sa peau l'absorbait, qu'il pénétrait à l'intérieur de son corps à travers chaque coupure, chaque égratignure. Pourtant il ne sentait rien. Il n'y avait aucune odeur, à part celle de la poussière âcre de la roche perforée. Il se demanda alors si l'étrange inflammation que Sita avait découverte dans les poumons de Younger, ainsi que la desquamation de la muqueuse de ses intestins pouvaient être le résultat des radiations. Une fois analysés au labo, les échantillons qu'elle avait prélevés auraient révélé la vérité, mais ils avaient disparu, et la médecin légiste elle-même était morte.

Un calme inattendu s'empara soudain de Brodie. De toute façon, il allait mourir. Et peut-être que ces précieux mois de vie n'auraient été qu'un cycle interminable de chimio et radiothérapie. Un vrai cauchemar. Peut-être valait-il mieux s'en aller plus vite. Mais pas avant de sortir d'ici et de pouvoir régler ses comptes. Éloigner le plus possible sa fille et son petit-fils de cet endroit. Faire en sorte que les responsables soient poursuivis. Mettre ces salauds à genoux.

Il s'écarta de la paroi du fond de l'ascenseur et s'avança sous l'arche monumentale de la cathédrale souterraine.

L'entrée principale était fermée par une immense porte noire, d'environ cinq mètres de côté, délimitée par des bandes lumineuses rouges qui jetaient une faible lueur rose autour de tout cet espace caverneux. Les pas de Brodie résonnèrent dans le silence légèrement bourdonnant quand il s'avança vers elle pour l'examiner de près. Il ne semblait exister aucun moyen de l'ouvrir de l'intérieur ; il pensa qu'elle devait être en plomb, elle aussi, et ne pouvait être manipulée que par quelque mécanisme industriel complexe. D'énormes tunnels, tels les rayons d'une roue, partaient de cette entrée et disparaissaient dans les ténèbres. Un certain nombre d'entre eux étaient scellés. Des traces de pneus en caoutchouc se dirigeaient vers les autres.

Brodie sortit de sa poche le compteur Geiger de Younger. Sur le côté, il trouva un bouton qu'il tourna. L'écran gris s'alluma et, aussitôt, l'appareil commença à émettre une avalanche de clics qui le mitraillèrent comme les plombs d'un fusil de chasse. Il ignorait à quel niveau de radiation cela correspondait exactement, mais il avait vu suffisamment de films pour savoir que ce n'était pas un bon signe d'entendre ce bruit. Incapable d'évaluer ce qu'affichait l'écran, il l'éteignit. Le crépitement cessa immédiatement. Mieux vaut ne pas savoir, se dit-il en remettant le compteur dans sa poche.

Il regarda autour de lui. Il devait y avoir une autre sortie quelque part. Ces tunnels mesuraient des kilomètres de long. Un autre ascenseur de secours avait certainement été prévu ?

Après avoir traversé le hall, il pénétra dans le tunnel le plus proche en s'assurant que sa lampe frontale était toujours en place et fonctionnait. Elle perça l'obscurité qui s'étendait devant lui. Il y avait des ampoules alignées sur la voûte du plafond, mais il ignorait comment les allumer. Il se mit en marche en suivant, sur sa droite, les gaines qui couvraient le mur. De sa gauche partaient à intervalles réguliers des tunnels plus étroits. Certains avaient été fermés, eux aussi. Il dépassa un grand chariot électrique qui paraissait avoir été abandonné et aperçut plus loin, une lampe rouge en hauteur. Quand il s'en approcha, il se rendit compte qu'elle était encastrée dans le mur au-dessus d'une autre porte carrée, ouverte celle-là. Les bandes lumineuses la délimitant étaient éteintes.

Il la franchit et se retrouva dans une salle plus vaste dont il balaya les murs taillés dans la roche avec sa lampe frontale. Tout à coup, le faisceau se refléta sur un panneau SORTIE DE SECOURS en lettres rouges sur fond blanc. Une flèche pointait vers les ténèbres. Il s'empressa de la suivre.

À présent, il avait du mal à respirer. La chaleur était suffocante ; il transpirait ici-bas alors que là-haut une tempête de glace plongeait le monde dans un froid arctique. Un grand calme régnait dans les tunnels. C'était presque paisible. Pourquoi donc retourner dans la fureur des éléments déchaînés ? Il ressentait une telle fatigue. Il n'avait qu'une envie, s'asseoir, caler son dos contre la paroi, fermer les yeux. Et peut-être ne jamais se réveiller. Puis il pensa à Addie, et à Cameron : il devait continuer pour eux.

Il continua donc à marcher, et dépassa un autre panneau avant de voir les parois sombres doublées de plomb d'un puits d'ascenseur s'élever du sol pour disparaître dans les hauteurs. Un seul bouton lumineux, entouré d'un cercle vert brillant, était encastré dans l'acier, à droite de la porte. La bouche sèche, il l'enfonça. La porte s'ouvrit, en déversant sur l'obscurité une vive lumière jaune.

Brodie avança dans la lumière et, d'un doigt tremblant, pressa le bouton « un ». S'il ne réagissait pas, ces tunnels pourraient bien être sa dernière demeure. Sa tombe. Il aurait le temps de mourir de faim ou empoisonné par les radiations avant qu'on ne le trouve.

À son grand soulagement, la porte se referma et, avec une vibration des plus douces, l'ascenseur se mit en route pour sa longue et lente remontée.

Progressant à une vitesse à peine supérieure à celle d'un piéton, il lui fallut près de dix minutes pour atteindre la surface. Appuyé à la paroi du fond, Brodie gardait les yeux fermés ; il essayait de ne pas penser. Il n'était pas encore dehors. Il sentait une sérénité presque zen l'envahir. Plus rien n'avait d'importance. Plus rien n'existait au-delà de cet espace. Colère, tristesse, toute émotion l'avait quitté. Comme l'âme s'évadant après la mort. Les minutes auraient pu être des heures, des jours ou des années. Le temps ne comptait plus.

Puis, soudain, l'ascenseur s'arrêta et la porte s'ouvrit. Le froid, invisible, comme les radiations, s'engouffra dans la cabine tandis que la contamination que Brodie imaginait avoir remontée avec lui s'échappait. Il rouvrit les yeux, la colère revint. Une fureur ardente, dévorante. Il sortit dans le froid glacial d'une casemate en béton et poussa avec l'épaule la barre qui déverrouillait la porte. Bien qu'elle fût très lourde, la force du vent l'ouvrit violemment. Brodie chancela dans le chaos de la tempête et faillit être renversé. La grêle avait tourné à la neige. De gros flocons plats qui emplissaient l'air et lui cinglaient le visage.

Au-delà de la casemate, il pouvait tout juste deviner des arbres agités de mouvements rapides et désordonnés sous l'effet des rafales. À une vingtaine de mètres sur sa gauche, le terrain descendait en pente raide vers les eaux tumultueuses du loch. S'il suivait le rivage en conservant le loch à sa gauche, il retournerait certainement à l'endroit où il avait rencontré Jackson. Tête baissée, courbé en deux contre le vent pour lui résister, il força ses jambes à parcourir en sens inverse, et dans la neige, le chemin qu'il avait fait sous terre.

Une bonne dizaine de minutes s'écoulèrent avant que le faisceau de sa lampe frontale se reflète sur le béton de la première casemate. Il se plaqua contre le mur, momentanément à l'abri de la puissance du vent, puis il se retourna vivement pour tirer sur la porte en acier. Bloquée, elle ne céda pas. Que Jackson, ou ce qu'il en restait, fût toujours à l'intérieur n'avait que peu d'importance après tout. Il était mort, Brodie ne pouvait rien y changer.

Il s'éloigna d'une démarche titubante entre les arbres, en direction de la route, en espérant malgré tout que le SUV de Brannan serait toujours là où il l'avait laissé. Dès qu'il eut escaladé le talus, il vit la vitre du côté passager refléter la LED de sa lampe frontale ; avec un soulagement immense, il contourna le véhicule, ouvrit la portière et s'écroula sur le siège du conducteur. Ensuite il dut faire un effort énorme pour refermer la portière que le vent essayait d'arracher de ses charnières. Enfin, il se retrouva enfermé dans une bulle de silence relatif. La tempête se déchaînait toujours derrière le verre, mais elle évacuait sa colère en sourdine, tout en secouant le SUV sur ses roues et en recouvrant de neige son pare-brise.

Brodie ne bougea plus pendant plusieurs minutes, haletant, s'efforçant de retrouver son souffle, et quand il finit par reprendre le contrôle de ses poumons, il évita de regarder le rétroviseur. Il n'avait aucune envie de voir la mort sur son visage. Il enclencha la marche avant, régla les essuie-glaces à leur vitesse maximum et, dès qu'il put y voir un peu, braqua à fond pour retourner au village.

Chapitre 25

Brodie laissa des traces de pneus fraîches dans la neige jusqu'au pied des marches de l'International Hotel devant lequel il freina brusquement. Il sauta du pick-up et courut à la porte d'entrée.

— Brannan ! hurla-t-il dans la froide lumière jaune du hall.

Mais comme c'était si souvent le cas depuis deux jours, le propriétaire des lieux ne se trouvait nulle part.

Brodie monta au premier étage aussi vite que le lui permettaient ses jambes flageolantes et se précipita dans sa chambre. La pièce était sens dessus dessous. Son ordinateur portable avait disparu, ses vêtements à moitié secs gisaient par terre. Mais celui qui avait tout retourné, et emporté son ordinateur, avait laissé les écouteurs en charge sur la commode. Négligence d'un individu paniqué. Le voyant vert, qui clignotait lorsque Brodie les y avait laissés, s'était éteint. Il les prit et en inséra un dans chaque oreille. L'étui de protection de ses lunettes avait été jeté par terre ; en découvrant qu'elles étaient toujours à l'intérieur, il poussa un soupir de soulagement, les glissa sur son nez et sentit les aimants s'enclencher. Puis il ferma les yeux et dit à haute voix, tout en priant pour qu'elles fonctionnent encore :

— iCom, enregistrement audio et vidéo.

Dans ses oreilles, une voix annonça :

— *Enregistrement en cours.*

Alors, il s'assit, fixa intensément les verres et commença son récit des événements de la soirée, en repassant dans sa tête les images de ce cauchemar comme s'il les voyait défiler sur un écran. Il essaya de se remémorer absolument tout. Les gants de McLeish dans le garage. L'agression à la centrale hydroélectrique et la chute dans le canal. Ensuite, sa rencontre avec Jackson, l'histoire de la fuite radioactive et du rapport caché que lui avait racontée l'opérateur. De toute évidence, conclut-il, McLeish avait survécu à l'épreuve du Leven, l'avait suivi jusqu'à Ballachulish, à son rendez-vous avec Jackson, et avait tué ce dernier avant d'envoyer Brodie, par ascenseur, rencontrer son créateur dans les tunnels contaminés.

Lorsqu'il eut terminé, il comprit que ce n'était pas suffisant. Il manquait trop de détails. Mais il n'avait pas le temps d'améliorer. Ça attendrait. Pour l'instant, sa préoccupation principale était de retrouver McLeish et de l'arrêter avant qu'il ne tue quelqu'un d'autre.

— iCom, envoyer.

Sa voix lui parut plate sous la lumière froide de sa chambre en pagaille. Il se leva. La neige soufflée par le vent collait aux vitres et masquait la vue sur le loch. Il ferma les yeux et se sentit vaciller. Il était tellement fatigué. Il mourait d'envie de se coucher sur le lit et de se laisser dériver. Son sens de l'équilibre l'abandonnait ; il rouvrit les yeux si vite qu'il chancela et faillit tomber ; son cœur battait la chamade. Il avait été à deux doigts de s'endormir debout.

Tout en descendant l'escalier, il cria plusieurs fois le nom de Brannan. Mais l'hôtel était désert. Le feu que le propriétaire avait allumé un peu plus tôt dans le bar s'était éteint.

Brodie poussa la porte d'entrée, sortit sur le perron et se sentit aussitôt pilonné par le vent qui se rechargeait en puissance sur le loch et dont l'intensité était décuplée par l'étroitesse du fjord.

Il sauta dans le pick-up de Brannan, soulagé d'y retrouver encore un peu de chaleur, fit demi-tour et repartit sur Lochaber Road, en plongeant son regard au milieu des épais flocons blancs qui traversaient les faisceaux des phares tandis que les essuie-glaces étalaient la neige sur le pare-brise. Malgré ses quatre roues motrices, le SUV poussé au maximum de ses limites glissait sur la chaussée, et Brodie heurta le parapet du pont de l'Allt Coire na Bà. À la sortie du virage, il profita de la portion de route droite pour rouler plus vite. Le poste de police était encore éclairé quand il le dépassa, avant de tourner à droite en dérapant devant le Tailrace Inn pour continuer sur Riverside Road.

Dans la plupart des maisons, les rideaux avaient été fermés à cause de la tempête, et de rares rais lumineux filtraient dans la nuit. Mais un éclairage froid et cru inondait l'allée qui, si méticuleusement dégagée au début de la journée, se couvrait à nouveau de neige. On n'y voyait aucune trace de pneu récente.

Les portes du garage étaient restées ouvertes. Une lampe brûlait à l'intérieur. Les rideaux du salon n'avaient pas été tirés devant la fenêtre.

La neige entassée derrière le portillon pour les piétons empêchait de l'ouvrir. Brodie l'enjamba et fut le premier à laisser des empreintes de pas dans la neige fraîche quand il avança en traînant les pieds jusqu'à la porte d'entrée. Là, il hésita. Si McLeish se trouvait chez lui, comment réagirait-il ? Impossible de prédire à quel point il pouvait être dangereux. Il avait tué Jackson d'une balle en plein visage, donc il était armé.

En jetant un rapide coup d'œil par un carreau, il vit Mme McLeish assise au bord de son canapé, penchée en avant, les mains étroitement serrées sur ses genoux. Le teint plombé, elle se balançait très lentement d'avant en arrière, comme en transe. Les yeux dans le vague, perdue dans un autre monde.

Il se retira et fit le tour de la maison, en se frayant un chemin dans la neige, pour regarder par chacune des fenêtres éclairées. La cuisine était vide. Une chambre à coucher semblait inoccupée. La salle à manger baignait dans une lumière douce, mais il n'y avait personne. Aucun signe de McLeish nulle part. Finalement, il arriva devant le garage ouvert et constata que les outils étaient toujours éparpillés par terre, là où McLeish les avait laissés. Rien ne paraissait avoir bougé depuis sa première visite.

Brodie retourna jusqu'à la fenêtre du salon en s'enfonçant dans la neige et frappa doucement au carreau.

Mme McLeish bondit sur ses pieds en jetant un regard plein d'espoir vers la fenêtre. Elle fronça d'abord les sourcils en reconnaissant le visage de Brodie puis sortit très vite de la pièce ; une seconde après, elle ouvrait la porte d'entrée. Son visage était un masque de peur sur lequel la lumière réfléchie par la neige projetait des ombres grotesques.

— Qu'est-ce qui s'est passé ? demanda-t-elle.

— Calum est ici, madame McLeish ?

Elle fronça les sourcils.

— Il n'est pas revenu de la centrale. Et il ne répond pas au téléphone. (Elle marqua une pause.) Vous ne l'avez pas vu, là-bas ?

— Un homme cagoulé m'a attaqué à l'usine, madame McLeish. Il a essayé de me fendre le crâne avec une clé anglaise.

Elle ouvrit de grands yeux.

— On est tombés tous les deux dans le canal de fuite qui nous a emportés jusqu'à la rivière. J'ai réussi à m'en sortir. Je ne sais pas trop ce qui est arrivé à l'autre.

Incrédule et effrayée, elle secoua la tête :

— Mais ça ne peut pas être Calum. C'est impossible ! Mon Dieu, monsieur Brodie, pourquoi vous aurait-il attaqué ?

— Peut-être parce qu'il savait que je le soupçonnais. D'avoir tué le journaliste disparu. D'avoir assassiné la médecin légiste. Il a dû réussir à sortir de l'eau puisqu'il a tué un homme d'une balle en plein visage, il y a à peine une heure.

L'incompréhension de Mme McLeish était presque douloureuse à voir.

— Mais qu'est-ce que vous racontez ? Mon Calum ne tuerait pas une souris. Jamais il n'aurait fait une chose pareille. D'ailleurs, pourquoi l'aurait-il fait ? Pourquoi ?

Brodie secoua la tête. C'était là l'une des choses qui l'avaient perturbé toute la nuit, tracassé jusqu'aux recoins les plus sombres de son esprit. Le mobile. Quelle raison McLeish pouvait-il avoir ? Pourtant, les preuves contre lui paraissaient irréfutables. Les gants, la peinture sur le pare-buffle. La vidéo trafiquée. L'agression à la centrale hydro-électrique. Néanmoins, le doute commençait à s'instiller.

— Je n'en ai aucune idée, répondit-il. Mais il a laissé l'empreinte de son gant sur le visage de Charles Younger quand il l'a attaqué et fait tomber du sommet du Binnein Mòr.

— Quels gants ? demanda-t-elle en secouant vigoureusement la tête. De quoi parlez-vous ?

— Ses gants de travail. Ils ont des doigts renforcés, avec un motif particulier gravé sur le dos de chacun.

Elle ne comprenait toujours pas.

— Venez, je vais vous montrer, dit-il en s'éloignant à grandes enjambées vers le garage.

Croisant les bras sur la poitrine pour se protéger, Mme McLeish courut derrière lui sous les gros flocons mouillés qui se déposaient sur ses cheveux et son pull.

Dans le garage, où la neige fondue formait des flaques sur le sol, Brodie se dirigea directement vers l'établi plaqué contre le mur du fond. Il prit l'un des gants beige et brun et le brandit vers elle.

— Ça vous dit quelque chose ?

Elle haussa les sourcils d'un air incrédule.

— *Ces* gants-là ?

Brodie souleva l'autre :

— Oui, ces gants-là, madame McLeish.

Consternée, elle soupira et son souffle se condensa en brume autour de sa tête.

— Ce sont ses gants de travail, monsieur Brodie. Il les met pour bricoler sur ses voitures. Mais il a trouvé qu'ils étaient aussi très bien adaptés à la montagne. Bonne prise, bonne protection des mains. En plus, ils tiennent chaud.

— Oui, eh bien votre mari les portait quand il a suivi Charles Younger sur la montagne. Et je peux vous assurer qu'ils ont laissé leur marque sur son visage. Un dessin trop caractéristique pour laisser la moindre place au doute.

Mme McLeish s'approcha de Brodie et lui arracha un gant des mains. Elle l'examina, puis, sur la défensive, lança un regard noir au policier :

— Eh bien, sachez que mon Calum n'est pas le seul à posséder une paire de gants comme celle-ci.

Brodie sentit sa certitude fondre comme la neige sur le sol du garage :

— Qui d'autre ?

— Ils plaisaient tellement à l'un des membres de l'équipe de sauvetage en montagne que Calum lui en a offert une paire pour son dernier anniversaire.

— Qui ? insista Brodie. Archie McKay ?

Il n'avait pas oublié l'agressivité du chef de l'équipe, la veille. Elle le regarda comme s'il était fou :

— Mais non ! C'était Robbie Sinclair.

Chapitre 26

La fureur était de retour. Brodie se sentait partir en vrille. Il voyait rouge en remontant l'allée jusqu'à la porte du petit poste de police. Quand il la poussa, une bourrasque la lui arracha des mains et la rabattit violemment vers l'intérieur.

Surpris, Robbie leva la tête de son ordinateur, le visage tuméfié, le teint gris. En voyant Brodie s'encadrer dans l'embrasure de la porte, entouré de neige virevoltant dans le vent, il écarquilla les yeux.

— Espèce de salopard ! cria Brodie.

À peine avait-il lancé ces mots que le jeune policier bondit de sa chaise et sauta par-dessus le comptoir. Il le cueillit d'un coup de poing qui l'atteignit à la pommette, mais cela ne suffit pas à stopper Robbie dans son élan et tous les deux furent propulsés dehors où ils s'affalèrent dans la neige.

Brodie sentit des poings s'abattre sur sa figure et son épaule, des coups frappés par désespoir. Il remonta alors brutalement son genou pour frapper son agresseur à l'endroit le plus sensible, entre les jambes. Robbie mugit et roula sur le côté ; Brodie en profita pour se remettre péniblement debout en s'accrochant au chambranle.

La neige griffait son visage et, derrière lui, dans le bureau, l'air glacé dissipait la chaleur. Très vite, cependant, Robbie se releva en grognant comme un animal blessé, chargea de nouveau et l'envoya s'écraser à l'intérieur du poste de police. Brodie sentit une vive douleur se propager le long de sa colonne vertébrale lorsque son dos heurta le comptoir. Le jeune policier le poussa violemment en travers du meuble, et ses doigts durs comme de l'acier se resserrèrent autour de son cou.

Brodie savait qu'il n'était pas de taille à lutter avec cet homme plus fort que lui, mais il s'y connaissait en coups bas. Il lui attrapa l'oreille gauche et la tira de toutes ses forces jusqu'à sentir la chair tendre se déchirer dans sa main. Robbie hurla, relâcha immédiatement sa prise et tituba en arrière contre la porte qui se referma en claquant. Lorsqu'il écarta sa main couverte de sang, Brodie vit que son oreille ne tenait plus que par un lambeau de peau. Il s'élança alors aussitôt du comptoir pour le plaquer contre la porte en le frappant à la gorge avant de lui fracasser le nez d'un coup de tête. Il sentit l'os se pulvériser sous la violence du choc, et une giclée de sang chaud les éclaboussa tous les deux.

Soudain, une voix aiguë domina le bruit de la bagarre. Perçante, impérative :

— Stop ! Arrêtez !

Brodie recula d'un pas et se retourna. Les yeux hagards, Addie se tenait sur le seuil de la porte de communication avec la maison, un fusil à l'épaule, le canon pointé sur les deux combattants.

— Qu'est-ce que c'est que ce bordel ? hurla-t-elle.

Puis elle aperçut le visage de Robbie et son oreille qui pendait.

— Bon Dieu ! Mais qu'est-ce qui vous prend ?

Son regard horrifié volait alternativement de son mari à son père.

— Papa !

Le cri plaintif les surprit tous les trois quand Cameron se glissa entre les jambes de sa mère et le montant de la porte pour courir vers son père en sanglotant, bouleversé par le sang et les éclats de voix.

Avant que Brodie ait eu le temps de bouger, Robbie avait soulevé son fils dans ses bras, tout en reculant pour s'emparer d'un coupe-papier posé sur le comptoir. Puis il s'adossa au mur, la pointe de la lame appuyée contre la gorge du garçon.

Un silence médusé s'abattit alors dans le petit bureau, brisé seulement par les gémissements effrayés de Cameron. Le garçon s'accrochait à son père, sans croire un instant que ce dernier lui ferait du mal, mais profondément perturbé par ce conflit.

Addie fixait d'un regard incrédule l'homme qui avait engendré son fils.

— Robbie... qu'est-ce que tu fais ?

— Pas de bêtise, Addie. Pose ce fusil.

Elle laissa le fusil glisser de son épaule, sans le lâcher, prête à l'épauler de nouveau en cas de nécessité.

— Pour l'amour du ciel, Robbie. Arrête. Tu ne lui feras pas de mal. Je ne peux pas croire que tu lui ferais du mal.

Elle retourna son incompréhension vers son père :

— Pourquoi il fait ça ?

Brodie avait encore le souffle court.

— Parce qu'il a déjà tué trois personnes, Addie, peut-être quatre. Et qu'il ne voit pas comment il peut s'en sortir.

Les lèvres d'Addie s'entrouvrirent, mais aucun son n'en sortit.

— Il a tué Younger, poursuivit Brodie. Et il a assassiné le Dr Roy quand il s'est rendu compte que la peau retrouvée sous les ongles du mort révélerait son ADN. (Il se tourna vers Robbie.) Je n'ai pas raison ?

Robbie respirait par la bouche à cause du sang qui commençait à coaguler dans son nez.

— Je ne pouvais pas la laisser vérifier la base de données.

— Parce que tous les officiers de police doivent donner un échantillon de leur ADN.

Robbie avala sa salive.

— Vous aviez déjà essayé de piéger le pauvre Calum McLeish, au cas où tout capoterait. En trafiquant les images de vidéosurveillance de façon à faire croire que c'était lui le coupable. Ensuite, vous avez emprunté son pick-up pour pousser la voiture de Younger dans le ravin ?

Il jeta un coup d'œil à sa fille. Son visage s'était recomposé. L'incrédulité cédait la place à la colère. Elle hocha la tête.

— Ce qu'on fait chaque fois qu'on a du bois à ramasser.

Brodie regarda de nouveau Robbie.

— Vous saviez qu'il y aurait probablement des traces de peinture sur le pare-buffle. Vous avez même peut-être fait en sorte qu'il y en ait. Et, bien sûr, il y avait les gants. (Il promena ses yeux sur les mains de Robbie, avant de le regarder de nouveau en face.) Je parie que vous avez détruit les vôtres. Comme ça, il n'en restait plus qu'une paire, celle de McLeish. Et si jamais on cherchait à faire un rapprochement... (Il marqua une pause.) Alors, qu'est-ce que vous avez fait à ce pauvre homme ? Juste un cadavre de plus dans votre sillage ?

Le visage de Robbie se tordit en un horrible rictus sous le sang qui le couvrait.

— Plus besoin de bouc émissaire vivant, hein ? Grâce à vous. (Il se tut un instant.) McLeish brûlera comme les autres.

— Qu'est-ce que vous voulez dire ?

— Vous verrez bien.

Les sourcils froncés, Brodie le dévisagea pendant un long moment avant de tourner la tête vers sa fille :

— Il a essayé de me tuer, moi aussi, dans l'usine hydroélectrique. Comme il n'a pas réussi, il m'a suivi à mon rendez-vous avec le contact de Younger, l'opérateur de la centrale nucléaire. Il lui a carrément fait exploser la tête. Puis il m'a poussé dans un ascenseur de secours pour m'expédier dans les tunnels contaminés par des niveaux de radioactivité mortels.

Puis, s'adressant à Robbie :

— Et, oui, j'en ai probablement absorbé une dose fatale. Quelle quantité et combien de temps ça mettra à me tuer, je n'en ai aucune idée. Il ne me reste peut-être qu'un jour ou deux, qui sait ? (Il souffla de colère entre ses dents.) Mais ce que vous ne saviez pas, c'est que, de toute façon, je suis condamné. Un putain de cancer. Un mort en sursis. Tout ce que vous avez fait, c'est accélérer le processus.

Les gémissements de Cameron s'étaient calmés ; le garçon s'accrochait au cou de son père, apparemment indifférent à la pointe de la lame appuyée sur son cou, et au filet de sang qui suintait de sa peau entaillée. Il paraissait toujours avoir la même confiance inébranlable en ce père, qui le protégerait quoi qu'il arrive.

D'abord saisie d'incrédulité, puis de désespoir, Addie se sentit faiblir et lâcha le fusil. Les trois adultes respiraient le même air, partageaient le même espace, alourdissaient le même silence. Trois vies en total désarroi. Espoir, foi, confiance, il ne restait rien.

D'une toute petite voix, elle brisa finalement le silence :

— Pourquoi, Robbie ?

Fermant les yeux, submergé de détresse, il donna libre cours à sa douleur :

— Rien de tout ça n'était supposé arriver. Ils m'ont dit que j'avais juste à lui faire peur.

— Qui ça, *ils* ? demanda Addie.

— Oh, *ils* n'ont pas de nom, ni de visage, pas vrai ? se moqua-t-il. *Ils* envoient les autres accomplir leur sale boulot. Mais ils allaient me détruire. Bon Dieu, Addie, tu sais dans quel merdier je me suis foutu. On croulait sous les dettes. Ils m'ont dit que je perdrais mon boulot, ma maison, ma famille. Je n'avais qu'une seule petite chose à faire et tous mes problèmes seraient réglés. L'ardoise serait effacée.

— Foutre la trouille à Younger, dit Brodie.

Il opina.

— Seulement, ni vous ni eux n'aviez compris que vous aviez affaire à un homme prêt à risquer l'empoisonnement par irradiation pour obtenir son histoire. Ce n'étaient pas quelques menaces verbales ni quelques coups qui allaient l'en dissuader. Il faudrait le tuer.

Robbie laissa tomber la tête sur sa poitrine.

— C'est juste que... (Il leva les yeux.) Ça a dégénéré. En un putain de cauchemar.

— Et vous n'y pouvez plus rien, Robbie. C'est fini. Laissez tomber, pour l'amour du ciel. Mettez fin à ce cauchemar.

Des larmes silencieuses ruisselèrent sur son visage ensanglanté.

— Une fin pour vous, peut-être. Mais pas pour moi. Jamais pour moi.

Il regarda Addie comme s'il faisait appel à sa compassion.

— Je suis désolé, Addie. Je regrette tellement.

Mais il n'y avait aucun pardon dans les yeux d'Addie. Robbie pointait toujours la lame contre la gorge de son fils.

— Je ne te connaissais pas, en fait ? Depuis toutes ces années. Putain d'inconnu qui s'est fait passer pour quelqu'un que j'aimais. Pour quelqu'un qui m'aimait. Pour quelqu'un qui aimait son fils.

— Mais c'est vrai !

— Alors pourquoi tu pointes ce putain de couteau sur sa gorge ?

Chargée d'une colère frisant l'hystérie, sa voix résonna dans la pièce.

Comme s'il se rendait seulement compte de ce qu'il était en train de faire, Robbie jeta brusquement le coupe-papier à l'autre bout de la pièce et dénoua les bras de son fils croisés autour de son cou. Déconcerté, Cameron se remit à sangloter quand son père le tendit à Brodie.

— Tenez. C'est votre petit-fils. Prenez-le.

Dès que Brodie serra le garçon contre sa poitrine, Robbie tourna les talons et s'enfuit dans la nuit, laissant la porte battre dans le vent.

Addie cala le fusil contre le mur et s'avança pour récupérer son fils. Cameron lui jeta les bras autour du cou et, malgré sa détresse et sa confusion, tourna la tête vers Brodie pour lui demander :

— Tu es vraiment mon papy ?

Brodie sentit sa gorge se nouer ; il refoula ses larmes, incapable de trouver assez de voix pour répondre. Il hocha simplement la tête tandis que le garçon se détournait, avec la résignation d'un enfant qui ne comprenait rien à ce qui se passait entre ses parents et cet homme devenu soudain son grand-père. Mais c'était un tel bouleversement qu'il s'accrocha désespérément à sa mère et enfouit son visage contre son cou.

Muette de désespoir, Addie dévisagea son père par-dessus la tête de son fils :

— Et maintenant ?

Brodie traversa la pièce pour refermer la porte avant de répondre à sa fille :

— Eh bien, il est inutile d'essayer de le poursuivre dans cette tempête. Il ne quittera pas le village de toute façon. Pas avec cette neige.

— Il a deux fusils de chasse. Il n'y en avait plus qu'un dans l'armoire quand j'ai pris celui-ci, dit-elle en inclinant la tête vers l'arme calée contre le mur.

Brodie hocha la tête d'un air grave.

— Alors, il a dû planquer l'autre quelque part.

— Qu'est-ce qu'il va faire à ton avis ?

— Le problème, ce n'est pas tant ce qu'il va faire que ce qu'il va essayer de m'empêcher de faire.

— C'est-à-dire ?

— Partir.

— Mais tu ne peux pas. Personne ne peut partir en ce moment, rétorqua-t-elle en regardant dehors.

— Non. Mais dès que la tempête sera passée, Cameron et toi pourrez vous envoler avec l'eVTOL. À mon avis, il va attendre qu'on essaye de rejoindre le terrain de football pour nous éliminer.

Addie secouait la tête, s'efforçant encore de voir la réalité en face.

— Il ne ferait pas ça. Jamais de la vie.

— Il a déjà tout perdu Addie. Il ne s'agit plus de paris. Il n'a plus rien à perdre. (Il se tut un instant.) Si cela peut te consoler, je ne crois pas qu'il s'attaquerait à vous deux. Mais il ne peut pas se permettre de me laisser partir d'ici vivant. Pas avec tout ce que je sais.

Elle ferma les yeux comme si, ce faisant, elle pouvait échapper à ce cauchemar éveillé. Puis elle les rouvrit et dit :

— Ce serait de la folie de vouloir rejoindre le terrain de foot en pleine nuit. Même si la tempête était finie.

Il hocha la tête.

— Oui. Quoi qu'il arrive, nous devrions au moins attendre les premières lueurs du jour.

À peine le mot lueurs avait-il quitté sa bouche que la lumière s'éteignit brusquement.

— Merde, l'entendit-il jurer entre ses dents. C'est Robbie ?

— Je ne sais pas.

Brodie s'avança à tâtons vers la fenêtre pour regarder dehors.

— Tous les lampadaires sont éteints, on dirait. Ça doit être une coupure de courant.

La flamme d'une allumette jaillit alors dans le noir et vacilla sur la mèche d'une bougie qu'Addie tenait à la main. Cameron, assis sur le comptoir, écarquillait les yeux ; sa mère le reprit dans ses bras après avoir refermé un tiroir situé au-dessous.

— On est bien préparés à ce genre de chose. Ça arrive tellement souvent. (Elle lui tendit la bougie.) Viens, je vais faire du feu. On risque d'attendre longtemps.

Chapitre 27

Brodie fit le tour de la maison comme un fantôme, en tirant les rideaux dans chaque pièce avant de l'inspecter à la lampe torche. Robbie se trouvait certainement quelque part dehors, en train de surveiller. Il devait avoir froid, mal et se sentir de plus en plus désespéré. Ce qui le rendait encore plus dangereux.

Le lit double de la chambre du couple était défait, les draps et la couette enchevêtrés comme des débris échoués sur un rivage désert.

C'était là que sa petite fille avait passé toutes ses nuits avec l'homme qu'elle croyait aimer. Là qu'ils avaient fait l'amour. Là que Cameron avait été conçu. Il éprouva pour elle une tristesse immense, car il savait ce que cela faisait d'être trahi par la personne en qui on a le plus confiance au monde. Il eut envie de redescendre pour la prendre dans ses bras et lui dire que tout irait bien. Mais il savait que c'était faux. Sa vie et celle de Cameron ne seraient plus jamais pareilles. Robbie avait mis un terme à leur avenir aussi sûrement que s'il avait collé un revolver sur leur tempe et pressé la détente.

Cette pensée le rendait furieux, pourtant, quelque part au fond de lui, il éprouvait une once d'empathie pour l'homme qui leur avait fait ça. Car Robbie l'avait aussi fait contre lui-même. C'était une âme en peine s'attardant au purgatoire qu'il s'était lui-même infligé avant d'entamer sa dernière étape sur une route qui avait sans doute été pavée de bonnes intentions, un jour.

Brodie inspecta la penderie, fouilla les tiroirs des sous-vêtements. Il regarda sous le lit. Juste des moutons de poussière qui s'étaient rassemblés à l'abri des regards, sans être dérangés pendant toutes ces années de mariage.

Il passa dans la chambre de Cameron, mais n'y trouva rien non plus.

Dans la salle de bains, au-dessus des toilettes, flacons de calmants et d'antalgiques remplissaient les étagères d'une petite armoire. Un bocal de boules de coton. Du fil dentaire. Des cotons-tiges.

Sur une tablette en verre fixée au-dessus du lavabo, un gobelet contenait du dentifrice et des brosses à dents. Des serviettes de toilette avaient été jetées sans façon par terre par la dernière personne à avoir utilisé la douche. Robbie, sans doute, qui après s'être extirpé de la rivière, avait eu besoin de ranimer ses membres gelés sous l'eau chaude. Comme lui-même l'avait fait. Il découvrit ses vêtements mouillés dans un panier à linge, et se demanda comment il aurait expliqué leur présence à Addie.

Mais Brodie se sentait surtout abattu d'être témoin de l'effondrement d'une vie, d'une relation, d'une famille. Il savait exactement à quel point cette perte pouvait se révéler douloureuse, et il avait mal pour sa fille.

Une fois redescendu au rez-de-chaussée, il fouilla chaque placard de la cuisine et regarda même à l'intérieur du frigo et du congélateur, frappé par la banalité de tout ce qu'il y trouvait. Une vie ordinaire vécue en prévision d'un avenir ordinaire. D'autres enfants. Des petits-enfants.

Il retourna au salon, qui baignait dans la douce lueur orange d'un poêle à bois aux portes vitrées. Appuyée à un accoudoir du canapé, Addie avait replié les jambes sous elle. Cameron, la tête posée sur les genoux de sa mère, dormait profondément.

Pendant qu'il inspectait la maison, Brodie l'avait entendue pleurer, chaque sanglot lui arrachant le cœur, déchirant sa conscience. Mais, maintenant, elle n'avait plus de larmes à verser. Les yeux gonflés, elle contemplait distraitement les flammes derrière le verre. Il n'avait aucune idée du niveau d'irradiation auquel les habitants du village avaient été exposés. Il n'y avait aucune trace du relevé que Younger avait dû prendre sur le détecteur de rayonnement GDN, au sommet du Binnein Mòr, le jour de sa mort. Était-ce sans risque ? Était-ce dangereux ? Il n'en savait strictement rien. Mais ce dont il était sûr, c'est qu'il ne partirait pas d'ici sans sa fille et son petit-fils.

Il s'assit au bord du fauteuil, en face d'Addie dont le regard vide vacilla vers lui, et demanda :

— Où est-ce que Robbie rangeait ses affaires ? Boîte à outils, matériel d'escalade, tout ça ? Dans le garage ?

Elle secoua la tête.

— Il y a une cabane en bois derrière la maison. Elle est assez grande. C'était un peu sa tanière. Je n'y entrais jamais. Je ne voulais pas. Je suis sûre qu'il y gardait un ordinateur secret pour pouvoir jouer sur Internet et perdre de l'argent sans que je le sache. (Ses yeux se remplirent à nouveau de larmes.) Pourtant, j'aurais dû. Pendant trop longtemps, j'ai fait semblant de ne rien voir, en espérant que ça se tasserait. Que ça s'arrêterait tout seul. (Elle se moqua de sa propre stupidité.) Je me cachais la tête dans le sable, évidemment.

Cette allusion fit remonter un souvenir pénible à la mémoire de Brodie, sa première rencontre avec Sita à bord de l'eVTOL. Il entendait encore ses paroles : *Les autruches ne s'enfouissent pas la tête dans le sable. Elles ne se cachent pas du danger, elles le fuient.* C'était peut-être ce qu'Addie avait fait, courir au lieu de se cacher. Comme si elle lisait dans ses pensées, elle dit :

— Peut-être que si j'avais réagi, tout se serait passé différemment.

— Tu n'es pas responsable de ce qui est arrivé, Addie. Tu es une victime. Toi, et Cameron aussi. Comme tous ces gens que Robbie a tués.

Elle laissa tomber sa tête dans ses mains, doigts écartés, et resta ainsi pendant un long moment.

— Je trouve quand même difficile de croire qu'il ait vraiment été capable de faire ça.

D'une voix étrangement rauque qui poussa sa fille à lever les yeux vers lui, Brodie lança :

— Nous sommes tous capables de choses qui surprennent beaucoup les autres, Addie. Y compris nous-mêmes, parfois.

Il se leva sans croiser son regard.

— Je vais fouiller sa cabane. Où est la clé ?

— Accrochée à côté de la porte de la cuisine. (Elle hésita.) Qu'est-ce que tu cherches ?

— Je le saurai quand je l'aurai trouvé.

*

Dès qu'il ouvrit la porte de la cuisine, il ressentit la force de la tempête. Le vent lui projeta d'énormes flocons au visage quand il sortit dans la nuit, et faillit même le faire tomber du perron. Il attendit quelques secondes dans l'espoir que ses yeux s'accoutumeraient à l'obscurité. Mais on n'y voyait absolument rien et il savait que, sans lampe torche, il ne trouverait jamais la cabane.

Il avait hésité à utiliser sa lampe car Robbie pouvait se terrer quelque part dehors, pour l'attendre, l'observer. Prise dans le viseur d'un fusil de chasse, la lueur d'une torche en ferait une cible tentante. Néanmoins, même un homme aussi désespéré que Robbie s'était sûrement mis à l'abri d'une telle tourmente ?

Brodie se crispa, conscient du risque, et balaya le faisceau de sa lampe sur la friche enneigée jusqu'à ce qu'il tombe, à droite, sur la cabane. Il s'y précipita, en se pliant en deux, freiné dans sa course par la profondeur de la neige accumulée. À la porte de l'abri, il tâtonna quelques secondes avant de réussir à enfoncer la clé dans la serrure, trop longtemps. Assez longtemps pour recevoir une balle dans le dos. Enfin à l'intérieur, il claqua la porte derrière lui et poussa un profond soupir de soulagement.

Le rayon lumineux éclaira un établi encombré. Des outils, des câbles, un fer à souder, un étau. Au-dessus, des boîtes alignées sur les étagères étaient étiquetées selon leur contenu. Vis, de tailles variées. Clous. Rondelles. Écrous et boulons. Par terre, sous l'établi, il y avait des caisses en plastique rangées côte à côte, fermées par des couvercles de couleur différente.

Il posa la torche sur le sol et s'accroupit pour les ouvrir. Dans la première, il trouva un ordinateur portable noir et des douzaines de reçus de paris, certains vieux de quatre ans. C'était donc là l'ordinateur pas-si-secret de Robbie. C'était donc ici qu'il avait semé les graines de sa propre destruction.

Dans la deuxième caisse, Brodie trouva un ordinateur portable gris métallisé et un cartable en cuir brun usé. Il ouvrit l'ordinateur, la batterie était à plat. En le retournant, il découvrit un autocollant blanc éraflé portant le nom et l'adresse de Younger écrits à la main, vestige d'une réparation dans un atelier quelconque. Brodie ne pouvait qu'imaginer les secrets qu'il pourrait révéler une fois rechargé.

Le cartable était bourré de sorties laser – les premiers brouillons de l'article de Younger – et de notes manuscrites rassemblées dans un classeur à anneaux format A4. Comme dans les carnets découverts à l'intérieur de la boîte à gants de Younger, elles étaient en sténo, des gribouillis qui n'avaient aucun sens pour lui. Mais, du compartiment arrière, il sortit un épais document tenu par une pince double. C'était la mauvaise photocopie d'un original, encore assez lisible cependant. Il retint son souffle en voyant, sous les armoiries du gouvernement écossais, le titre de la première page :

FACTEURS DE RISQUE CONSÉCUTIFS À UN MOUVEMENT TECTONIQUE DANS LA FAILLE DU GREAT GLEN.

Et le sous-titre :
ÉVALUATION D'ÉVENTUELS DOMMAGES SISMIQUES À BALLACHULISH A.

C'était donc ça, le rapport que Sally Mack avait enterré lorsqu'elle était ministre de l'Énergie dans les années 2030.

Brodie se demanda pourquoi Robbie l'avait conservé. Une assurance, peut-être, au cas où les choses tourneraient mal. Ce qui était arrivé.

En éclairant les murs, il vit le matériel d'escalade de Robbie suspendu à une série de crochets. Plusieurs parkas et pantalons thermiques, des bâtons de marche télescopiques, deux piolets et trois sacs à dos de taille différente. Dessous, à même le sol, une rangée de chaussures de randonnée et d'escalade ainsi qu'une boîte remplie de crampons.

Brodie décrocha le plus gros des sacs pour y ranger l'ordinateur de Younger, son cartable et tous les documents.

Contre le mur du fond, il aperçut ensuite des placards dont les portes fermaient mal. Il les tira une à une et sortit leur contenu disparate. Des vieux livres de comptes, des boîtes remplies de souvenirs de famille, des pièces et accessoires d'un vélo depuis longtemps hors d'usage. Enfin, dans le dernier, la malle Storm manquante de Sita. Il la souleva pour la poser par terre et l'ouvrit avec des doigts tremblants. Tous les outils de la défunte pathologiste étaient soigneusement rangés dans des plateaux fixés aux parois de la malle. Et dans un sac en plastique scellé, il y avait les fioles et sachets contenant les échantillons de l'autopsie de Younger, ainsi que ses notes.

Brodie les fourra dans le sac à dos. Il allait partir quand, remarquant l'analyseur d'ADN pour scène de crime, au fond de la malle, il s'agenouilla pour le prendre. Il ne savait pas comment il fonctionnait, et la batterie semblait à plat. Rien ne s'affichait à l'écran, mais une sortie papier du résultat de sa dernière analyse dépassait d'un rouleau inséré à l'arrière. Il la déchira, l'aplatit pour parcourir les lignes imprimées, et sentit son cœur remonter dans sa gorge.

De retour dans la cuisine, il se débarrassa du sac à dos de Robbie et tapa des pieds pour faire tomber la neige de ses chaussures. La tempête ne paraissait pas se calmer ; il resta un moment adossé à la porte, le souffle court. Puis il traîna le sac jusqu'au salon où le feu se mourait, mais où régnait encore une douce chaleur. Addie s'était assoupie, Cameron dormait toujours profondément, tous deux respirant doucement dans le silence de la pièce.

Brodie appuya le sac contre le canapé, prit le fusil sur le buffet, et se rassit dans le fauteuil, en face d'Addie. Il posa l'arme en travers de ses genoux et, les yeux dans le vague, tourna et retourna la sortie papier entre ses doigts. La voix de sa fille le fit sursauter :

— Qu'est-ce que tu as trouvé ?

Il s'aperçut qu'elle l'observait.

— Tout ce dont le *Scottish Herald* aura besoin pour reconstituer l'article que Charles Younger était en train d'écrire.

— C'est-à-dire ?

Il lui raconta alors ce que Joe Jackson lui avait révélé dans la casemate en béton glacée au bord du loch. Choquée, Addie ouvrit de grands yeux. Comprenant pour la première fois, peut-être, les pressions exercées sur Robbie. Les enjeux trop importants pour qu'il ait seulement pu les imaginer.

Ils restèrent assis très longtemps sans parler jusqu'à ce qu'il finisse par se lever pour ajouter deux bûches dans le poêle avant de retourner s'asseoir. Des étincelles jaillirent dans le foyer et une fumée fraîche s'engouffra dans le tuyau lorsque le bois prit ; de nouvelles flammes projetèrent une lueur vacillante autour de la pièce. Brodie reposa le fusil en travers de ses genoux.

— Je n'arrive pas à imaginer ce qu'on ressent quand on sait qu'on va mourir, dit Addie très calmement.

Il lui lança un bref coup d'œil puis détourna le regard.

— On va tous mourir, Addie. En général, on ne sait pas quand, ni comment. Quand on est petit, je crois qu'on pense parfois qu'on vivra éternellement. (L'air songeur, il prit une inspiration.) Lorsque le médecin me l'a annoncé, ça m'a fait l'effet d'un énorme coup de semonce. Putain, Cammie, tu vas mourir ! Qui l'eût cru ? (Il soupira.) C'est un sacré choc, tu t'apitoies sur toi-même. Pourquoi moi ? Et puis, ça s'atténue et tu commences à relativiser.

Il fixa les flammes qui léchaient les bûches.

— Le plus difficile à affronter, ce sont les regrets. Je veux dire que la vie t'offre une opportunité. La chance de faire quelque chose qui sera peut-être sans importance vis-à-vis du grand ordonnancement des choses, mais qui en aura une dans ton petit univers personnel. Qui n'est pas si petit, d'ailleurs. (Il la regarda.) C'est l'essentiel, Addie. C'est toute ton existence. Et le sentiment accablant qui envahit mon existence, c'est un sentiment d'échec. Celui d'avoir, d'une certaine façon, gâché ma vie. D'avoir foutu en l'air cette opportunité. Parce que, tu sais... (Il secoua la tête.) Tu crois toujours avoir le temps. D'arranger les choses, de te rattraper plus tard. Mais non. Tu gâches ta vie à faire des trucs qui ne servent à rien. Tu veux des choses que tu ne peux pas avoir, tu rêves de trucs impossibles. Et pendant tout ce temps, la vie te glisse entre les doigts, comme autant de grains de sable au nombre limité, gaspillés... pour rien. Puis, soudain, tu te rends compte que tu arrives au bout de ta vie, et que tout ce qui t'en reste, ce sont des regrets. Les choses que tu as dites, ou pas. Les choses que tu as faites, ou pas. Et tout t'apparaît comme un putain d'exercice inutile.

Il afficha un sourire forcé, ironique, plein d'autodérision, avant de poursuivre :

— Tu sais le plus étrange ? Le médecin m'a donné entre six et neuf mois. Et je viens de recevoir une dose de radiations qui va les réduire à – qui sait ? – quelques jours ? Quelques semaines ? Eh bien, jamais je ne me suis senti aussi vivant qu'en ce moment. (Il la regarda dans les yeux.) Et jamais je n'ai eu de meilleure raison de vivre.

La lueur du feu se reflétait dans les yeux d'Addie, les yeux de sa mère. Elle pinça les lèvres, et il sentit qu'elle aussi regrettait.

— Tout à l'heure, quand tu m'as dit que c'était maman qui avait une liaison, et pas toi, tu as ajouté qu'il y avait autre chose. Mais tu ne voulais pas en parler tout de suite. (Elle se tut un instant.) C'est peut-être le bon moment maintenant.

Brodie sentit alors le plus grand de ses regrets l'envahir, supplantant tout le reste en lui, comme le cancer qui le tuait.

Chapitre 28

2040

Après l'incident au Leonardo Inn, je crois que je suis devenu paranoïaque. Je n'arrivais pas à m'ôter de la tête ces images jumelles – Jardine par terre dans la chambre d'hôtel, saignant sur la moquette, jurant de se venger, et Mel assise dans ma voiture, le visage ruisselant de larmes, jurant qu'elle ne le reverrait plus jamais. Beaucoup de serments auxquels je ne croyais pas.

Je savais que, sans une intervention de ma part, ces deux-là se rapprocheraient de nouveau, comme des aimants. Les opposés s'attirent, paraît-il, eh bien on ne pouvait pas trouver plus différents que Jardine et Mel. Lui, c'était vraiment un sale type – un salopard sans pitié, brutal, égoïste. Elle, l'une des personnes les plus douces et les plus gentilles que j'aie jamais rencontrées. Et pourtant, elle ne pouvait pas rester loin de lui. Ni lui loin d'elle. Je n'ai jamais compris ça ; je ne le comprendrai jamais.

Alors, j'ai fait en sorte de m'assurer que mes pires craintes ne se concrétiseraient jamais.

J'ai pu accéder au dossier de Jardine sur l'ordinateur de la police et lire les rapports de son agent de probation. Je voulais tout savoir sur ce type, jusqu'aux moindres détails. Où il habitait, où il travaillait. Qui étaient ses amis, où il buvait.

Ça paraît incroyable, mais il avait réussi à se trouver un autre appartement dans la tour de Soutra Place. Il avait dû s'y plaire. Pour moi, c'était un terrain familier. Je savais où garer ma voiture sans être vu. Pour surveiller ses allées et venues.

Il allait boire dans un pub de la rive sud où les fans du Celtic se rassemblaient avant et après les matchs de foot. Le Brazen Head. Il assistait aux matchs à domicile, un samedi sur deux. Il conduisait toujours la vieille caisse avec laquelle il était arrivé au Leonardo, mais il avait la prudence de ne jamais prendre le volant quand il était ivre. Il rentrait toujours en taxi, ce qui devait lui coûter les yeux de la tête.

L'argent n'avait pas l'air de lui poser de problème. Il avait repris son ancien boulot chez le bookmaker, comme s'il ne l'avait jamais quitté. Il menait sa petite vie sans se soucier une seconde de la mère et des enfants qu'il avait tués un soir sur Mosspark Boulevard. La seule chose qui lui manquait, semblait-il – la seule chose qui aurait comblé sa vie – c'était Mel.

Je ne sais pas pendant combien de temps je l'ai suivi. Des semaines, sans doute. Dès que j'étais en repos, dès que j'avais l'occasion d'aller dans l'Est. Mel était très silencieuse à l'époque, j'aurais peut-être dû y faire plus attention. Je ne me doutais pas de ce qui se passait dans sa tête, du tourment qui l'habitait. Quand il était en prison, on aurait dit qu'il avait cessé d'exister pour elle. Mais maintenant qu'il en était sorti, il hantait ses pensées. Et peut-être ses rêves, aussi. C'était du moins mon impression. Mais, comme je l'ai déjà dit, j'étais devenu plutôt parano.

Bref, je n'ai pas tardé à comprendre que l'emploi du temps de Jardine incluait un rendez-vous hebdomadaire sur la passerelle aménagée sous le King George V Bridge. Le mardi et le jeudi. C'est un vieux pont, le George V. Il relie Tradeston, sur la rive sud de la Clyde, à Oswald Street, au centre-ville, juste à côté du pont de chemin de fer qui traverse le fleuve au même endroit. Aucun individu sain d'esprit n'y descendrait la nuit, ce qui explique probablement que les dealers trouvent l'endroit idéal pour leur business.

Ainsi Jardine avait une nouvelle habitude. Est-ce que c'était juste de l'herbe ou une substance plus haut de gamme genre cocaïne, je n'en savais rien. J'aurais pu prévenir la brigade des stups, bien sûr. En leur indiquant le lieu et l'heure, ils l'auraient chopé en possession de came. Une infraction suffisante pour révoquer son sursis probatoire et le renvoyer illico derrière les barreaux. Mais il serait ressorti trop vite. Les types comme lui ne sont pas très différents des cafards de la salle d'attente du médecin. C'est le bordel pour s'en débarrasser.

Le soir où je l'ai suivi sur la passerelle, il pleuvait. Au milieu des gens qui se recroquevillaient sous leurs manteaux et leurs parapluies, c'était facile de passer inaperçu. Tout en observant une certaine distance entre nous, je l'ai regardé descendre les marches et disparaître dans le noir, sous le pont. Un train est alors passé dans un bruit de ferraille et, à la lumière de ses phares, j'ai vu des ombres se déplacer sous l'arche. Je me suis planqué à une bonne centaine de mètres, à l'abri du pont du chemin de fer, et j'ai vu les dealers de Jardine partir dans l'autre direction, vers le Squiggly Bridge. Ils ont dû penser que le business ne serait pas terrible par un temps pareil. En tout cas, ils n'ont pas traîné.

Jardine a rebroussé chemin sur la passerelle et remonté les marches. Il marchait lentement, malgré la pluie. Sans pépin, il se trempait, très occupé à protéger et vérifier son acquisition cachée sous son manteau avant de retourner à sa voiture. Enfin satisfait, il a enfoncé les mains dans ses poches et accéléré le pas, presque comme s'il venait juste de s'apercevoir qu'il tombait des cordes.

Il n'y avait pas un chat aux alentours. Normal par une soirée pareille. Il était presque arrivé à ma hauteur quand j'ai fait un pas de côté pour lui bloquer le passage, juste avant le pont du chemin de fer. Il a eu peur, je l'ai bien vu. Mais au bout d'une seconde ou deux, il m'a reconnu et il s'est détendu. Un sourire s'est étalé en travers de sa sale gueule, dévoilant les trous là où je lui avais cassé les dents, sous le nez tordu que je lui avais pété.

— Tiens, tiens, tiens, si ce n'est pas là ce putain de chevalier servant de Mel ! Qu'est-ce que tu fous ici, Brodie ? Tu vas m'arrêter ? Savais pas que t'avais été promu aux stups.

J'ai secoué la tête.

— Non, je ne vais pas t'arrêter, Lee.

— Oh, Lee, vraiment ? Très familier. Qu'est-ce que tu cherches, alors ? Un combat régulier ?

Je n'ai rien dit, mais il a dû voir la haine dans mes yeux, à travers la pluie.

— Oh, j'y suis. Là, tu m'avertis de ne plus jamais m'approcher de ta précieuse petite salope. C'est ça, hein ? Eh ben, laisse-moi te dire un truc, mec, tu peux toujours te brosser.

C'est alors que quelque chose a craqué en moi. Je m'étais préparé, bien sûr. Mais je n'avais jamais vraiment pensé aller jusqu'au bout.

Il ne s'attendait pas à ça. Un pas vers lui dans le noir puis la détente de mon bras droit. J'ai vu la surprise dans ses yeux quand la lame s'est enfoncée entre ses côtes et dans son cœur. Ça n'a pas duré plus d'une seconde ou deux. Plus jamais il ne s'approcherait d'elle, putain.

Son corps s'est écroulé en avant de tout son poids entre mes bras, et je l'ai gardé dans cette étreinte étrangement grotesque tandis que je retirais le couteau. Les phares d'un train roulant à grand bruit vers le sud se sont reflétés sur les eaux noires de la Clyde au moment où je le faisais basculer par-dessus la rambarde ; je l'ai regardé tomber comme un sac de patates dans le courant qui l'entraînerait vers l'ouest.

Il a disparu en un instant. Instant durant lequel j'ai pris conscience de ce que je venais de faire. Il avait réussi à me rabaisser à son niveau, et même plus bas. J'ai lancé le couteau dans le fleuve comme si son manche me brûlait la main, et jeté un rapide coup d'œil autour de moi. Mais il n'y avait personne pour témoigner de ma descente en enfer. Enfer où je venais d'expédier Lee Jardine. Pas une âme en vue. Des voitures passaient en grondant sur le pont routier, leurs phares éclairaient la pluie qui tombait toujours. Des gens rentraient chez eux, ou sortaient pour la soirée. En baissant les yeux, j'ai vu le sang de Jardine luire sur le devant de mon manteau. Je l'ai retiré, roulé en boule et coincé sous mon bras, puis je me suis mis à courir. Vers les lumières de la ville. Vers la rue sombre où j'avais laissé ma voiture.

En prévision de ce meurtre, que je ne m'étais jamais cru réellement capable de commettre, j'avais rangé un rouleau de sacs-poubelles et un paquet de lingettes dans le coffre. J'ai détaché un sac du rouleau pour y fourrer mon manteau, après avoir vérifié que les poches ne contenaient rien de compromettant. Puis je me suis nettoyé les mains avec des lingettes désinfectantes que j'ai arrachées du paquet. Il ne semblait pas y avoir de sang sur mon pantalon et mes chaussures. Mais je ne voulais prendre aucun risque.

Il m'a fallu moins d'un quart d'heure pour retourner à la maison, à Pollokshields. J'ai laissé la voiture dans l'allée et je suis entré par la porte de derrière. Addie passait la soirée dehors, et Mel s'était couchée de bonne heure. Je me suis déshabillé dans la cuisine. Entièrement : chaussures, chaussettes, pantalon, sous-vêtements, j'ai tout flanqué dans un autre sac-poubelle. Ensuite, je me suis faufilé discrètement dans la salle de douche des invités où je suis resté au moins cinq longues minutes sous l'eau brûlante, en essayant de me laver de ma culpabilité. Comme les affaires de Mel occupaient presque toute la penderie de notre chambre, je rangeais les miennes dans la chambre d'ami. J'ai enfilé des habits propres et je suis redescendu à pas de loup dans la cuisine.

J'ai jeté le sac-poubelle dans le coffre à côté de celui qui contenait mon manteau et les lingettes usagées, et j'ai roulé vers l'ouest, en direction de Paisley. Quelque part sur Renfrew Road, je me suis débarrassé du tapis de sol du côté conducteur, en même temps que des sacs-poubelles, dans un grand bac à roulettes dont le contenu irait droit à la décharge. Puis, assis dans la voiture, les yeux fermés, j'ai respiré l'air dont je venais de priver un autre être humain.

Mon cœur martelait mes côtes, prêt à éclater ; tous les regrets qui m'accompagneraient pendant le restant de ma vie me cernaient dans le noir. Fantômes qui me hanteraient jusqu'à la fin de mes jours.

L'absence de Jardine a dû se remarquer le lendemain quand il n'est pas venu travailler. Et aussi, peut-être, quand il n'a pas rejoint ses copains au Brazen Head. Mais les signaux d'alarme ne se sont vraiment déclenchés que lorsqu'il a manqué son premier rendez-vous avec l'officier de probation.

Je n'en savais rien, je ne voulais pas avoir l'air de m'y intéresser. C'est seulement le jour où Tiny m'a annoncé que Jardine avait disparu dans la nature et qu'un mandat d'arrêt était lancé contre lui que j'ai compris que la situation n'allait pas tarder à s'envenimer.

J'ignorais totalement si Mel et lui avaient été en contact après la débâcle du Leonardo. Je savais, enfin j'étais pratiquement certain qu'ils ne s'étaient pas revus. Pourtant, ils devaient avoir mis au point un moyen de communication quelconque parce qu'au fil des semaines qui ont suivi la nuit du pont George V, elle est devenue de plus en plus renfermée. Si elle escomptait recevoir de ses nouvelles, elle devait se demander pourquoi il ne lui faisait pas signe. Elle a peut-être essayé de le contacter, je n'en sais rien. Mais un changement manifeste s'est opéré en elle.

Je m'attendais toujours à apprendre qu'on l'avait sorti de la Clyde. Trois semaines se sont presque écoulées avant qu'on le repêche. Très en aval, près du pont Erskine. Bien sûr, le corps était décomposé et méconnaissable, mais son ADN a permis de l'identifier rapidement. L'autopsie a localisé le coup fatal, et les traces de cocaïne trouvées dans la poche de sa veste ont conduit les enquêteurs à conclure que sa mort résultait sans doute d'un deal qui avait mal tourné. Je savais qu'ils ne feraient pas trop d'efforts pour essayer de trouver son meurtrier.

Je suppose que je pensais alors être libéré. Mais ce ne fut pas le cas. Je ne serais peut-être jamais poursuivi par la justice civile, mais la justice naturelle réussit toujours à vous retrouver. Elle me ferait payer d'une autre manière la mort de cet homme.

Je n'ai jamais parlé à Mel de son corps repêché dans le fleuve, ni des résultats de l'autopsie. J'étais stupide de croire que je pouvais le lui cacher. Naturellement, elle l'a appris. Je ne sais pas où ni comment, mais elle l'a appris. Un soir, elle l'a évoqué devant moi à table et j'ai dû avouer que j'étais au courant. Elle ne m'aurait pas cru si j'avais prétendu le contraire.

Elle m'a semblé prendre la chose avec assez de philosophie. L'accepter, à sa façon. Comme si elle venait juste d'apprendre qu'il était de nouveau derrière les barreaux.

Je pensais réellement qu'on allait s'en sortir, Mel et moi. Jusqu'au soir où on m'a renvoyé plus tôt à la maison et où j'ai vu les voitures de flics et l'ambulance dans la rue, et Mel morte dans la baignoire.

Chapitre 29

2051

Le visage d'Addie était plus pâle que jamais, même à travers le lavis de lumière émanant du poêle à bois. Elle écarquillait de grands yeux choqués.

— Tu l'as tué, murmura-t-elle.

Brodie hocha la tête. Incapable de soutenir son regard, il dit :

— Tu m'as toujours reproché la mort de ta mère. Et tu avais raison. Mais pas de la manière que tu croyais. (Il ferma les yeux pour s'efforcer de mieux contrôler sa respiration.) Oui, j'ai tué cet homme. Et si c'était à refaire, que Dieu me pardonne, je recommencerais probablement. Mais ce que je sais aujourd'hui, et je l'ignorais alors, c'est qu'en lui ôtant la vie, je mettais aussi fin à celle de Mel. Glisser cette lame entre ses côtes revenait à taillader les poignets de ta mère.

Si Addie avait été choquée par sa confession, elle l'était peut-être encore plus maintenant par les larmes qu'elle voyait rouler sur son visage. Des larmes silencieuses, des sanglots muets, ravalés, qui enflaient dans la gorge de Brodie et résonnaient dans son crâne. Lorsque son regard tomba sur le papier qu'il n'avait cessé de triturer entre ses doigts tout en lui racontant son histoire, elle demanda :

— Qu'est-ce que c'est ?

Il baissa les yeux et constata qu'il avait complètement déchiré la sortie papier du lecteur d'ADN de Sita. Il en fit une boulette qu'il serra dans son poing.

— Le Dr Roy possédait un nouvel appareil. Un instrument de prélèvement d'ADN portable capable de donner un résultat immédiat sur une scène de crime. (Il hésita, rempli de crainte.) Je lui ai demandé d'analyser ton ADN et le mien.

La peur soudaine qui s'empara d'Addie lui parut presque palpable.

— Pourquoi ?

— Je voulais savoir s'il y avait une correspondance.

— Mais tu m'as dit que maman...

— Oui, la coupa-t-il.

— Et tu ne l'as pas crue ?

— Si. (Il marqua une pause.) À quatre-vingt-dix-neuf pour cent. Probablement parce que c'était ce que j'avais toujours voulu croire.

— Et le un pour cent restant ?

— Un doute. Ce minuscule atome merdique de doute tenace qui te bouffe l'âme jusqu'à ce que tu t'en débarrasses une bonne fois pour toutes. Parce qu'il faut que tu saches.

— Maintenant, tu sais, dit-elle d'une voix très calme.

Il opina.

— Et ?

Il enfonça la boulette de papier dans sa poche et se força à regarder Addie dans les yeux. L'effroi qu'il y voyait lui faisait mal.

— Addie, je ne t'aurais jamais raconté que j'avais tué Jardine si j'avais estimé que j'étais responsable de la mort de tes deux parents.

Chapitre 30

Brodie ne s'était pas rendu compte qu'il avait sombré dans le sommeil ; le bruit d'une porte qui s'ouvrait le réveilla en sursaut.

Debout dans le couloir, Addie était harnachée comme si elle partait à l'assaut d'une montagne. Les cheveux relevés sous un bonnet de laine bleu foncé, elle serrait Cameron dans ses bras. Le garçon portait une parka, des bottes en caoutchouc, des moufles ; son petit visage somnolent dépassait de la douce étoffe grise d'un passe-montagne replié autour de son cou pour lui tenir chaud.

Brodie cligna des yeux et s'aperçut que de la lumière filtrait par la fente des rideaux.

— La tempête est passée, dit Addie. Il fait assez clair pour y aller.

Tout en se remettant péniblement sur ses pieds, il marmonna :

— Tu n'aurais pas dû me laisser dormir.

— Comme si tu n'en avais pas besoin.

Il enfila tant bien que mal l'anorak emprunté à Brannan et hissa sur son dos le vieux sac de Robbie. Il sentit peser sur ses épaules le poids de l'ordinateur et des échantillons de Sita, en plus du fardeau de la responsabilité de sortir sa famille de là.

Addie lui tendit une boîte de cartouches :

— Quelques munitions supplémentaires au cas où.

Il fourra la boîte dans sa poche :

— Surtout ne pense à rien d'autre qu'à protéger Cameron et le faire monter sain et sauf à bord de l'eVTOL. Laisse-moi m'occuper de Robbie.

Dehors, une épaisse couche de neige profonde, intacte, recouvrait le monde et le rendait imprécis. Le ciel s'éclaircissait, devenait plus lumineux ; tout ce qu'on entendait dans le calme absolu qui enveloppait les maisons et les montagnes après la tempête, c'était le chœur de l'aube. Les oiseaux émergeant de tous les abris où ils s'étaient réfugiés pour accueillir le jour nouveau. Inconscients de la peur qui régnait dans les rues de ce petit village.

Du seuil de la porte, le fusil cramponné en travers de la poitrine, Brodie inspecta les toits et l'horizon proche. Mais, de part et d'autre, le terrain s'élevait rapidement entre les arbres ; Robbie aurait pu se trouver n'importe où. Il devait savoir qu'une fois la tempête passée, Brodie profiterait des premières lueurs de l'aube pour essayer de rejoindre le terrain de football. Il avait tous les avantages de son côté.

Cameron dans les bras, Addie se tenait derrière son père.

— On te collera de près pendant tout le chemin, dit-elle. Je ne crois pas qu'il osera tirer s'il risque de nous toucher.

— Ne sois pas ridicule ! gronda Brodie en se retournant. Je refuse d'utiliser ma famille comme bouclier humain.

L'air déterminé, elle le fixa dans les yeux.

— Ce n'est pas à toi de décider, papa. Ou on reste soudés, ou tu y vas tout seul.

De nouveau il reconnut chez sa fille un trait de son propre caractère. Cette ténacité volontaire qui avait marqué presque toute sa vie d'adulte. Il savait qu'il serait inutile de discuter.

La couche de neige était profonde d'au moins un mètre, davantage aux endroits où elle avait été soufflée. Ils progressèrent très lentement sur Lochaber Road, serrés les uns contre les autres. Prêt à épauler le fusil, Brodie scrutait le nord et l'ouest tandis qu'Addie balayait l'est de son regard perçant. Soudain, un plumet blanc s'éleva de la route, à deux mètres devant eux, suivi peu après du claquement d'un coup de fusil étouffé par la neige. Surpris, un groupe de corbeaux s'envola vers le ciel au-dessus d'un bouquet d'arbres situé plein nord ; Brodie pointa son fusil dans cette direction et tira. Il sentit le recul de l'arme contre son épaule, tout en sachant qu'il n'avait aucune chance de toucher autre chose qu'un arbre.

— Il ne vise pas aussi mal que ça, lui dit Addie. Il nous prévient simplement qu'il est là.

Brodie hocha la tête. Le véritable test aurait lieu quand ils atteindraient le terrain de foot.

Avancer dans la neige profonde avec des jambes lourdes qu'il fallait soulever à chaque pas était difficile. Ils laissèrent Lochaber Crescent sur leur droite. Mamore Road sur leur gauche. Pas un seul villageois ne s'aventurait dehors après le passage de la tempête. Néanmoins, les coups de fusil entraînèrent des mouvements de rideaux et attirèrent des yeux invisibles derrière les vitres où ne se reflétait que l'éclat aveuglant de la neige. Maisons mitoyennes aux lucarnes et antennes paraboliques encroûtées de blanc. Clôtures dépassant à peine des congères.

Des plaques de cristal blanc compact masquaient les berges de l'Allt Coire na Bà ; le flot scintillant de ses eaux noires se frayait un chemin tortueux sous une mince couche de glace. La barrière que Brodie avait défoncée avec le SUV de Brannan la veille au soir était masquée par la neige.

Les arbres, plus nombreux maintenant, proches de la route, se dressaient dans la quiétude du matin. Ils formaient une masse excessivement sombre, idéale pour Robbie s'il voulait se déplacer sans être vu et les épier tandis qu'ils suivaient la courbe de Lochaber Road à la sortie du village.

Ils dépassèrent un cottage niché au milieu des arbres, de l'autre côté de la barrière située sur leur gauche ; la neige s'accrochait à la forte pente de son toit en ardoise, bien isolé pour conserver la chaleur intérieure ; elle y resterait toute la journée, sans fondre. Puis, droit devant eux, ils virent l'aire de parking asphaltée du pavillon des sports.

Ils sentirent le feu avant d'apercevoir son rougeoiement et la fumée qui montait dans le ciel, au-dessus des arbres. Mais ce n'était pas la bonne odeur d'un feu de bois. C'était la puanteur âcre de matériaux synthétiques, toxiques, crachant un panache anormalement noir. L'espace d'un instant, Brodie pensa que Robbie avait réussi à incendier l'eVTOL. En arrivant à la limite du terrain de foot, il fut soulagé de constater qu'Eve, à moitié enfouie sous la neige, était toujours là où elle avait atterri. Autour d'elle, le sol paraissait intact.

Ce n'est qu'en s'éloignant de la route qu'ils virent, derrière les arbres, la masse embrasée de l'International Hotel. Dans la vallée résonnaient les sirènes de la caserne des pompiers, mais ces derniers auraient du mal à parvenir jusque-là avec les mètres de neige amassés en congères. Les flammes dépassaient les cimes des arbres, et Brodie comprit alors soudain à quoi Robbie faisait allusion quand il avait dit : *McLeish brûlera comme tous les autres.* Tout serait détruit par le feu. Le cadavre de Younger. Celui de Sita. Et de McLeish. Robbie avait sans doute pensé que les preuves cachées dans sa cabane partiraient elles aussi en fumée. Mais il devait se douter que Brodie les avait découvertes à l'heure qu'il était. Une raison de plus pour ne pas le laisser repartir.

L'incendie projetait une lueur orange sur l'épais manteau blanc du terrain de foot, la cendre tombait à présent du ciel comme la neige avant elle. Le vent dominant avait beau chasser la fumée dans leur direction, Brodie savait qu'ils constitueraient des cibles faciles quand ils avanceraient à découvert vers l'eVTOL.

Il jeta un coup d'œil par-dessus son épaule. Aucun signe d'une présence au milieu des arbres de la colline. Addie se colla à lui, parfaitement consciente du danger, tandis qu'ils traversaient péniblement le champ de neige jusqu'au pavillon. Brodie s'aperçut tout de suite qu'aucun voyant vert ne brillait sur le lecteur relié à la prise. Soit Eve était complètement rechargée, soit le câble avait été de nouveau sectionné. Il le saisit et le souleva tout en marchant lentement vers l'eVTOL. À mi-chemin, le bout sectionné se dégagea de la neige, à l'endroit où la réparation de McLeish avait été sabotée.

— Merde ! jura Brodie entre ses dents.

Il s'agenouilla pour chercher l'autre bout dans la neige. Ils ne pouvaient pas se permettre de laisser une longueur de câble pendre à l'extérieur de l'e-hélico quand il décollerait. S'il décollait. Quand il l'eut trouvé et arraché à la croûte de glace, ils repartirent vers Eve en courant.

Une fois au pied de l'appareil, Brodie agita sa carte RFID devant la porte ; elle s'ouvrit.

— Fais monter le petit, vite.

Addie poussa son fils sans ménagement à l'arrière de l'eVTOL et le garçon protesta d'être traité de cette manière. Brodie appuya sur le bouton, à l'intérieur de la trappe, pour rembobiner le reste du câble.

— Monte, cria-t-il à sa fille.

Presque au même instant, la balle le frappa en haut de la poitrine, du côté gauche. Il pivota dans un jet de sang et s'écrasa contre la porte ouverte alors que le claquement du coup de fusil retentissait d'un bout à l'autre du terrain. Addie lut la panique dans ses yeux.

Cette fois, ce fut elle qui hurla :

— Monte !

Elle l'aida à se hisser dans la cabine de l'eVTOL, à moitié en le soulevant, à moitié en le poussant, avant de se baisser pour ramasser le fusil qu'il avait lâché. Puis elle se retourna, dos à l'e-hélico. Robbie commençait à avancer vers eux. L'incendie de l'International le nimbait à demi d'une lueur orange et allongeait son ombre sur la neige. La tête enveloppée d'une écharpe, son arme tenue à hauteur de poitrine, il marchait lentement. L'air s'emplissait de fumée et du craquement des flammes. Une sirène gémissait quelque part au loin. Addie épaula le fusil :

— N'approche pas plus.

Il s'arrêta. Un sourire triste sur les lèvres. Il secoua la tête.

— Addie, tu sais bien que tu ne tireras pas sur moi. Tout comme tu sais que je ne vous ferai aucun mal, à toi et à Cameron.

— Essaye un peu pour voir, lança-t-elle.

Sa voix lui sembla plus assurée qu'elle ne l'était elle-même. Elle appuya davantage la crosse contre son épaule, le doigt replié autour de la détente.

— Tu n'en as pas le cran, Addie. Et je ne te veux aucun mal, je t'assure. (Il marqua une pause.) Mais je ne peux pas laisser ton père repartir. Je ne peux pas.

— Fais un pas de plus et je t'abats sur place.

Le sourire de Robbie se crispa.

— Tu tiens trop de ton père. Maintenant je comprends mieux pourquoi tu le haïssais autant.

Sans le quitter des yeux, Addie tourna à moitié la tête vers la porte ouverte :

— Papa, ne laisse pas Cameron voir ça.

À l'intérieur de l'appareil, Brodie était presque paralysé par la douleur. Il perdait beaucoup de sang et ne voyait plus que les yeux effrayés de Cameron dans la pénombre.

— Viens ici, mon petit, murmura-t-il d'une voix rauque.

Cela suffit à propulser le garçon dans ses bras. Il l'éloigna de la porte ouverte en le serrant contre lui pour le protéger.

Robbie ne souriait plus désormais.

— Tu commets une erreur, Addie.

— Non, c'est toi qui commets une erreur, Robbie, si tu crois que je vais te laisser tuer mon père.

En un clin d'œil, toute humanité s'enfuit de ses yeux – ceux d'un homme qui avait tué trop de gens. Il épaula son fusil d'un geste fluide ; le coup de feu qui retentit le fit pivoter sur lui-même et tomber dans la neige profonde qui amortit sa chute. Il s'y enfonça avec un regard de lapin affolé tandis qu'elle rougissait à toute vitesse autour de lui. Quand il essaya de parler, le sang gargouilla dans sa bouche.

Addie contempla avec horreur ce qu'elle venait de faire. C'était lui, l'homme qui avait transformé sa vie, qui l'avait persuadée de construire son avenir avec lui, dans cette vallée cachée. L'homme qui avait engendré son enfant. De peur de le rater et de se faire tuer si elle tentait seulement de l'estropier en visant une jambe, elle avait choisi la partie la plus large de la cible, le buste. À présent, elle se sentait atteinte jusqu'au plus profond du cœur.

Soudain, elle se rendit soudain compte que Brodie tirait sur sa capuche :

— Monte, murmura-t-il, tout en empêchant le garçon de voir son père gisant par terre, dans son sang.

Les jambes lourdes comme du plomb, Addie grimpa à bord de l'eVTOL. Brodie ferma aussitôt la porte et mobilisa toute son énergie pour aboyer à Eve :

— Eve, amorce notre retour.

La voix d'Eve leur parvint aussitôt : *Batterie faible, inspecteur. Durée limitée.*

— Démarre ! Emmène-nous aussi loin que tu peux.

Au bout d'un moment, elle répondit : *Vol amorcé.* Au-dessus d'eux, les rotors se mirent à tourner en faisant voler de la neige dans toutes les directions ; la puissance du souffle descendant dégagea toutes les vitres. À l'avant de la cabine, l'écran afficha une série de symboles orange sous le message d'alarme *DURÉE TRENTE MINUTES.* Brodie s'en moquait. Il voulait les éloigner d'ici. Et trente minutes de vol feraient l'affaire.

Avec une très légère secousse, Eve se libéra de la neige, prit de la hauteur et s'éloigna au-dessus des arbres et des flammes de l'International Hotel. Brodie regarda par la vitre le chemin qu'ils venaient de parcourir et aperçut Robbie couché, les bras en croix dans la neige. Même d'ici il pouvait voir le sang.

Puis il distingua la silhouette d'un homme qui traversait le terrain en courant, attrapait Robbie par sa capuche et tirait son corps dans la neige en direction du bâtiment en feu. Alors que Brodie observait la scène, l'homme releva la tête vers eux. Brannan ! Ce putain de Brannan ! Alors, la vérité frappa Brodie avec une clarté nauséeuse. Brannan était le visage de ces *ils* anonymes. C'était lui, *leur* homme. Celui qui tirait les ficelles depuis le début. Qui orchestrait tout. Et maintenant, il s'apprêtait à jeter Robbie dans le brasier, afin que lui aussi parte en fumée.

Mais ce qu'il ne comprenait pas, c'était pourquoi Brannan les avait laissés partir. Il aurait pu neutraliser l'eVTOL, le brûler comme il brûlait son propre hôtel. Brodie ferma les yeux et secoua la tête tandis qu'une onde de douleur lui coupait le souffle.

Addie lui prit Cameron des bras et le serra contre elle sans pouvoir s'arrêter de trembler. Puis elle jeta un coup d'œil à son père. Il essayait de s'installer à l'avant, et laissait une traînée de sang sur le cuir des sièges ; un cri involontaire lui échappa quand il fit glisser le sac de son dos et le laissa tomber par terre. Enfin, respirant avec la plus grande difficulté, il s'affala dans un fauteuil.

En bas défilaient les eaux sombres du loch autour desquelles s'élevait la masse des montagnes d'un blanc immaculé dans un ciel bleu de plus en plus clair. Lorsqu'Eve prit de l'altitude, le soleil matinal jaillit des cimes, derrière eux, et remplit la cabine d'une lumière dorée.

Étreignant toujours Cameron, Addie vint s'asseoir à côté de son père et se pencha sur lui pour appuyer son bonnet et ses gants sur sa blessure, sous l'anorak dont elle resserra les cordons afin de comprimer l'endroit où la balle était entrée. Une autre voix retentit alors dans la cabine.

— Inspecteur Brodie, ici la tour de contrôle d'Helensburgh. Nous allons planifier pour vous un atterrissage à Mull. Vous devriez avoir juste assez de jus pour y arriver. Nous allons surveiller à distance l'autonomie de la batterie. (Une pause.) Nous avons un message vidéo pour vous.

Ils étaient en train de dépasser le village de Glencoe, sur leur gauche, et la centrale de Ballachulish A, une soixantaine de mètres sous eux. Quelques secondes plus tard, ils survolèrent le pont barrage construit à l'endroit le plus étroit du loch, puis l'espace ouvert du loch Linnhe.

L'écran clignota et le symbole de la batterie disparut pour être remplacé par la date du jour, en lettres blanches sur fond noir, qui céda la place à son tour au visage contusionné de Brodie présentant le rapport qu'il venait d'envoyer le soir précédent. Un texte se déroula en bas de l'écran : *Rapport de l'inspecteur Cameron sur la mort de Charles Younger.*

Brodie écouta sa voix qui parlait. Mais ce n'étaient pas ses paroles. Ses lèvres bougeaient comme s'il les prononçait, or il savait pertinemment qu'il n'avait jamais dit ça.

« L'autopsie du Dr Roy effectuée sur Charles Younger, disait sa voix, a conclu à une mort accidentelle. Une chute au cours de l'ascension du Binnein Mòr. Mais l'incendie de l'International Hotel, dans lequel la médecin légiste vient de périr, a entraîné la perte de son rapport et de tous les échantillons prélevés. »

Du sang se mêlant à sa salive, il hurla en direction de l'écran :

— C'est un mensonge ! Ce n'est pas moi. Je n'ai jamais dit une chose pareille. Younger a été assassiné. Assassiné, bordel de merde !

Ulcéré, il frappa le pare-brise et son poing ensanglanté macula le verre.

— Qu'est-ce qui se passe, papa ? Qu'est-ce que ça veut dire ? demanda Addie d'une petite voix effrayée.

Il tourna vers elle un regard étincelant de colère :

— Ça veut dire que je me suis fait baiser.

De ses doigts couverts de sang, il fouilla ses poches à la recherche des lunettes iCom, les chaussa et cria sans quitter l'écran des yeux :

— iCom, scanne la vidéo.

Au bout d'un moment, le verdict lui parvint. *Vidéo authentique.* Et il vit le symbole vert *AUTHENTIQUE* clignoter sur ses verres.

Il arracha les lunettes d'un coup sec, les jeta à l'autre bout de la cabine puis, avec des doigts malhabiles, retira les écouteurs de ses oreilles.

— Enculés !

Sa voix résonna dans la cabine ; son petit-fils se recroquevilla contre sa mère et le regarda avec des yeux agrandis par la peur.

— La version du logiciel de ces machins n'est pas la plus récente. Ce sont *eux* qui ont la plus récente.

Il essaya de reprendre le contrôle de sa respiration avant **de demander :**

— Eve, passe un appel au DCI Maclaren, à Pacific Quay.

Il écouta avec désarroi le silence qui accueillit sa requête.

— Je ne comprends pas, dit Addie. Que se passe-t-il ?

— Cette vidéo de moi...

Brodie agita la main vers l'écran :

— Ce n'est pas moi. C'est un deepfake. Comment ils appellent ça déjà... ?

Il chercha le terme :

— Du masquage neuronal. (Il tapa du poing sur le tableau de bord.) Ils m'ont piégé.

Eve l'interrompit. *DURÉE CINQ MINUTES*. Une alarme commença à sonner. Une plainte perçante, répétitive qui envahit l'habitacle. Sa vidéo fut remplacée à l'écran par une alerte clignotante : *NIVEAU BATTERIE CRITIQUE*. Le symbole de la batterie était rouge.

Ils volaient maintenant au-dessus de Mull. Impuissant et frustré, Brodie baissa les yeux vers le terrain de golf surplombant Tobermory ; en bas, la terre défilait avant de s'effacer devant l'océan Atlantique couvert de vagues à crêtes blanches qui déferlaient de l'ouest.

— Pourquoi on n'atterrit pas ? demanda Addie d'une voix que la peur rendait plus aiguë.

Et il comprit alors pourquoi Brannan les avait laissés partir.

— Parce qu'ils vont nous faire tomber dans l'océan. Toi, moi, Cameron et toutes les preuves dissimulées par le gouvernement concernant la centrale nucléaire. Nous sommes dangereux. Et sacrifiables.

L'air halluciné, il regarda passer sous eux la moitié supérieure de l'île de Coll alors que s'étendait droit devant, à perte de vue, l'Atlantique qui les appelait vers leur dernière demeure. Il ne pensait plus du tout à sa blessure. Son instinct de survie s'était réveillé, l'adrénaline bloquait la douleur.

— Non ! Non ! Non ! hurla-t-il.

Il se leva et balança son poing, dont il sentit les os se briser, sur la vitre où il laissa encore un peu plus de sang. Puis il se retourna, s'adossa à l'écran, les bras tendus de chaque côté comme le Christ sur la croix. Son cerveau s'emballait. Ses pensées se bousculaient sous l'effet d'une panique aveugle. Mais il était persuadé qu'il pouvait faire quelque chose. Quelque chose qui lui échappait pour l'instant. Si seulement il parvenait à se rappeler ce que c'était.

Il baissa les yeux vers sa fille et son petit-fils qui le fixaient, complètement terrorisés. Il éprouvait des difficultés à respirer.

— Bon Dieu, Addie. J'étais dans la salle d'accouchement quand tu es née. Je t'ai regardée prendre ta première bouffée d'air. Je ne vais pas te regarder rendre ton dernier souffle !

Il s'écroula dans son fauteuil, enfouit son visage entre ses mains. Réfléchis ! Réfléchis ! Réfléchis ! C'était tellement difficile avec le gémissement de l'alarme et l'exhortation constante d'Eve à boucler sa ceinture. Il savait qu'à tout moment elle allait simplement arrêter de voler et tomber en silence dans l'océan. Il essaya de se concentrer sur le jour où il avait descendu la Clyde en bateau-taxi pour aller prendre l'eVTOL. Il revoyait le technicien en ciré jaune sortir du clubhouse du golf d'Helensburg et traverser la pelouse en courant. L'homme s'était assis à côté de lui afin de préparer le vol d'Eve. Brodie plissa les yeux. Tiny était bien meilleur que lui pour ce genre de choses. Il voyait tout, se rappelait des détails que lui-même n'avait pas remarqués. C'était une affaire de mémoire visuelle, disait-il. On se souvient mieux des images que des mots. Et encore mieux quand on arrive à les relier à quelque chose de personnel. Quelque chose qui nous touche de près.

Brodie essaya de repasser dans sa tête tout ce que le technicien avait fait. Mais oui ! Il avait tapoté l'écran simultanément avec son index et son majeur. L'image de son geste remonta de tréfonds de sa mémoire. Deux fois. Il l'avait tapoté deux fois. Brodie se pencha en avant pour faire la même chose : le message d'alerte disparut aussitôt pour être remplacé par la page d'accueil originale. Une photo terriblement incongrue de l'aéronef prise sous le soleil sur un fond de ciel des plus bleus et des plus limpides. Il se rappela avoir pensé qu'il était peu probable que cette photo ait été prise en Écosse.

Contre toute logique, Eve s'adressa alors à eux comme si c'était la première fois. *Bienvenue à bord de votre taxi aérien eVTOL Mark Five de Grogan Industries.*

Quelle avait été la réponse du technicien assis à côté de lui, dans son ciré brillant dégoulinant de pluie ? Quelque chose avait éveillé en lui un écho à ce moment-là. Quelque chose de subliminal. Le technicien s'était identifié avec ce qui était sans doute son propre code unique. Trois lettres et un nombre à trois chiffres. Brodie entendait presque encore sa voix. Puis la raison pour laquelle ça avait fait tilt lui revint à l'esprit. Son anniversaire. C'était son anniversaire ! L'année et le mois, 496. Avril 1996.

— Papa, on perd de l'altitude ! s'exclama Addie d'une voix enrouée par la panique.

Il savait qu'il devait faire illusion. Dès qu'Eve n'aurait plus de batterie, ses rotors s'arrêteraient simplement de tourner, et ils tomberaient du ciel. Résistant à la tentation de regarder dehors, il s'obligea à réfléchir, à se remémorer les paroles du technicien. Mais la sirène d'alarme qui écorchait ses oreilles rendait toute réflexion très laborieuse.

L'homme avait utilisé l'alphabet phonétique de l'OTAN. Des mots-clés représentant chaque lettre pour une meilleure compréhension. Quels étaient-ils ?

— Allez, allez, dit-il sans se rendre compte qu'il parlait tout haut.

Puis il se souvint qu'Eve avait répondu en l'appelant Zak.

— Z-A-K, s'écria-t-il soudain. ZAK496.

Il respira à fond pour tenter d'affermir sa voix et s'exprimer clairement.

« Zebra-Alpha-Kilo-496 » avait annoncé Zak avant de lancer une instruction. Qu'avait-il exactement demandé à Eve de faire ? *Activer commande à distance.* Voilà ce qu'il avait dit. Brodie en était certain. Maintenant, il fallait lui demander de faire le contraire.

— Eve, désactiver commande à distance.

Il fut étonné qu'elle réponde immédiatement : *Commande à distance désactivée.* Il poussa un soupir de soulagement et entendit un râle sortir de ses poumons. À présent, c'était lui qui avait le contrôle. Et non un salopard qui, depuis une pièce obscure, les envoyait à leur trépas.

— Eve, fais demi-tour et pose-nous sur le site d'atterrissage sécurisé le plus proche.

La photo ensoleillée de l'eVTOL s'effaça de l'écran, remplacée par une carte des Hébrides intérieures. Tracé en rouge, leur itinéraire passant au-dessus de Mull et Coll en direction du large se terminait par des cercles orange clignotants. Un itinéraire de retour en jaune retraçait leur route jusqu'au point d'atterrissage le plus proche. L'endroit choisi, l'île de Coll, pulsait au milieu de cercles verts.

Ils sentirent Eve s'incliner sur la gauche et opérer un virage à cent quatre-vingts degrés ; le contour lointain de Coll revint en vue. Au même moment, l'eVTOL commença à perdre de l'altitude. Cette fois, il n'y avait plus aucun doute.

Brodie reconnut à peine sa propre voix quand il demanda :

— Eve, on a assez d'autonomie ?

Autonomie inconnue. Elle paraissait tellement calme. Comme si ses programmateurs eux-mêmes n'avaient fait aucune différence entre la vie et la mort.

Brodie sentit Addie lui agripper le bras à l'approche de Coll. Ils volaient maintenant à trois mètres à peine au-dessus des vagues et redoutaient de tomber d'une seconde à l'autre dans la mer. Les embruns salés qui éclaboussaient le pare-brise brouillaient leur vision. Et l'alarme sonnait toujours.

Ils voyaient une plage, du sable argenté débarrassé de la neige par une marée montante. Au-delà, l'étendue du machair, couvert ici et là de plaques blanches, et constellé de douzaines de moutons rustiques à tête noire en train de brouter. Puis encore au-delà, une route, des bâtiments agglutinés, une ferme.

Les rotors s'arrêtèrent de fonctionner, aussi silencieusement qu'ils avaient démarré. L'eVTOL chuta d'un mètre, atterrit lourdement dans la neige et la tourbe puis, entraîné par son propre élan, tourna sur lui-même et se renversa sur le côté.

Dans la cabine, ce fut le chaos, les trois passagers se retrouvèrent éjectés de leurs sièges et se vautrèrent par terre tandis qu'Eve, toujours inclinée, continuait à glisser sur une vingtaine de mètres avant de s'arrêter brusquement contre une clôture brisée.

Cameron gémissait, plus de peur que de douleur. Addie escalada les fauteuils renversés pour l'attraper et le serrer contre elle un instant avant de vérifier s'il était blessé. Mais les enfants sont beaucoup moins fragiles que les adultes et hormis une bosse de la taille d'un œuf qui gonflait sur sa tempe, il ne semblait pas avoir souffert du choc.

Elle se retourna vers Brodie, affalé dans une position bizarre contre la porte la plus éloignée. Il la regardait comme si l'espace qui les séparait était un fossé absolument infranchissable. Il avait le souffle rauque et, dans les yeux, une expression qu'elle n'avait observée qu'une seule fois, le jour où Robbie l'avait emmenée chasser le cerf. Quand ils s'étaient approchés de l'animal blessé, celui-ci vivait toujours ; l'incompréhension se lisait dans ses yeux, mais aussi l'acceptation de la mort. Puis Robbie avait pressé la détente une deuxième fois et elle avait vu la lueur de la vie s'éteindre. Plus jamais elle n'était retournée à la chasse avec lui.

Elle voulut se précipiter vers son père dans la cabine sens dessus dessous, mais Brodie tendit une main pour l'arrêter. Par la vitre, elle vit des gens accourir depuis la ferme.

— Tu vas devoir te débrouiller toute seule, maintenant, dit-il.

— Ne sois pas ridicule.

Elle essaya de le redresser, mais il la repoussa. Il y avait du sang partout.

— Addie ! insista-t-il. Ils vont tenter tout ce qui est en leur pouvoir pour t'empêcher d'agir. (Il s'efforça d'aspirer un peu d'air dans ses poumons.) Tu vas avoir besoin d'aide.

Chapitre 31

Avachi dans un fauteuil, Tiny tenait une bière à moitié bue en équilibre sur l'accoudoir. La télévision était allumée. Un reportage sur un rassemblement politique de l'Eco Party. Le lieu qu'ils avaient choisi était bien trop grand pour le nombre de supporters qui se pressaient autour de la scène en agitant des banderoles et des Saltires[1]. Les gros plans donnaient l'impression d'une salle comble. Mais le réalisateur affichait ses préférences politiques en les entrecoupant de plans larges révélant l'espace vide au-delà de la petite foule. Une vraie douche froide après une campagne âprement disputée, au cours de laquelle les écologistes n'avaient presque pas gagné de terrain sur les démocrates au pouvoir, dont un meeting triomphal était prévu le lendemain soir, à la veille de cette élection qu'ils étaient certains de gagner.

Tiny ne s'y intéressait pas. C'était juste une distraction dans un coin de la pièce, comme le jeu des flammes dans le

---

1 Saltire, nom du drapeau officiel de l'Écosse.

foyer de la cheminée du salon, quand il était petit. Assise en face de lui, sur le canapé, Sheila jouait à un jeu de lettres quelconque sur sa tablette. Ils ne parlaient pas beaucoup ces derniers temps, s'éloignant l'un de l'autre à mesure qu'ils vieillissaient, sans le ciment des enfants pour les souder. Mais ils s'entendaient encore bien.

Ce soir, elle lui avait fait remarquer à quel point il paraissait distant ; rentré à la maison à la fin de son service, il avait mangé une pizza à même le carton, sur ses genoux. Il lui avait répondu qu'il était simplement préoccupé. Des histoires de boulot. Comme elle n'avait jamais aimé Brodie, il ne voyait pas l'intérêt de lui raconter que son meilleur ami avait trouvé la mort dans un accident d'avion. Pendant deux jours, le bruit avait couru que le taxi eVTOL de son ami avait sombré dans la mer, quelque part au large de Mull. Cette nouvelle l'avait profondément choqué. Mais personne n'avait été en mesure de la confirmer. Pas même le DCI. Jusqu'à aujourd'hui. En réalité, le taxi aérien n'avait pas plongé dans l'Atlantique comme on l'avait d'abord annoncé. Il s'était écrasé sur l'île de Coll, et on en avait retiré le corps de Brodie, tué d'une balle de fusil. Personne n'arrivait à le croire.

Tiny avait passé la plus grande partie de la soirée à penser à Cammie, en se remémorant toutes leurs aventures et accrochages, et en espérant contre toute attente que les rumeurs autour de sa mort aient été grandement exagérées. Il savait, bien sûr, que c'était un espoir très mince. Dès qu'il avait entendu les premiers bruits concernant la disparition de l'eVTOL, il avait essayé d'appeler son ami sur son iCom, mais il était tombé directement sur la messagerie. Ce qui n'augurait rien de bon.

Maintenant, à sa troisième bière, il s'enfonçait dans des souvenirs lointains d'une sentimentalité excessive et se laissait gagner par l'émotion.

Lorsque la sonnette retentit, elle ne s'infiltra pas tout de suite dans son cerveau. C'est la voix de Sheila qui le tira de ses rêveries.

— Qui ça peut bien être, si tard ?

Il leva les yeux :

— Quoi ?

— On a sonné.

Juste à ce moment-là, on sonna de nouveau. Sheila n'ayant manifestement pas l'intention de se lever, Tiny s'extirpa de son fauteuil, posa sa bière sur la table basse et se dirigea vers l'entrée pour voir qui était là.

Avant d'ouvrir la porte, il alluma la lampe extérieure. La lumière qu'elle projetait sur les marches et l'allée était traversée par la pluie qui tombait sans interruption depuis le matin.

Une jeune femme se tenait sur le perron, de longs cheveux auburn s'échappaient de la capuche de sa parka, mouillés, plaqués sur son visage. Elle portait un enfant dans les bras. Un petit garçon profondément endormi, la tête sur son épaule. Tiny fronça les sourcils. Ils avaient un air vaguement familier, mais il était certain de ne pas les connaître.

— Oui ?

— Papa m'a dit que vous m'aideriez, dit-elle simplement.

Chapitre 32

Addie remonta Renfield Street à pied sous un ciel meurtri, sinistre, d'où tombait un déluge. Il n'y avait pas le moindre souffle de vent ; des trottoirs s'élevait une brume créée par les grosses gouttes qui s'y écrasaient ; les caniveaux remplis à ras bord dévalaient la colline pour se déverser dans le fleuve.

Malgré le temps, la ville était animée. Des parapluies noir et rouge, bleu et jaune formaient une canopée au-dessus du flot des acheteurs qui, comme de l'eau de pluie, se jetaient depuis Bath Street et Renfield Street dans la rue commerçante la plus célèbre de la ville. Sauchiehall Street, dont le nom venu de l'ancien écossais *sauchie-haugh* pouvait se traduire approximativement par *bosquet de saules*. Une prairie autrefois remplie d'arbres. Rien à voir avec les grands immeubles en brique et en acier et les quelques vieilles maisons en grès rouge qui la bordaient maintenant.

Addie dépassa le cinéma multiplexe 3D, au coin, et leva pour la première fois les yeux vers le sommet de la colline et la tour en verre, au fond de la place qu'entouraient les bâtiments du Scottish International Media Consortium. Le siège du journal de Charles Younger, le *Scottish Herald*. Même si la plupart de ses publications paraissaient désormais en ligne, le *Herald* continuait à publier une version papier du quotidien. Son tirage se montait seulement à quelques milliers d'exemplaires, mais il était lu par les grands dirigeants d'entreprise du pays, les politiciens, les régulateurs, et la plupart des professionnels du droit.

Elle sentit la peur lui serrer le ventre.

Le vieux sac à dos de Robbie, que son père avait avec lui quand il avait été tué, pesait sur ses épaules et les irritait, même à travers son épaisse parka. Le sang de Brodie, invisible à première vue, en maculait la face interne.

En traversant la rue, elle sentit que la température chutait déjà. On prévoyait une baisse au-dessous de zéro, avec des chaussées et des trottoirs mouillés qui se transformeraient en patinoires au cours des prochaines heures.

La veille au soir, elle avait téléphoné au rédacteur en chef du journal, Richard Macallan, pendant moins de dix minutes, depuis l'une des rares cabines subsistant sur la rive sud. Tiny l'avait avertie que son appel au *Herald* serait écouté. Et qu'il ne leur faudrait pas longtemps pour remonter à sa source. Mais si Macallan n'était pas informé de sa visite, jamais elle ne passerait le contrôle de sécurité. Elle devait donc impérativement l'appeler pour le prévenir. Cependant les autorités, elles aussi, seraient prévenues. Elle ne pouvait donc rester que quelques minutes en ligne avant qu'ils se mettent à sa recherche.

Maintenant, elle le savait, ils l'attendraient en haut de la colline.

Elle contourna la barrière de sécurité et pénétra sur la petite place, plutôt un rond-point pavé aménagé autour d'une vieille fontaine en pierre surmontée par une licorne dressée sur une colonne. La licorne : l'animal mythique, symbole national de l'Écosse. Image de pureté et d'innocence. Triste ironie, étant donné les raisons de sa présence ce jour-là.

Il y avait des voitures stationnées sur le côté gauche ; deux hommes en costume foncé et imperméable long émergèrent d'une Mercedes noire. Ils s'avancèrent à grands pas vers Addie pour l'intercepter. Ils étaient exactement tels qu'elle les avait imaginés, des personnages comme sortis d'une bande dessinée, imbus de leur importance.

Un bruit de pneus dérapant sur les pavés mouillés surprit les deux hommes qui se retournèrent alors que quatre véhicules de police franchissaient la barrière levée. Le convoi se sépara pour les encadrer et des agents équipés de gilets pare-balles jaillirent des voitures en braquant sur eux des pistolets-mitrailleurs Heckler & Koch MP5.

Presque d'instinct, les deux individus glissèrent une main sous leur imperméable pour s'emparer de l'arme qui y était cachée, mais ils suspendirent leur geste dès qu'un grand policier en civil sorti de la voiture de tête aboya :

— Pas un geste ou on vous abat sur place.

— Vous vous rendez compte de ce que vous faites ? rétorqua le plus âgé des deux, furieux, la bave aux lèvres.

— Oui, monsieur, j'en suis conscient, dit Tiny. (Il sentait la pluie dégouliner de son nez et de son menton.) Nous avons reçu un message à propos d'une attaque terroriste visant les bureaux du *Scottish Herald*. Maintenant posez très doucement vos armes sur le sol devant vous.

Les deux hommes obéirent, chacun dégageant avec précaution un pistolet Glock 26 d'un holster en cuir avant de le poser délicatement sur les pavés mouillés et luisants.

L'un des agents en uniforme s'avança pour les ramasser, puis recula.

— Maintenant, présentez vos pièces d'identité.

Celui qui avait parlé glissa la main sous son imperméable.

— Attention ! l'avertit Tiny.

L'homme tira très lentement un portefeuille en cuir qu'il ouvrit et brandit vers le policier. Tiny s'approcha pour s'en saisir. Il eut l'air surpris.

— SIA ? (Il les regarda tour à tour d'un air sceptique.) Qu'est-ce que vous faites ici ?

Les deux hommes échangèrent un coup d'œil.

— La même chose que vous, finit par répondre le plus âgé.

Incrédule, Tiny plissa les yeux :

— Ah oui ? Et comment se fait-il qu'on ne nous en ait pas informés ?

L'homme haussa les épaules :

— Manque de coordination, sans doute.

Tiny lui rendit son portefeuille.

— Nous devons vérifier. Suivez-nous.

Les autres ne discutèrent pas.

Alors qu'on les conduisait vers le véhicule le plus proche, l'un des deux regarda par-dessus son épaule en direction de l'entrée du *Herald*. La fille avait disparu.

Addie sortit de l'ascenseur et suivit la jeune fille à travers une salle de rédaction animée où quelques têtes se levèrent des écrans d'ordinateurs pour lui jeter un coup d'œil rempli de curiosité. La fille poussa une porte en verre et la fit entrer dans une pièce ressemblant à un aquarium avec les fenêtres qui occupaient tout le mur du fond.

Macallan avait à peu près l'âge de Brodie. Il avait des yeux sombres, méfiants, dans un visage aux traits sculpturaux, et sur son large crâne les vestiges d'une chevelure autrefois abondante lissés en arrière avec du gel. Il se leva de son bureau et tendit une main osseuse qu'Addie serra timidement.

— J'ai observé cette débâcle depuis la fenêtre. Vous devez avoir des amis haut placés.

— Mon père avait des amis qui lui devaient une faveur.

— Qu'avez-vous pour moi ?

Addie fit glisser le sac de ses épaules et le posa sur le bureau.

— Tout.

Elle ouvrit la fermeture à glissière pour en sortir l'ordinateur portable de Younger, ses carnets de notes, les tirages papier et le rapport qui avait déclenché toute son enquête.

Macallan souleva le classeur A4, feuilleta les pages de notes en sténo et fit un signe de la main à quelqu'un de la salle de rédaction.

— Je veux tout cela transcrit dans les plus brefs délais, dit-il en poussant tous les carnets vers le jeune journaliste qui venait d'entrer. Mettez sur le coup autant de gens qu'il le faudra.

Ensuite, il prit le rapport, secoua la tête d'étonnement tout en le parcourant, puis s'adressa à Addie :

— Vous savez, si ça tient la route, il y a de quoi faire tomber le gouvernement. (Il soupira.) Naturellement, ils prétendront que la publication de l'histoire de Younger enfreint les règles de l'Avis-DSMA.

— Je ne sais pas ce que c'est.

— L'avis aux médias en matière de défense et de sécurité. Une commission décide ce qui est dans l'intérêt du public et ce qui présente un danger pour la sécurité nationale.

— Ils ont assassiné mon père, dit-elle en regardant le rédacteur en chef droit dans les yeux. Et votre journaliste.

Elle plongea la main dans le sac pour en retirer les carnets de notes de Sita.

— Voici les notes de la médecin légiste sur l'autopsie de Younger, prises avant qu'ils l'assassinent elle aussi.

Macallan consulta sa montre.

— On a dix heures pour construire quelque chose de solide. Si on y arrive, je le publie. Ensuite j'irai me battre devant les tribunaux s'il le faut. (Un pâle sourire voltigea sur ses lèvres.) Mieux vaut se faire punir qu'interdire.

Chapitre 33

Le SEC Armadillo était plein à craquer. Une mer ondulante de drapeaux et de banderoles. Les slogans scandés par la foule s'élevaient jusqu'au toit et résonnaient dans tout l'auditorium.

Des saltires allongés en bannières et suspendus au plafond décoraient la scène ; le logo de campagne du Scottish Democratic Party s'affichait en bleu sur l'écran dressé derrière la tribune. EN AVANT VERS LA VICTOIRE.

Sally Mack était un îlot de calme dans l'œil de la tempête. Debout derrière le pupitre, elle souriait face au barrage de micros des médias. Elle tournait lentement la tête d'un téléprompteur invisible à l'autre, prononçant soigneusement les phrases élaborées par une demi-douzaine de rédacteurs de discours. La victoire était à eux. L'avenir de l'Écosse assuré. Demain, les électeurs redonneraient le pouvoir au parti qui avait tenu parole, à la fois sur le plan économique *et* sur le plan écologique.

C'était une femme mince et élégante d'une soixantaine d'années ; sa robe bleue à mi-mollets mettait à la fois en valeur sa féminité et sa puissance. En voyant ses cheveux teints en blond et soigneusement sculptés, Addie pensa aux photos qu'elle connaissait de la première femme à être devenue Premier ministre, Margaret Thatcher. Son élocution donnait la même impression sirupeuse d'insincérité. Ici, était-elle en train de déclarer à son public fervent, se tenait devant eux la femme qui avait garanti la sécurité de l'énergie à l'Écosse tandis que les autres pays du monde peinaient encore à répondre à l'urgence post-fossile. Et souffraient des conséquences de leurs échecs.

Assises l'une à côté de l'autre sur le bord du canapé, crispées par la tension, Addie et Sheila fixaient l'écran. Le triomphalisme de Sally Mack était aussi exaspérant que déprimant. Addie mourait d'envie de lui jeter un truc à la tête. N'importe quoi. Mais elle maîtrisa sa frustration. Elle était épuisée après les heures d'interrogatoire serré qu'on lui avait fait subir dans les locaux du *Herald*.

Enveloppé d'une couverture, Cameron dormait dans le fauteuil de Tiny. Oublieux de tout. Addie détourna la tête de l'écran pour jeter un coup d'œil à son fils ; son cœur et son âme saignaient pour lui. Quelques jours plus tôt, seulement, ils incarnaient la famille parfaite, vivant leur rêve dans l'une des plus belles régions d'Écosse, peut-être même du monde. Mais tout cela n'avait été qu'une illusion. Le rêve, un cauchemar avant l'heure des ténèbres. Et les ténèbres, une fois venues, s'étaient révélées aussi sanglantes que profondes.

Addie avait à peine dormi depuis l'instant où elle avait pressé la détente et vu s'écrouler dans la neige l'homme qu'elle avait aimé. Et aperçu dans ses yeux la même expression que dans ceux de Brodie, tout juste trente minutes plus tard.

Mais elle n'avait plus de larmes. Elle avait pleuré jusqu'à en avoir les yeux douloureux, rouges, irrités ; maintenant, ils ne brûlaient plus que de colère.

Elle sursauta en entendant la porte d'entrée s'ouvrir ; Sheila bondit immédiatement sur ses pieds. Tiny apparut sur le seuil du salon, le visage gris, les traits tirés. Son pardessus pendait de ses épaules osseuses et dégoulinait de pluie sur le tapis.

— Ça va ? demanda Sheila d'une voix timide.

Tiny soupira.

— La journée a été longue. Et j'aurais probablement eu encore plus de problèmes si ces gars de la SIA avaient été capables de prouver qu'ils étaient en mission officielle.

Il se débarrassa de son manteau, alla le suspendre à une patère dans l'entrée puis lança par-dessus son épaule :

— Mais finalement, ils ont bien été obligés de se rallier à notre histoire de menace d'attentat terroriste pour expliquer la raison de leur présence sur les lieux.

Revenu dans la pièce, il ajouta :

— C'est un vrai bazar. Et je ne suis pas encore sorti d'affaire. (Il esquissa un pâle sourire.) Mais je pense que ça s'arrangera.

— Qu'est-ce que c'est la SIA ? demanda Addie.

— Scottish Intelligence Agency, mon chou. Non qu'on perçoive beaucoup d'intelligence chez ces types du Renseignement.

Il disparut dans la cuisine, ouvrit le frigo et attrapa une bière. Tout en repassant au salon, il fit sauter la capsule de la bouteille et porta le goulot à ses lèvres. Après en avoir bu une longue gorgée, il dit :

— La bonne nouvelle, c'est que le *Herald* a publié l'article. Simultanément sur Internet et sur papier. (Il singea l'annonce d'un présentateur imaginaire :) « Un reporter du *Herald* assassiné dans le but de dissimuler une fuite radioactive catastrophique à Ballachulish A. »

Il s'affala dans le fauteuil libre.

— Tout le monde réagit. Ce sera le sujet principal de tous les bulletins d'information demain, et probablement des semaines à venir. Croyez-moi, il n'y a pas un seul électeur de ce pays qui ne l'aura pas vu avant d'aller voter.

Soudain, leur attention fut attirée par la télévision où la voix d'un annonceur interrompait la retransmission du meeting du SDP à l'Armadillo.

— Une information de dernière minute vient de nous parvenir.

Le bandeau FLASH SPÉCIAL apparut en même temps, puis dans le coin inférieur gauche de l'écran surgit, incrusté en médaillon, un présentateur de la chaîne annonçant la nouvelle sensationnelle publiée par le *Scottish Herald*.

Le réalisateur de l'émission sélectionna aussitôt un gros plan de la tribune au moment où un homme à l'air pincé dans son costume bleu foncé murmurait quelque chose à l'oreille de la Première ministre dont le sourire contraint cachait mal son agacement d'être dérangée à l'apogée de son discours.

Mais le sourire s'évanouit très vite et la bouche de Sally Mack s'entrouvrit légèrement, sous le choc. Avant que la peur se lise dans ses yeux écarquillés quand elle comprit que la partie était finie.

Addie brandit le poing en l'air avec une satisfaction vengeresse.

— Ouais !

Chapitre 34

Addie et Cameron traversèrent le vieux cimetière Cathcart. Les feuilles mortes craquaient sous leurs pieds. Ici se trouvaient les tombes des gens importants. Des stèles et des mausolées imposants. De superbes arbres centenaires inclinés par le temps et devant la mort, témoins du passage des générations.

En cette journée glaciale de décembre, il était désert ; le disque pâle du soleil d'hiver s'élevait à peine au-dessus des collines du sud de la ville.

Le petit garçon se cramponnait à la main de sa mère ; emmitouflé dans des vêtements chauds, le visage enjoué, le nez rougi sous son bonnet de laine jaune, il n'arrêtait pas de parler de sa promenade au parc Pollock, la veille, avec oncle Tony et tante Sheila. Ces derniers l'avaient emmené faire un tour de poney, puis manger une glace dans un café, malgré le froid. Il ne se plaignait de rien. Eux, de leur côté, semblaient presque renaître, songea Addie. Heureux de se sentir responsables d'une famille qu'ils n'avaient jamais pu avoir. Et Addie savait que ce n'était pas seulement par loyauté envers son père que Tiny les protégeait, mais parce que Sheila, elle aussi, le voulait.

Ils descendirent le chemin menant à Netherlee Road, qu'ils traversèrent pour pénétrer dans Linn Park où le cimetière avait été prolongé. Là, ils trouvèrent facilement la tombe de Brodie au milieu des rangées de stèles récentes. Tout près de l'endroit où il avait fait enterrer sa femme dix ans plus tôt.

Il y avait un banc en bois au bord du sentier ; après avoir déposé ses fleurs sur la tombe, Addie aida Cameron à s'y asseoir à côté d'elle, et contempla la simple inscription gravée dans la pierre.

Cameron Iain Brodie, 5 avril 1996-23 novembre 2051. Mari et père aimant.

Le temps des pleurs était depuis longtemps passé, mais le regret persisterait jusqu'à la fin de ses jours.

— Je ne comprends pas pourquoi il a fallu que mon papy meure ? Juste quand on venait de le trouver. (Il réfléchit.) Tout le monde a un papy. À l'école il y a même des garçons qui en ont *deux*.

L'accent qu'il plaça sur ce mot traduisait son profond étonnement.

— Tu sais ce que je regrette, maman ?

— Non, Cammie, quoi donc ?

— Je regrette que papy ait dû aller au ciel.

Addie serra les lèvres pour contenir son émotion.

— Moi aussi, Cammie. Moi aussi.

REMERCIEMENTS

Je souhaite exprimer ma gratitude à tous ceux qui m'ont offert leur temps et leur expertise au cours de mes recherches pour *Tempête sur Kinlochleven*. Je remercie particulièrement le Dr Steve Campman, médecin légiste à San Diego, Californie, USA, pour ses conseils en science forensique et en pathologie ; Mo Thomson, photographe, dont les étonnantes photos, notamment celles prises par drone, ont remplacé mes yeux à Kinlochleven et sur le Binnein Mòr (les vols virtuels d'eVTOL qu'il a réalisés de Glasgow à Mull, et de Glencoe à Loch Leven, ainsi que les vols simulés au sommet du Binnein Mòr et dans les cirques, m'ont fourni des aperçus sidérants de ces paysages) alors que la Covid-19 m'empêchait de voyager ; le professeur Jim Skea, vice-président du Groupe de travail III du GIEC (Groupe d'experts intergouvernemental sur l'évolution du climat) et membre du Comité britannique sur le changement climatique[1], pour son avis sur mon scénario de changement climatique ; Cameron McNeish, auteur écossais, randonneur et alpiniste, pour sa connaissance de la neige et du Binnein Mòr.

---

1 Jim Skea a, depuis, été élu président du GIEC, le 26 juillet 2023.

Votre livre est fabriqué en France sur un papier certifié PEFC,
pour une gestion durable de la forêt.

Ouvrage réalisé par Cédric Cailhol Infographiste

Achevé d'imprimer sur Roto-Page en février 2024
par l'Imprimerie Floch à Mayenne

Dépôt légal : mars 2024 – Numéro d'impression : 104134
ISBN : 978-2-8126-2573-2

Imprimé en France